Rose Wilkins

Glamour Girl
Stilettopanik

Rose Wilkins

GLAMOUR girl
Stilettopanik

Aus dem Englischen
von Yvonne Hergane

Ravensburger Buchverlag

Bibliografische Information der Deutschen Bibliothek

Die Deutsche Bibliothek verzeichnet diese Publikation in der Deutschen Nationalbibliografie; detaillierte bibliografische Daten sind im Internet über *http://dnb.ddb.de* abrufbar.

1 2 3 07 06 05

Ravensburger Junge Reihe

Die Originalausgabe erschien 2004
unter dem Titel »So Super Starry«
bei Macmillan Children's Books, London

Umschlagillustration – Susan Fritsch
Lektorat – Valerie Böhner

Printed in Germany

ISBN 3-473-35256-X

www.ravensburger.de

Meiner Schwester Lucy –
wenn jemand das gewisse Etwas hat, dann sie.

Ich hab gerade ein Buch zu Ende gelesen: *Tammy – Küssen erwünscht.* Auf dem Cover ist ein Foto von einem Mädchen mit glänzenden, glücksstrahlenden Lippen und glänzendem, glücksstrahlendem Haar und süßen kleinen Grübchen. Aber obwohl der Fotograf das Bild mit Weichzeichner bearbeitet und es mit so unrealistischen schillernden Lichtpünktchen aufgepeppt hat, starren einen die Augen des Mädchens an. Sie sind weder glänzend noch glücksstrahlend. Sondern kalt und unbarmherzig. Sie mustern einen von oben bis unten. Es ist, als würde man ständig von diesen Augen taxiert, während man alles über Tammys Schwarm, Tammys Liebesabenteuer, Tammys Küsse liest.

Meine Mutter hat mir das Buch geschenkt. Soll wohl ein Wink mit dem Zaunpfahl sein. Da steht, das sei ein Buch für »Mädchen mit Liebes- und Lebenslust«, sprich für bekloppte Dreizehnjährige, die glauben, Reife würde daran gemessen, wie viele Knutschflecken man in einem Jahr sammeln kann. Meine Mutter hätte gern eine Tochter wie Tammy, so eine Kicherzicke, die sich gar nicht mehr einkriegt, wenn die »süßen

Jungs« bei ihr Schlange stehen, um sie zu »heißen Dates« auszuführen, die Mamas Make-up-Sammlung plündert und so viel mit ihren Freundinnen telefoniert, dass die Rechnung in astronomische Höhen schnellt, die sich an Mamas Schulter ausheult, wenn sich der Traummann als Blödmann entpuppt, und die sich als frisch gekürte Abschlussballkönigin bei Mama überschwänglich für alles bedankt. Vielleicht denkt meine Mutter, dass mit mir eine wundersame Wandlung vonstatten gehen könnte, wenn ich solche Bücher lese – statt eckig und kantig bin ich auf einmal lieb und umgänglich und ein glücksstrahlender Glanz umgibt mich wie von Zauberhand. Und macht mich küssenswert.

Ich würde ja gern so tun, als gäbe es so Wesen wie Tammy gar nicht, aber ich weiß, dass es sie gibt. Meine Mutter ist selber immer noch so eins, und ihre Telefonate mit einer ganzen Meute weiterer erwachsener Tammys bestehen zum größten Teil aus Beauty-Tipps- und Klatsch-und-Tratsch-Austausch und Abschlussballköniginnen-Blabla. Meine Mutter ist Schauspielerin. Die eine Rolle, mit der sie berühmt wurde, spielt sie in einer amerikanischen Sitcom über eine britische Adelige, die sich nach L.A. verirrt. *Lady Jane* heißt die Serie, und sie läuft jetzt schon seit Jahren. Da gibt's den typischen versnobten englischen Butler und die schwarze Haushälterin mit der losen Zunge und mittendrin eben meine Mutter, die alles, was mit dem amerikanischen Way of Life zu tun hat, auf witzige, überdrehte Art missversteht. Die Serie ist überraschend beliebt, und Mum wird immer mal wieder in Talkshows oder als Gaststar in andere Sendungen eingeladen und dreht da richtig auf, das glaubt man gar nicht. Genauer betrachtet ist das ganze bisherige Leben meiner Mutter ein einziger Auftritt gewesen: Helen Slater zieht von Newcastle nach London, legt ihren Provinzakzent ab, angelt sich einen Ehemann und wird – tataaa! – zu Helena Clairbrook-Cleeve, der My Fair Lady der leichten, seichten Unterhaltung.

Nicht, dass wir nicht miteinander auskämen – wir *passen* nur einfach nicht zusammen. Wir sehen uns nicht mal ähnlich: Sie ist klein und blond und ich bin groß und dunkelhaarig wie Dad. Die Zwergblondinen in der Schule nennen mich Obelisk, was ein ziemlich lahmes Wortspiel um meinen lächerlich abnormen Namen – Octavia – ist und um meine noch abnormere Körpergröße (mit meinen fünfzehn Jahren rage ich schon weit über eins achtzig hinaus). Ich weiß nicht, ob Shakespeare damit Recht hatte, dass eine Rose, wie sie auch hieße, immer lieblich duften würde – ich wette, meine Mutter wäre lange nicht so erfolgreich mit ihrer Lady-Jane-Rolle und den Talkshows und den Wohltätigkeits-Diners, wenn sie immer noch die kleine Helen Slater aus Newcastle wäre. Sie hat sicher mein Bestes gewollt, als sie mich Octavia taufte – es ist ja auch irgendwie ein schöner Name, etwas lächerlich, aber ganz schön. Manchmal klammere ich mich gern an die romantische Assoziation meiner Eltern (Octavia, die römische Adelige) und blende alles andere aus, aber für die meisten Leute bin ich eben der Obelisk oder gar Tavia alias Tavy alias Davy alias Dave. Dave ist mir sogar einen Tick lieber als Obelisk, aber nur einen ganz kleinen Tick. (Man muss nur mal im Lexikon unter »Obelisk« nachschauen, dann sieht man schon, was ich damit meine, wenn ich sage, dass Namen sehr wohl schicksalhaft sind. Da stehe ich, aufrecht, steinern, eine unbewegliche Säule. Quadratisch, praktisch, monolithisch.)

Na ja. Hört sich vielleicht seltsam an, aber an meiner Schule wäre ich noch viel mehr Außenseiterin, wenn ich einen ganz gewöhnlichen Namen hätte. Darlinham House ist voll gestopft mit den Kindern von Schauspielern und Rockstars und Models et cetera und mit Vornamen belastet, über die ein Pfarrer bei der Taufe unweigerlich stolpern muss. Die Jungs in meiner Klasse heißen zum Beispiel Zack oder Seth oder Phoenix, und die Mädchen können so ziemlich alles sein von den schillerndsten klassischen Heldinnen bis zu den entlegensten Regionen der Welt. India und Asia und China, zum Beispiel. (Im Jahrgang unter uns gibt's sogar eine Florida.) Das verdanken wir alles dem Bestreben unserer Eltern, uns schon vorzeitig einen ausgefallenen, wundersamen Lebensweg wie den ihren zu ebnen. Denn kann ein Ulysses etwa als Kassierer im Supermarkt glücklich werden? Kann eine Tallulah sich mit etwas Geringerem als einem Leben voller Glanz und Glamour zufrieden geben?

Darlinham House ist ein Herrenhaus aus roten Ziegelsteinen, das in einer angesagten Gegend mitten in London liegt. Da am Tor kein Schild angebracht ist und das ganze Anwesen von Sicherheitsleuten und Überwachungsgerätschaften nur so wimmelt, wäre es ein lässlicher Fehler, zu denken, dass es sich hier um eine Privatbank oder das Hauptquartier einer weltweit operierenden Spionage-Organisation handelt. Offiziell sind die ganzen Sicherheitsbeamten für den Fall da, dass einer meiner Mitschüler gekidnappt und als Geisel festgehalten wird, und zwar entweder von aufstrebenden Gangstern oder – viel wahrscheinlicher – von einem erzürnten Kunstkritiker, den Mummys und Daddys Verbrechen gegen die Kultur und den guten Geschmack zur Verzweiflung bringen. Der wahre Grund für die Anwesenheit so vieler Muskelpakete ist allerdings, dass sie uns das Gefühl geben, wichtig zu sein. India Withers setzt sich zum Beispiel eifrig dafür ein, dass jeder von uns einen persönlichen Bodyguard zugewiesen bekommt, der uns zur Schule begleitet, unsere Tasche schleppt, uns Kaffee holt und vermutlich auch noch die Fingernägel feilt und die Hausaufgaben für uns erledigt.

India und Asia sind beste Freundinnen und durch und durch blonde, blauäugige Angelsächsinnen. India, die Chef-Zwergblondine, rangiert auf Platz eins der weiblichen Darlings, und Asia ist ihre treu ergebene rechte Hand. India war es auch, die sich sowohl Dave als auch Obelisk ausgedacht hat. Heute bekam ich Letzteres zu hören – »Hi, Obelisk, wie ist denn die Sicht von da oben?« – als ich das Klassenzimmer betrat. Mein glänzendes, glücksstrahlendes Tammy-Ich parierte mit einem »Nicht übel, Lilli Putte, und wie läuft's so in der Gosse?«, aber mein richtiges Ich lächelte nur gezwungen und ging dann weiter. Normalerweise ignorieren mich India und ihre Gefolgschaft, und meinetwegen kann es gern so bleiben. Aber an diesem Tag beließ sie es nicht dabei. Sie legte den Kopf schief und schenkte mir ein gewinnendes Lächeln. »Du kommst doch zu meiner Party, Davy, oder?«

In Darlinham House kommt es einem sozialen Selbstmord gleich, sich anmerken zu lassen, dass man überrascht oder erschrocken oder auch nur erfreut ist, egal worüber. Wir Darlings haben praktisch alle mindestens eine C-Liga-Berühmtheit in der Verwandtschaft, und etliche von uns können sogar mit A-Liga-Promis aufwarten. Indias Vater ist zum Beispiel Rich Withers, ein gealterter Rockstar, der mit *Spilt Milk* berühmt geworden ist. Zack Fontaines Schwester ist ein Wesen mit langer roter Mähne, das vom Supermodel zur Umweltaktivistin mutierte. Cosmo Jukes Vater gehört die Firma, die alle Vince-Valiant-Filme produziert – in denen wiederum Calypso Goldsworthys Mutter mitspielt. Und so weiter und so weiter. Selbst wenn Elvis Presley höchstpersönlich in unseren Speisesaal gerock'n'rollt käme und jedem von uns ein selbst gemachtes Erdnussbutter-Sandwich anböte, würden die meisten nur mit einem gelangweilten Achselzucken abwinken. Ein, zwei Leute würden vielleicht eine Augenbraue heben, aber das wär's dann auch schon. Und so schlenderte ich, als India die Bombe über ihre Party platzen ließ, einfach nur zu meinem Platz rüber, schmiss meine Tasche auf den Boden, fläzte mich hin und äußerte ein gedehntes: »Klar.«

»Gut«, sagte India zufrieden. Und dann: »Findet übrigens in Dads Haus statt. Ich schick dir dann noch genauere Infos zum Anfahrtsweg.« Kurze Pause. »Damit dein Vater weiß, wo er dich hinfahren muss.«

Ich fasste das als Befehl auf: India wollte meinen Vater kennen lernen.

India ist nicht nur eine der reichsten und hübschesten Schülerinnen in Darlinham House (und das will schon was heißen), sondern sie verfügt auch über die besten Beziehungen. Ihr Vater hat sie schon mit den bekanntesten Rockgrößen zusammengebracht, als sie gerade mal alt genug war, auf deren Schoß zu sitzen, ohne sie voll zu pinkeln. Ihre Mutter, Tigerlily Clements, ihres Zeichens Supermodel und UNICEF-Botschafterin, jettet ständig durch die Welt, um sich mit kranken Kleinkindern fotografieren zu lassen, und sorgt dafür, dass India mit jedem Staats- (und Modefirma-)Chef, dessen Name Erwähnung verdient, ein unechtes Lächeln wechselt. Es geht das Gerücht, India Withers sei der einzige Mensch auf der Welt, dem von den vollzähligen Rolling Stones *und* dem Papst ein Geburtstagsständchen gebracht wurde.

Nun wäre eine Einladung zu India Withers' sechzehntem Geburtstag selbst für A-Promi-Darlings ein Anlass zu einer kleinen privaten Jubelarie. Ein Hauch von einem Lächeln, ein kurzes Kribbeln im Bauch … ja sogar ein triumphierendes

Grinsen wäre denkbar, sobald man sicher sein kann, dass man nicht beobachtet wird. Für eine D-Liga-Person wie mich war es eher so, als hätte mir jemand einen Eimer kaltes Wasser – nein, sagen wir eher Premium-Champagner – über den Kopf geschüttet. Nach vier Jahren an dieser Schule schaffte selbst ich es, nach außen hin völlig gleichgültig zu wirken, aber innerlich war mir den ganzen Tag lang schwindlig vor lauter Fassungslosigkeit, die zu einem Drittel aus Euphorie und zu zwei Dritteln aus Panik bestand.

Alle kleinen Mädchen stellen sich in ihrer Kindheit gern vor, wie es sich für Aschenputtel angefühlt haben muss, von der guten Fee mit einem einzigen Zauberstab-Wedeln *pling!* in ein umwerfendes Kleid gesteckt und auf den Ball geschickt zu werden. In meinem Fall war es aber nicht eine gute Fee, sondern die böse Stiefschwester, die gerade mit dem Zauberstab gewedelt hatte. Von der Stubenhockerin Dave zur Ballschönheit in einer Sekunde? Na ja, nicht ganz. Es war eher so, als wäre ich soeben vom Frosch zur Fußsklavin befördert worden.

Ja, ich weiß, ich bin kein Frosch. Ich seh ganz passabel aus, hab keine Akne und recht hübsche Beine, also okay, ich gebe zu, ich bin nicht total daneben. Von meiner Mutter hab ich den hellen Teint geerbt, von meinem Vater die dunklen Haare und blauen Augen. Und natürlich seine schlaksigen Über-eins-Achtzig, mit denen ich wesentlich besser klarkäme, wenn ich a) männlichen Geschlechts, b) ein Supermodel oder c) darauf scharf wäre, kleine Kinder zu erschrecken. (Frosch beiseite: Bis ich mein Giraffen-Dasein voll und ganz akzeptieren kann, wird's wohl noch lange dauern.) Allerdings sind *passabel aussehen* und *keine Akne haben* mitnichten Kriterien, die einen in Darlinham House an die Spitze der Beliebtheitsskala katapultieren. Schließlich verfügen hier die meisten Leute über die besten genetischen Merkmale, kosmetischen Hilfsmittel und Designerklamotten, die es gibt. Schon die Zwölf- und Dreizehnjährigen laufen wie in einer hochglanz-retuschierten Schutzblase herum, wie durch Zauberhand immun gegen die Widrigkeiten der Pubertät oder schmierende Lippenstifte.

Meine Begegnung mit den Zwergblondinen an diesem Vormittag war eine perfekte Demonstration des Unterschiedes zwischen einer A-Liga-Sahneschnitte und einem D-Liga-Nobody. Ich war am Morgen eilig aus dem Haus gestürmt, nachdem ich nur Zeit gehabt hatte, mir Abdeckstift auf einen sprießenden Pickel zu tupfen – meine Haare standen immer noch in alle Richtungen ab. Ich hatte eine alte Cordhose von PopShop (dem Laden für XXL-Größen) und ein recht hübsches, rosa gestreiftes Top an. Ich sah ganz okay aus. India dagegen trug einen perlenbesetzten Mini aus silbernem Satin und einen dicken, einseitig schulterfreien schwarzen Pullover. Ihre Frisur hatte diesen sexy Out-of-bed-Look, den man nur durch stundenlanges Zurechtzupfen hinkriegt, und auf ihren sündig schwarzen Wimpern schimmerte ein Hauch von Glitzer. Das Ganze wirkte richtig glamourös, aber mit einem Touch Rock-Chick. Asia war mit ihrem süßen kleinen Shirtkleid in Babyblau wie immer im Partygirl-Modus. Über ihrem üppigen Busen dehnte sich in Diamantgeglitzer die Aufschrift BONDAGE-LUDER.

Meine Mutter kann einfach nicht verstehen, warum ich nicht mehr Zeit darauf verwende, so auszusehen. Also, ich meine, nicht wie ein Bondage-Luder, aber wie ein sexy, strahlendes, glamouröses Mädchen. Eine Person mit Superstar-Qualitäten. Vielleicht könnte ich das sogar schaffen, wenn ich endlich die Sachen anziehen würde, die sie mir ständig kauft, oder den ganzen Tag tonnenweise Schminkzeug mit mir herumschleppen würde wie die anderen Mädchen. Na ja, es ist ja nicht nur Schminkzeug, sondern die komplette Ausstattung für die täglichen Reparaturarbeiten in der Mittagspause: Hauterfrischer-Sprays, mit wertvollen Mineralien angereicherte Gesichtspackungen, Haarwässerchen, Augentropfen, Nagelfeilen, Pinzetten ... Ich kenne ein Mädchen, das sogar ein Extraset Haarverlängerungs-Strähnchen in ihrem Schließfach aufbewahrt.

Irgendwie ungerecht, dass die männlichen Pendants der Zwergblondinen sich nicht mal halb so viel Mühe geben. Die meisten Jungs sind Anhänger des Designer-Penner-Looks – Klamotten, die so schäbig wirken, dass es zum Heulen ist, Bartstoppeln (wenn sie dafür schon alt genug sind) und eine permanente Zigaretten- und Alkfahne (selbst wenn sie dafür noch nicht alt genug sind). Ist bestimmt nur eine Frage der Zeit, bis der Erste nach Pisse stinkt und seine Mitschüler um ein bisschen Kleingeld für eine Tasse Kaffee anbettelt.

Ich will kein Darling sein. Ich glaube, ich *kann* überhaupt kein Darling sein. Meine Vorliebe für ein stilles, langweiliges Normaloleben wird allgemein als ausgesprochen exzentrisch, ja geradezu ungesund angesehen. Irgendwie bin ich stolz drauf, dass die Zwergblondinen und alle anderen mich für einen hoffnungslosen Fall halten, und mir gefällt der Gedanke, dass meine Weigerung, ihre Spielchen zu spielen, sie insgeheim ärgert. Aber mit das Überraschendste – und Verwirrendste – an Indias Einladung war das Ausmaß der Freude, mit der ich der Party entgegensah, obwohl ich nur zu gut wusste, dass Indias plötzlicher Entschluss, mich zur Kenntnis zu nehmen, nur daher rührte, dass sie irgendwas von mir wollte. Und ich hatte eine ziemlich genaue Ahnung, was dieses Irgendwas war.

Nach der Schule ging ich zu Viv. Viv ist kein Darling. Wir haben uns als Neunjährige im Park kennen gelernt, als Vivs Mutter auf die meine zugestürzt kam, um sie um ein Autogramm zu bitten. Und seit diesem magischen Moment, als sie die Berühmtheit an der Schaukel erblickte, betrachtet mich Mrs Duckworth als Teil des *Lady-Jane*-Glamours. Sie findet meine Mutter fast so umwerfend wie Vivien Leigh, die Glitzermieze aus den Vierzigern (und Vivs Namenspatronin), und fragt mich ständig, wann meine Mutter endlich ihren ersten großen Kinofilm dreht. Sie schneidet jedes noch so kleine *Lady-Jane-* oder Helena-Clairbrook-Cleeve-Artikelchen aus ihren Frauenzeitschriften für mich aus und nimmt jede Sendung, in der meine Mutter einen Gastauftritt hat, auf Video auf. Manchmal fragt sie mich mit gesenkter Stimme verstohlen nach »Mr Cleeve«.

Viv findet das alles nicht peinlich (Viv findet fast gar nichts peinlich). Sie hält es für komisch; sie hält mein ganzes Leben für komisch. Komisch-witzig oder komisch-seltsam?, hab ich sie mal gefragt. Beides, hat sie entschieden geantwortet. Und dann sagte sie, sie würde auch dann meine Freundin bleiben, wenn ich nicht mehr witzig wäre, aber nicht mehr, wenn ich aufhörte, seltsam zu sein. Am allerkomischsten findet sie Darlinham House, und sie liebt meine Geschichten über Morgenmeditation statt Morgenappell, über Sushi statt Bratkartoffeln zu Mittag und über Tai-Chi-, Medienwissenschafts- und Sanskrit-Kurse. Als sie die Neuigkeit über Indias Geburtstagsparty hörte, sagte sie nur: »Erzähl auf gar keinen Fall Mum was davon. Für sie ist Rich Withers immer noch der sexyste Mann auf Erden.« Darüber mussten wir lachen, weil R.W. nämlich total alt und verschrumpelt und verhärmt aussieht und die riesigste Nase hat, die man sich nur vorstellen kann (was das betrifft kommt India leider, leider nach ihrer Mutter).

Dass Viv angesichts meiner Einladung zur Party nicht vor Ehrfurcht in die Knie ging, rückte meine Sicht der Dinge wieder zurecht, wenn auch nur kurzfristig. Ich erzählte ihr auch von dem Tammy-Buch. Viv ist zwar auch recht groß, aber irgendwie auch stark und kräftig und *kompakt*, und sie hat seidiges braunes Haar, das man so schön über die Schulter schleudern kann. Wenn ich sie besuche, lungert öfter mal der eine oder andere liebeskranke Junge aus ihrer Schule auf der Straße vor ihrem Haus herum. Sie ist Anhängerin der postfeministischen Theorie, die, wie sie sagt, eine »vorschriftenfreie Antwort auf die Komplexität ist, die dem Entwurf des Sexualobjekts innewohnt«. Viv hegt keinerlei Absichten, jetzt schon zum Sexualobjekt zu werden, da sie der Meinung ist, es sei erst sinnvoll, sich mit Jungs einzulassen, wenn sie das Teenager-Stadium hinter sich gelassen habe – schließlich sei ihre geistige Reife hinter der der Mädchen um Längen zurück. Allerdings ist sie immer sehr freundlich zu ihren nicht erhörten Bewunderern, und einmal hat sie mir erklärt, was der Geschlechter-Gleichberechtigung wirklich im Weg stünde, sei nicht der Mann als solcher, sondern ein Phänomen, das sich soziokulturelle Konditionierung nennt. Und dafür ist das Tammy-Buch offensichtlich ein erstklassiges Beispiel. Viv sagte, das Buch tue so, als handle es von Girl Power, aber in Wirklichkeit lautet die Moral von der Geschichte, dass man als Frau nur dann glücklich und erfolgreich sein könne, wenn man supersüß ist und sich einen ebenso supersüßen Freund suchte.

Ich gab ihr natürlich Recht. Aber insgeheim dachte ich daran, wie schön es doch wäre, jemanden zu finden, den ich soziokulturell zu einem perfekten, von der Gleichberechtigung überzeugten, zwei Meter großen Freund konditionieren könnte.

Ich kam kurz vor dem Abendessen wieder nach Hause, nur ein paar Minuten, bevor auch meine Mutter eintraf. Sie war eine Woche zuvor aus den USA zurückgekehrt, wo sie die neueste *Lady-Jane*-Staffel abgedreht hatte, und im Moment spielte sie in einem BBC-Krimi mit (wieder in der Rolle einer Adeligen, nur diesmal einer biestigen, keiner witzigen). Ich beschloss, die Party erst zu erwähnen, wenn sie nicht mehr lange hin war, und die Neuigkeit dann wie beiläufig fallen zu lassen. Ich brauchte selber Zeit, um mich an den Gedanken zu gewöhnen. Und obwohl ich India in der Schule zugesagt hatte, war es noch nicht zu spät, sich einen Absagegrund einfallen zu lassen …

Aber zugegebenermaßen schmeichelte die Einladung meinem Ego total. Und das, obwohl es gegen all meine Prinzipien verstieß, dass die Vorstellung vom Besuch einer A-Liga-Party mir weiche Knie bescherte. Obwohl allein schon die Einladung anzunehmen, bedeutete, dass ich Indias Spielchen mitspielte. Auch wenn ich den ganzen Abend vermutlich völlig allein und schmollend in einer Ecke hocken würde. Und ich wusste, sobald ich meiner Mutter von der Einladung erzählte, würden all diese Zweifel von ihrer Beglückwünschungs-Orgie weggeschwemmt werden. Endlich, endlich bekam Lady Janes prüde, kratzbürstige Tochter die Chance, das Küsschen-Küsschen-Spiel der In-Meute mitzumachen – was konnte sich eine liebende Mutter Schöneres wünschen?

Aber schon bald stellte sich der unwiderstehliche Drang ein, die Nachricht auszuplaudern, und so setzte ich, kaum dass ich meiner Mutter beim Verstauen der ersten Hälfte der Einkäufe geholfen hatte, zu einem lässigen »Ach, übrigens«-Einwurf an, der natürlich ungefähr genauso subtil war wie der Trailer für einen Vince-Valiant-Film.

Mutter: »Schätzchen, stellst du die Milch bitte in den Kühlschrank?«

Ich: »Milch? Ach ja, die Milch! Oh, übrigens, wo wir gerade von Milch sprechen, da fällt mir ein … Von wegen *Spilt Milk* und so … haha … Ich hab eine Einladung zu einer Party. Zu Indias Geburtstagsparty. Ähm … wohin sollen die gegrillten Artischockenherzen?«

Meine Mutter drehte natürlich völlig durch vor Freude. Die minimalistischen Darling-Reaktions-Methoden – ein unmerkliches Schulterzucken, im Höchstfall eine hochgezogene Augenbraue – sind nicht ihre Sache. »Oh, Schätzchen! Das ist ja großartig! India ist Rich Withers' Tochter, nicht wahr?« Ihre Augen strahlten, ihre Wangen glühten. »Ich bin sicher, dass Rich und ich uns kennen, weißt du. Hat er nicht mal ganz in der Nähe gewohnt? So ein ganz außergewöhnlich charmanter Mann!«

»Wahrscheinlich kennst du ihn von einem Elternabend«, erwiderte ich kühl. Die Tatsache, dass ich zu einem gesellschaftlichen Ereignis eingeladen worden war, versetzte meine Mutter dermaßen in Verzückung, dass es einfach nur noch peinlich war. Oder freute sie sich in erster Linie darüber, dass ich endlich Küsschen mit den Reichen und Hirnlosen tauschen würde? Oder … war es etwa möglich, dass meine eigene Mutter auf Indias Vater stand, Mister Sexbombe-auf-knitterigen-Greisenbeinen?

»Wir müssen dir natürlich unbedingt ein neues Kleid kaufen«, flötete sie weiter. »Hab ich das richtig verstanden, dass *Weiß* das Party-Motto ist? Was für eine wunderbare Idee von India! Weiß ist wunderbar – in Weiß sieht *jeder* gut aus. Bestimmt werden jede Menge wichtiger Leute da sein. Rich kennt doch so viele unterschiedliche Menschen – wirklich faszinierende, *hochinteressante* Menschen – und ich bin sicher, seine Tochter wird da nicht viel anders sein.«

Ich zuckte mit den Schultern. »Keine Ahnung.« Und fügte dann hinzu: »Ich fürchte, ich kann nicht dafür garantieren, dass die Party meinen sozialen Aufstieg bedeutet. Ich bin nur eingeladen worden, weil India Dad kennen lernen will.«

Sofort verschwand der euphorische Glanz aus dem Gesicht meiner Mutter und der alte verbitterte Ausdruck kehrte zurück. »Also wirklich, Octavia! Ich glaube kaum, dass die Tochter von Rich Withers an dem bisschen, was der arme Hector zu bieten hat, Interesse haben wird.«

Ich zuckte noch einmal mit den Schultern. Als ich die Küche verließ, erhaschte ich einen Blick auf mein Gesicht im Spiegel neben der Tür, und darin prangte doch tatsächlich ein hässliches, schadenfrohes Grinsen.

Ich weiß, ich hätte das mit dem sozialen Aufstieg nicht sagen sollen, und dass India nur Dad kennen lernen will. Und ich hätte nicht so aus der Küche hinausstolzieren sollen, sondern dableiben und meiner Mutter zuliebe über Kleider und Motto-Partys und was weiß ich noch plaudern sollen. Es ist nur … Manchmal kommt's mir so vor, als sollten sie und ich im selben Film auftreten, und wir wären auch am selben Drehort und hätten den Text perfekt drauf und alle Requisiten stünden da, wo sie stehen sollen – aber dann stellt sich heraus, dass wir aus zwei völlig verschiedenen Drehbüchern zitieren. Ich *will* kein richtiger Darling werden mit dem ganzen Schulterzucken und hohlen Grinsen und Gelangweilt-in-die-Gegend-Schauen. Aber ich will auch keine Tammy sein. Ich will nicht ständig rumkichern und dankbar sein für eine Einladung, die gar nichts mit mir zu tun hat, sondern nur mit Hector Cleeve, egal was meine Mutter denkt.

Mein Vater ist der letzte Spross einer langen Ahnenreihe voller Hector Clairbrook-Cleeves. Irgendwo in den Tiefen der Nationalgalerie muss es sogar ein Porträt vom allerersten geben, der im siebzehnten Jahrhundert von Charles dem Zweiten in den Adelsstand erhoben wurde. Der derzeitige Lord Clairbrook-Cleeve residiert in staubigem Glanz in Mayfair und verbringt seine Zeit damit, anderen das Leben zur Hölle zu machen – der Welt im Allgemeinen und uns im Besonderen. Trotz – oder vielleicht gerade wegen – seiner adeligen Herkunft belässt Dad es im Berufsleben beim Nachnamen Cleeve. Das kann meine Mutter nun überhaupt nicht verstehen und lässt den Namen ihres illustren Schwiegerpapas bei jeder Gelegenheit fallen.

Dad ist Regisseur. Und zwar ein guter. Meistens arbeitet er am Theater, aber er hat auch schon einige Filme gedreht – seltsame, kluge, stille Filme, die bei Festivals Preise bekommen und in den Zeitungs-Feuilletons rezensiert werden, aber nicht besonders viele Zuschauer ins Kino locken. So hat er meine Mutter kennen gelernt, die damals noch Helen Slater hieß und in der Hoffnung auf Ruhm, Reichtum und ihren Namen in Leuchtbuchstaben eben erst nach London gekommen war. Dad bastelte gerade an seinem ersten Film, einem No-Budget-Kurzstreifen über einen Parkwächter oder so ähnlich, und sie bekam eine Rolle darin. Sie waren beide noch sehr jung (sie achtzehn, er dreiundzwanzig), sie heirateten und bekamen mich, und kurz darauf konnte Helena, wie sie sich mittlerweile nannte, die Hauptrolle in einem Film namens *Lady Jane* an Land ziehen, einer Low-Budget-, aber unerwartet erfolgreichen romantischen Komödie über eine überdrehte junge Adelige aus England, die einen amerikanischen Schuft heiratet und in Los Angeles sitzen gelassen wird. Und kurze Zeit später verkündete mein Vater, dass er meine Mutter verlassen würde – für einen Mann.

Es muss schlimm gewesen sein. Richtig schlimm. Das kann ich verstehen. Aber meine Mutter hat zugegeben (und zwar gegenüber keiner Geringeren als Suzi Sanmartini, in deren berühmten Enthüllungs-Talkshow *Tell It Like It Is*), dass sie es irgendwie hatte kommen sehen. Und es war ja nicht so, dass Dad an ihr etwas auszusetzen gehabt hätte oder sie gegen eine jüngere, reichere, intelligentere oder hübschere Frau eingetauscht hätte. Nein, er konnte einfach mit *keiner* Frau zusammen sein. Zu der Zeit hatte Mum regelmäßig Aufträge, auch wenn die Rollen nicht immer wahnsinnig aufregend waren – Werbespots, kleine Filmrollen, größere Rollen in Fernsehdramen – und ein oder zwei Jahre später wurde die Spin-Off-Serie zum Film *Lady Jane* gestartet. Dad hatte sich in England in der Zwischenzeit mit einer Inszenierung von Shakespeares *Der Sturm* einen Namen gemacht, war mit dem Stück von einer kleinen Provinzbühne zu einem der großen Theater im West End abgewandert und schließlich sogar in den USA auf Tour gegangen. Also ging – und geht – es beiden ziemlich gut, würde ich sagen, jedem auf seine Art. Aber auch knapp dreizehn Jahre nach der Scheidung ist Dads Name für meine Mutter nur Dreck, und wenn sie ihn überhaupt mal erwähnt, dann nur als zwischen zusammengekniffenen Lippen hervorgepresstes »armer Hector«.

Nach der Scheidung hat Dad etliche Beziehungen gehabt, aber mit Michael, seinem jetzigen Freund, ist er schon seit sechs Jahren zusammen. Michael ist Rechtsanwalt und richtig nett. Er bringt mir Kochen bei und kann die Schauspieler, die für Dad arbeiten, super witzig nachmachen. Aber meine Mutter hat meines Wissens noch nie ein Wort darüber verloren, dass er überhaupt existiert, und wenn sie es vermeiden kann, sieht sie ihn nicht einmal an. (Was ich ganz schön merkwürdig finde – schließlich hat sie selber jede Menge schwuler Freunde, deren Liebesleben sie mit Wonne über einer Tasse Kaffee durchhechelt. Und es ist ja nicht so, dass Michael ihr Dad ausgespannt hätte.) Sie selbst hat keinen Freund, nur ab und zu ein Date. In Interviews – wie dem mit Suzi Sanmartini – sagt sie immer, die Stimme heiser vor Ergriffenheit: »Die enge und liebevolle Beziehung meiner Tochter zu Hector ist mir – trotz allem – nach wie vor ein Anlass zu uneingeschränkter Freude.«

Wenn meine Mutter in Amerika weilt, um die neueste *Lady-Jane*-Staffel zu drehen, wohne ich normalerweise bei Dad und Michael. Ich nehme ihr nicht ab, dass ihr das »ein Anlass zu uneingeschränkter Freude« ist, aber um fair zu sein, sie wäre wahrscheinlich sehr besorgt, wenn ich mit Dad plötzlich nichts mehr zu tun haben wollte. Ab und zu telefonieren sie miteinander oder treffen sich, um über bestimmte Themen (d.h. über mich) zu reden, aber sie fragt mich nie danach, wie es ihm geht, und erwähnt auch mit keinem Wort seine aktuellen Projekte, Pläne oder Preise. Also weiß sie vielleicht auch nichts über seinen neuesten Film und darüber, dass er Drake Montague für die Hauptrolle verpflichtet hat. Es fällt mir allerdings schwer, das zu glauben, denn selbst die Boulevardpresse hat sich lang und breit darüber ausgelassen, dass Drake, Hollywoods neuester »aufgehender Stern«, die großen Actionstreifen hinter sich gelassen habe, um unter der Regie von Hector Cleeve einen kleinen britischen Film zu drehen. India ist darüber jedenfalls ganz sicher im Bilde. India möchte nämlich – gepriesen sei ihr gülden Herz – Schauspielerin werden und hat ihre blauen Glupschgucker auf den Traummann Drake und, als Extra-Bonus, auf den künstlerischen Chic gerichtet, den ein unabhängiger Low-Budget-Film mit sich bringt. Ein Film, bei dem zufällig der Vater ihrer *alten Schulfreundin* Octavia Regie führt.

Um zu verstehen, warum India die Drake-Montague-Hector-Cleeve-Connection so wichtig nimmt, muss man sich klar machen, dass India mehr sein will als die vielen blonden Starlets, die Hollywood am laufenden Band produziert. Berühmt sein ist ja schön und gut, aber India ist hinter was Größerem, Besserem und *viel* Exklusiverem her – Glaubwürdigkeit. Die magische Mischung aus Kunst und Ruhm, bei der es nicht um alkoholschwangere Partys und eine gelegentliche Erwähnung in einer Zeitungskolumne geht, sondern um goldene Statuetten und Dauerverbleib in der vordersten Reihe berühmter Persönlichkeiten und darum, dass die Menschen atemlos an deinen Lippen hängen. Es geht darum, dass man alles bekommt, was man will, einfach weil einem überall, wo man hinkommt, gleich der rote Teppich ausgerollt wird.

Selbst ich konnte erkennen, dass Drake und/oder seine Connections Indias geplanter Karriere den besten Start-Schub geben würden. Zum einen ist er sehr jung (neunzehn) und zum anderen noch ziemlich neu in der Szene, sodass er sich – soweit vermutlich Indias Überlegungen – durchaus innerhalb ihrer Reichweite bewegt. Allerdings hat Drake nicht nur beschlossen, als ernsthafter Schauspieler einen zweiten Anlauf zu nehmen, sondern auch, zu einem von der geheimnisvollen, einsiedlerischen Sorte zu mutieren. Ihr wisst schon, der Typ Schauspieler, der nicht mal zur Premiere seines eigenen Films erscheint, weil er gerade in einer einsamen Hütte an einem Roman über die Seichtigkeit des Showbusiness schreibt. Und solange solche Typen vorsichtig genug sind, nichts allzu Beklopptes von sich zu geben, weiterhin beliebte Filme drehen und sich um ihre markanten Wangenknochen kümmern, bekommen sie mit ein bisschen Glück ein noch heißeres Image als zu den Zeiten, als sie zur Eröffnung der berühmten The-Winner-Is-Umschläge noch persönlich aufkreuzten.

Und so stellte Drakes reizvollstes Merkmal gleichzeitig auch Indias größtes Problem dar. Wäre er einfach nur ein weiterer hirnloser Schönling gewesen, der über den Teich gehüpft war, um seine Zehen in Cool Britannia zu tauchen, hätte er mit Sicherheit schon längst die gemütlichen Familien-Diners im Withers'schen Haushalt genossen. Aber nein, er hatte sich an einem abgeschiedenen Ort verschanzt, machte Yoga, trank Seetangwasser und machte sich bereit, seine Seele um der schönen Kunst willen bloßzulegen. Indias Lösung für das Problem war so zielorientiert wie schlicht: Man schmiere dem Obelisken und seinem obskuren Filmemacher von Vater Honig ums Maul, dann hätte man sicherlich bald exklusiven Zugang zu Drake und der Oscar-Nominierung.

Mein eigenes Vorgehen in der Sache war weniger schlicht. Ich hatte schließlich, nach reiflicher Abwägung, beschlossen, auf die Party zu gehen, nicht zuletzt weil das meiner Mutter garantiert Freudentränen in die Augen treiben würde. Allerdings hegte ich keinerlei Absicht, mich einfach so in Indias Pläne einbinden zu lassen. Vor allem weil ich ja nicht *genau* wusste, was das für Pläne waren, und sich jede Menge vager Befürchtungen in das erste Aufkeimen meiner Vorfreude mischten ... Das alles hätte ich meiner Mutter nur zu gern *so* erklärt, dass sie es verstand. Aber noch lieber hätte ich es gehabt, wenn sie mir nicht auf so niederschmetternde Art gezeigt hätte, wie viel ihr diese Einladung bedeutete.

Abgesehen von den Dingen, die mit Dad zu tun haben, ist meine Mutter weder nachtragend noch kann sie über längere Zeit schmollen. Zum einen, weil sie von Natur aus ein eher heiterer Mensch ist, und zum anderen, glaube ich, weil man vom ärgerlichen Stirnrunzeln Falten bekommt. Ich für meinen Teil versuche grundsätzlich, nie zu schmollen, weil Schmollen nämlich genau das ist, was Darlings am besten können. Und daher herrschte beim Abendessen so was wie ein unausgesprochener Waffenstillstand. Kein Wort über neue Kleider oder den Charme der Familie Withers oder die plötzliche Beliebtheit von Hector Cleeve. Aber sobald ich wieder in der Schule war, ließ sich das Thema natürlich nicht mehr umgehen.

»Du willst dann also zu Indias Party, hab ich gehört«, sagte Twinkle, als wir Plakate für den peruanischen Pashmina-Weberinnen-Fonds antackerten (der in diesem Herbstsemester Empfänger der Spendensammelaktionen der zehnten Jahrgangsstufe war).

»Ähm … ja«, erwiderte ich, leicht peinlich berührt. Twinkle hatte nämlich keine Einladung erhalten – vielleicht wegen der wenig rühmlichen Erwähnung von Tigerlily Clements in der kürzlich erschienenen Biografie von Twinkles Mutter *Das mystische Karussell.* (Twinkles Mutter war eine wenig bekannte Fernsehmoderatorin gewesen, bis sie vor sieben Jahren einen in aller Öffentlichkeit breit getretenen Nervenzusammenbruch erlitt und an den Hindukusch zog, um Cannabis anzubauen. Mittlerweile hat sie als Ganzheitlichkeits-Beraterin und Sternen-Spiritistin ein triumphales Come-back hingelegt.)

Twinkles zwanzig silberne Armreife klimperten bei jedem Schuss mit dem Tacker aggressiv vor sich hin. Sie hat so eine Art, Bohemien-Chic wie Kunst aussehen zu lassen; sie trug ein gestreiftes Strickkleid, ein paillettenbesetztes Kopftuch, mit

Swarovski-Kristallen verzierte Flipflops und einen übellaunigen Gesichtsausdruck. Bemüht hippe Hippies von heute scheinen auf Love & Peace nicht mehr halb so viel Wert zu legen wie die altmodische, weniger gepflegte Sorte von früher. »Na dann«, sagte sie und schleuderte ihre hennagefärbten Locken nach hinten. »Hoffentlich langweilst du dich da nicht zu Tode. Diese Partys sind doch alle gleich – kennst du eine, kennst du alle. Aber wer weiß? Für dich muss es ja schon unfassbar neu sein, überhaupt mal *irgendwohin* eingeladen zu werden.«

Als Twinkle schließlich davontänzelte, war ich mehr denn je fest entschlossen, den Darlings zu beweisen, dass ich durchaus in der Lage war, eine gesellschaftliche Zusammenkunft zu überleben, ohne mir vor lauter Ehrfurcht in die Hose zu machen. Und apropos Ehrfurcht – ich musste India unwillkürlich dafür bewundern, wie sie es geschafft hatte, in Sachen Party selbst völlig gleichgültig zu bleiben, während alle anderen ihr übliches Grinsen und Achselzucken aufgegeben hatten und nunmehr munter herumspekulierten. Tuschel, tuschel. Flüster, flüster.

»Ein Fotograf vom *Prattler* geht angeblich auch hin. Soll einen doppelseitigen Artikel im Mittelteil geben.«

»Indias Bruder war auf derselben Schule wie Prinz Richard. Meint ihr, der wird auch da sein?«

»Sogar das Catering folgt dem Motto – *alles* wird weiß sein. Ich hab gehört, sie servieren nur Wodka und Vanilleeis.«

»*Ich* hab gehört, es wird eine riesige Eisskulptur in Form eines Eisbären geben. Und eine Zuckerwatte-Bar. Und einen Champagner-Brunnen.«

»Ursprünglich hatte Rich Withers vorgehabt, die ganze Straße mit Kunstschnee beschneien zu lassen und tausende kleiner Lichter aufzuhängen, aber die Eigentümergemeinschaft hat sich dagegen ausgesprochen.«

»Also, von dem Kunstschnee weiß ich nichts, aber fest steht jedenfalls, dass sie die Zufahrt mit weißen Rosen bedecken werden. Von der Sorte ohne Dornen. Sie lassen sie extra aus dem Mittleren Osten einfliegen.«

»Indias Outfit wurde von Zoe McCarthy persönlich entworfen – als Geburtstagsgeschenk. Die ist nämlich eine gute Freundin der Familie.«

Und so weiter.

Meine beste Freundin an der Schule ist Jess (Kurzform von Jezabel). Ihre Mutter ist eine energische rothaarige Frau, die in einer vielfach verkauften Serie von Gesund-und-Fit-Videos mitspielt. Was für Darling-Maßstäbe unterste D-Liga heißt. Wir haben uns hauptsächlich deswegen zusammengetan, weil Jess Darlinham House noch mehr verachtet als ich und die ganze Zeit versucht, ihre Mutter dazu zu bringen, sie auf eine normale Schule zu schicken. Vielleicht als Ausgleich für die unerschütterliche Munterkeit ihrer Mutter ist Jess sehr ruhig und irgendwie wachsam, als würde sie irgendwas vor der Welt verheimlichen. Sie hat ein glattes, sahnefarbenes Gesicht, und ihre Augen bekommen jedes Mal, wenn India aufkreuzt, einen merkwürdigen glasigen Ausdruck. Indias Antwort darauf ist eine eindeutige Geste: Sie tippt sich mit dem Finger an die Stirn. »*Aaarme* Jess. Ihre Mutter ist während der Schwangerschaft ständig herumgehüpft, wisst ihr. Immer diese Bauchverrenkungen – das kann doch nicht gesund sein.« Und dann senkt sie die Stimme und macht ein sorgenvolles Gesicht. »Das verlangsamt beim Kind alles, wenn ihr versteht, was ich meine.«

Ich mag Jess gern, aber obwohl wir ziemlich viel Zeit miteinander verbringen, hab ich nicht das Gefühl, sie wirklich gut zu kennen. Doch sogar sie zeigte sich angesichts meiner Beförderung zum Darlinham-A-Liga-Mitglied interessiert. »Na, besser du als ich«, sagte sie als Erstes, und ich wusste, dass sie das absolut ernst meinte und nicht versuchte, sich künstlich cool zu geben. »Willst du da überhaupt hin?«

»Ich bin ziemlich hin- und hergerissen«, gab ich zu. »Aber Tatsache ist, dass meine Mutter nie wieder ein Wort mit mir redet, wenn ich die Einladung nicht annehme. Obwohl ich echt nicht weiß, warum ich überhaupt eine gekriegt hab. Okay, wegen Dad und weil India diesen Drake Montague in die Krallen kriegen will. Aber ich weiß nicht, wie ich ihr dabei helfen soll. Ich kann ja wohl kaum Drake oder meinen Vater als Begleiter mitschleifen, oder?«

»Was machst du denn da den ganzen Abend? Was willst du überhaupt anziehen?«

Das war eine gute Frage. Ich sah zu, wie Tallulah versuchte, einen Bunsenbrenner anzuzünden, ohne sich die Ärmel ihres lila-grünen Kimonos abzufackeln. Ihr Vater ist ein berühmter irakisch-belgischer Modedesigner, was vielleicht für den Chemieunterricht einen Nachteil darstellt, aber eindeutig von Vorteil ist, wenn man sich in der Highsociety bewegen will.

»Deine Mutter könnte dir doch helfen. In Sachen Klamotten, meine ich. Damit kennt sie sich doch aus. Auf jeden Fall ist sie … *elegant,* das weiß doch jeder.« Jess maß mit einem tiefen Seufzer die Schwefelsäure ab. Ihre Mutter ist berühmt für ihre pfirsichfarbenen Lycra-Kostüme und die dazu passenden Wet-Look-Lippenstifte. »Ich würde fünfzig Eisbären-Eisskulpturen und hundert Zoe-McCarthy-Outfits *und* ein Date mit Prinz Richard dafür geben, endlich von dieser Schule abgehen zu können«, sagte sie langsam.

Ich gab ihr Recht. Aber obwohl ich Darlinham House und seine Insassen genauso hasse wie Jess, muss ich trotzdem – ungern, aber doch – zugeben, dass ich hier vermutlich besser dran bin als woanders. Vielleicht hätte Dad meine Mutter überreden können, mich auf eine andere Schule zu schicken, aber ein kleiner, feiger Teil von mir fragt sich immer, ob meine Mutter nicht doch das Richtige tut. Nicht im Hinblick auf den Schönheitsfarm-Feinschliff-Aspekt der Schule (»Ja, auch Sie können bald mit einem modernen Sprössling-Accessoire brillieren – speziell darauf getrimmt, Sie in jeder Phase Ihrer Star-Karriere perfekt zu begleiten! Vertrauen Sie uns – wir machen das Beste aus Ihrem Gen-Pool!«), sondern weil meine Familie und unsere Lebensweise in Darlinham House so normal sind.

Wie würde es einem Mädchen, das sich mit dem Namen Octavia Clairbrook-Cleeve schmückt, an einer ganz normalen Schule wie der von Viv ergehen zwischen lauter Leuten mit unauffälligen, normalen Namen und einem unauffälligen, normalen Leben? Ich stellte mir meine Eltern auf der Jethro-Park-Gesamtschule vor: Lady Jane steht auf der Schulparty hinter dem Kuchentresen (nein, vermutlich hätte man sie gebeten, die Schulparty zu *eröffnen*) und hält Hof zwischen den ganzen Mrs Duckworths dieser Welt ... Dad und Michael kreuzen Händchen haltend auf dem Elternabend auf ... Hier in Darlinham lässt sich zumindest keiner darüber aus, dass deine Mutter im Frühstücksfernsehen über die »beglückende Liebe ihrer Tochter« plaudert, weil es sehr wahrscheinlich ist, dass ihre eigenen Eltern schon eine Woche später in derselben Sendung auftauchen. Wer hier nicht selbst in Therapie oder auf Entzug ist, hat zumindest ganz sicher ein Elternteil, auf den das zutrifft, und die Tatsache, dass dein Vater mit einem Mann zusammenlebt, ist kein bisschen interessanter oder merkwürdiger als eine Mutter, die schon zum fünften Mal verheiratet ist (Cosmo) oder ein Vater, der eine Strichliste über seine zwanzigjährigen Freundinnen führt (Calypso). Hier in Darlinham House sitzt jeder von uns in seinem ganz persönlichen Glashaus und kann es sich nicht leisten, mit Steinen zu werfen.

Die offizielle Einladung traf am Samstag ein: ein weißes Bändchen aus Seide, auf dem nur Tag und Uhrzeit der Party sowie Indias Geburtsdatum golden eingestickt waren. Ein Um-Antwort-wird-gebeten-Kärtchen mit der Anfahrtsbeschreibung auf der Rückseite war am Bändchen befestigt. Irgendwie hatte India die Adresse meines Vaters herausgekriegt, also war die Einladung dahin geschickt worden und nicht an meine offizielle Adresse bei Lady Jane – was den Verdacht nahe legte, dass ich daran erinnert werden sollte, worin meine Verpflichtungen als Gast lagen. Wie üblich verbrachte ich den Samstag bei Dad und Michael, und so war die Einladung so ziemlich das Erste, was ich sah, als ich das Haus betrat.

Beim Mittagessen erzählte ich den beiden dann davon – also, von den Prinz-Richard-*Prattler*-Champagner-Brunnen-Gerüchten, nicht vom Drake-Montague-Aspekt. So weit war ich noch nicht. Dad hört sich Darlinham-News fast genauso gern an wie Viv, und als ich von der großen Debatte Kunstschnee gegen weiße Rosen berichtete (so wie sie von Cosmo und Tallulah während der Ashtanga-Yoga-Stunde am Freitag geführt worden war), musste Michael so lachen, dass er sich beinahe an seiner Suppe verschluckte. Ich lachte mit, aber ein Teil von mir fühlte sich irgendwie einsam. Dieses ganze Darlinham-Zeugs ist für Dad oder Michael oder Viv nicht wirklich *echt,* und wenn ich ihnen davon erzähle und mich darüber lustig mache, kommt es mir selber auch nicht echt vor. Aber es *ist* echt, es ist mein wahres Leben, acht Stunden am Tag, fünf Tage die Woche, und ich tue zwar so, als wäre das alles unwichtig, aber natürlich ist es das nicht. Für meine Mutter ist es sogar sehr wichtig, wenn auch aus anderen Gründen, und manchmal fühle ich mich genau deswegen ganz besonders einsam.

Nachdem wir genug darüber spekuliert hatten, was man auf einer *Weiß*-Party noch alles servieren könnte (Milchreis? Zu opfernde Jungfrauen? Weiße Proll-Lederjacken mit Fransen? Kokain?), fragte ich Dad nach seinem aktuellen Film. Es ist die Verfilmung des Erstlingsromans eines Blitzstarter-Schriftstellers und handelt von einem Familien-Wiedersehenstreffen, auf dem überraschend ein charismatischer junger Mann (Drake) aufkreuzt, der behauptet, ein lang vermisster Verwandter zu sein. Es dauert nicht lange und er schafft es, dass alle um ihn herum durchdrehen und unterdrückte Konflikte neu aufbrechen. Also ist es in gewisser Weise auch eine rätselhafte Gruselgeschichte: Der Zuschauer hat keine Ahnung, wer der junge Mann ist, ob seine Absichten gut oder böse sind, ob er einfach nur ein genialer Hochstapler ist oder gar übernatürliche Kräfte besitzt.

In wenigen Wochen sollte mit dem Drehen begonnen werden, also waren alle Hauptrollen längst besetzt (Pech für India), die meisten Nebenrollen auch, die Drehorte standen fest und der Drehplan lag schwarz auf weiß vor. Dad machte sich Sorgen, ob er mit dem knappen Etat auch wirklich auskommen würde, und außerdem hatten die Schauspieler nur eine Woche Zeit zum Proben gehabt, was für die Filmindustrie ganz normal ist – beim Film gibt es manchmal überhaupt keine Proben –, fürs Theater aber ganz und gar nicht.

»Bist du sicher, dass Drake die Rolle packt? Nach diesen ganzen hirnlosen Blockbuster-Dingern, die er gemacht hat?«, fragte Michael.

»Ach, Drake ist ein hochbegabter Schauspieler, da gibt's keinen Zweifel. Und Grips hat er auch. Du darfst nicht vergessen, dass er schon seit seinem dreizehnten Lebensjahr spielt, und zwar nicht nur in seichten Teenie-Komödien. Er hat auch ein paar wirklich interessante Sachen gedreht, zum Beispiel dieses Drama über ein paar Jugendliche in einem Drill-Camp. Also kann er garantiert viel mehr als das, was er in *Rebel Blade* oder

Psychlone gezeigt hat, das weißt du so gut wie ich. Außerdem will er ja unbedingt sein Teen-Idol-Image loswerden.«

Michael wirkte noch nicht ganz überzeugt. »Was meinst du, Octavia? Schafft Drake das?«

»Tja, so oder so – genug Zuschauer kriegt ihr auf jeden Fall. Sogar bei uns in der Schule wird ständig über den Film geredet.« Tiefes Luftholen. »Und genau deswegen hat India mich auch zu ihrer Party eingeladen. Sie will *entdeckt* werden. Hector Cleeves neues Zwergenwunderkind. Und das Mindeste, worauf sie hofft, ist die Chance, Mister Montague ihre schwungvollen Hüften entgegenstrecken zu können.«

Pause. »Kenne ich das Mädchen?«, fragte Dad dann. »Die klingt ja absolut zum Fürchten.«

»Ist sie auch«, sagte ich finster. »Eine Mischung aus kaltem Stahl und Zuckerwatte. Die wird irgendwann mal die Weltherrschaft an sich reißen.«

»Hmmm.« Er schob seinen Stuhl zurück und wackelte mit den Augenbrauen. »Wann soll die Party sein? Samstag in einer Woche? Also, ich muss zugeben, ich bin ziemlich neugierig auf den Wodka-Brunnen und die Eisbären aus Milchreis oder was das war. Tja, dann muss ich dich wohl hinkutschieren, um einen Blick auf die Veranstaltung zu werfen.«

Meine Mutter holte mich am nächsten Morgen ab. Sie besteht darauf, mich immer persönlich bei Dad abzuholen, obwohl ich schon seit Jahren durchaus in der Lage bin, alleine nach Hause zu finden. Als sie kam, saßen wir noch im Morgenmantel am Küchentisch, genossen ein spätes Frühstück mit Croissants, Marmelade und einem Mount Everest an Sonntagszeitungen und ließen uns von Michael ein ausgesprochen lustiges Interview mit dem Regisseur des neuesten Vince-Valiant-Films vorlesen. Aus irgendeinem Grund brezelt sich meine Mutter jedes Mal, wenn sie meinen Vater treffen muss, bis zur Unkenntlichkeit auf, und an diesem Tag trug sie ein sehr schickes kirschrotes Kostüm und einen kleinen pelzgesäumten Hut. Glänzend geschminkte Lippen. Kirschrote Fingernägel. Als sie unsere Croissant-Krümel und Morgenmäntel und die von der Nacht zerwuselten Haare erblickte, schürzte sie die Lippen und kniff die Augen zusammen.

»Ah, Helena! Du siehst toll aus! Möchtest du nicht eine Tasse Tee, bis Octavia ihre Sachen zusammengepackt hat?« Dad deutete auf einen halb unter Zeitungen versteckten Stuhl und strahlte sie über seinen Croissant-Teller hinweg an. Mein Vater ist, was Aussehen angeht, immer unbefangen, selbst wenn er gerade einen Morgenmantel aus lila Samt anhat, seine Haare in Büscheln zu Berge stehen und seine Finger voller Marmelade sind. Aber meine Mutter schoss einen eisigen Blick in Richtung Michael ab, der gerade mit dem Teekessel hantierte, und dann einen vorwurfsvollen in meine Richtung.

»Nein danke, Hector. Octavia, könntest du dich dann bitte beeilen? Ich habe heute Nachmittag noch einen Termin bei meinem Agenten.«

Also hetzte ich los, zog mich an und trug all meine Siebensachen zusammen, damit wir nur ja das Haus verlassen konnten, bevor meine Mutter womöglich gezwungen war, sich hinzusetzen und mit Michael eine Tasse Lapsang-Tee zu trinken oder sich mit Dad über mein bevorstehendes gesellschaftliches Debüt zu unterhalten. Aber als wir gerade durch die Tür wollten, kam mein Vater uns hinterher und griff nach meiner Hand.

»Hör zu, Liebes, mach dir keine Gedanken wegen dieser kleinen Miss Witzlos oder wie sie heißt. Sie braucht nichts von dir, und du brauchst erst recht nichts von ihr. Wenn du auf diese Party gehst, dann bitte nur, weil du Lust drauf hast, und dann spielt es auch keine Rolle, ob du das Ganze ernst nimmst oder dich insgeheim kaputtlachst. Hauptsache, du hast einen unterhaltsamen Abend.«

Die Heimfahrt verlief in völligem Schweigen. Meine Mutter hatte immer noch einen verkniffenen Ausdruck um den Mund. Sie war wohl sauer, weil ich mit Dad über die Party gesprochen hatte. Als sie schließlich auf unserer Einfahrt hielt, stieg sie nicht aus, sondern fing an, an ihrem Hutrand herumzunesteln. »Also, Octavia«, begann sie schließlich, »*willst* du überhaupt auf diese Party gehen?«

Ich wurde ganz steif und fühlte mich alles andere als wohl. Natürlich wollte ich nicht auf die Party. Natürlich wollte ich auf die Party. Woher sollte ich das denn wissen?

Meine Mutter schloss die Augen und legte sich die Hände an die Schläfen. »Okay, lass es mich anders formulieren. Bedeutet dir diese Party etwas?«

Stille. »Ja«, antwortete ich schließlich. »Ja.«

Meine Mutter holte einmal tief Luft, dann machte sie die Augen wieder auf und lächelte. Ein verschlagenes, entschlossenes Lächeln.

»Also gut«, sagte sie. »Gut. Wir werden es ihnen schon zeigen.«

Ihnen was zeigen? Und wem überhaupt? India? Oder Dad?

Normalerweise hasse ich Shoppen mit meiner Mutter. Sie liebt diese lichtdurchfluteten Hochglanz-Boutiquen, in denen man von einer ganzen Horde Verkäuferinnen umschwirrt wird, die wie bösartige Flugbegleiterinnen wirken: Die gute Laune ist gespielt, die Blicke sind spöttisch. Ständig versucht Mum mich zu perlenbesetzten Strickjäckchen zu überreden, zu *niedlichen*

Miniröcken und glitzernden Handtäschchen, wo kaum was reinpasst, und winzigen Schraubstock-Schühchen, in denen ich kaum laufen kann. Sie schwebt lässig und elegant wie eine englische Rose herum, während ich ihr in meinem ziemlich vergammelten T-Shirt und mit fettglänzender Nase und einem finsteren Blick hinterherschlurfe. Aber diesmal machte es tatsächlich Spaß, zumindest nachdem wir die erste Meinungsverschiedenheit hinter uns gebracht hatten. Ich hatte gegen das bodenlange weiße Abendkleid im Grace-Kelly-Stil, das sie für mich vorgesehen hatte, Veto eingelegt. Denn mich beschlich der Verdacht, dass der Withers-Clan solche Bemühungen gar nicht zu schätzen wissen würde, vor allem weil es in Darlinham House als ziemlich gewöhnlich gilt, sich für eine Gelegenheit aufzustylen, die nicht mindestens eine Oscar-Verleihung ist. Aber als ich meiner Mutter gegenüber erwähnte, was India anziehen würde, wurde ihre Laune schlagartig wieder besser.

»Zoe McCarthy also?«, sagte sie, und ihre Augen blitzten. »Dann werden wir uns etwas besonders Ausgefallenes aussuchen.« Und am nächsten Tag holte sie mich ganz früh von der Schule ab und schleifte mich in diesen kleinen, schmuddeligen Laden in den Tiefen von Camden, wo die Bürgersteige draußen mit angeschimmelten Kebab-Resten und Fetzen alter *Daily-Sport*-Ausgaben gepflastert sind und drinnen wohlriechende junge Frauen mit geschliffenen Manieren die Kleiderständer durchgehen. »Der Top-Stylist von *Stellar!* schwört auf diesen Laden«, zischte mir meine Mutter ins Ohr und zog dann eine zerzauste weiße Pelzstola aus dem Regal. »Wie wär's damit?« Es kam mir so vor, als würden wir anderer Leute Klamottenkisten durchwühlen.

Am Mittwoch gingen wir dann auf Schuhjagd, diesmal tatsächlich in den Hochglanz-Geschäften, aber ich war von meinem Erfolgserlebnis im Top-Stylist-schwört-auf-diesen-Laden so gestärkt, dass ich der Verkäuferin sogar ein unechtes Lächeln schenkte. Zu hochhackigen Schuhen sagte ich kategorisch Nein, also einigten wir uns am Ende auf ein Paar schmale, elfenbeinfarbene Seidenslipper. Obwohl die Schuhe mehr kosteten als alle übrigen Outfit-Bestandteile zusammen, zuckte meine gute Einkaufsberaterfee mit keiner Wimper.

Am Donnerstagabend schließlich wurde ich zu *Selfridges* geschleift, wo meine Mutter erst mal lange, intensive Beratungsgespräche am Make-up-Verkaufstresen führte, bevor sie schließlich zu perlmuttfarbenem Nagellack und Lipgloss und zwei verschiedenen Lidschatten griff. Ich versuchte mich gegen den Lidschatten zu wehren, aber mein (Wider-)Wille war längst nicht mehr so stark wie am Anfang. Hinterher gingen wir zusammen bei unserem Lieblings-Marokkaner essen und legten uns einen kleinen Schwips inklusive dem obligatorischen Gekicher zu. Beim Nachtisch holten wir das ganze Make-up heraus und bewunderten die funkelnden Fläschchen und kleinen Glitzerpäckchen. Verbrachten India und Asia und die ganzen anderen Mädchen etwa auf diese Weise die Zeit mit ihren Müttern? Ich hatte keine Ahnung gehabt, dass das so einen Spaß machen konnte.

Am Samstagnachmittag kam Viv vorbei, um meine neuen Schuhe anzuprobieren und mir die Fingernägel zu lackieren. Ihre Mutter freue sich schon darauf, warnte sie mich, meine Karriere als fünfzehnjähriger Party-Star mitzuverfolgen. »Sie sagt, du solltest doch so eine Glamour-Girl-Zeitungskolumne schreiben – du weißt schon, ›Über mein glamouröses Leben mit meinen glamourösen Freunden‹, und die Leute mit Geschichten über Prinz Richard langweilen, mit dem du dich auf

Partys betrinkst oder so. Wie Tiara Hirnlos-Blödmannson oder wie sie heißt.«

»Mag ja sein, dass mein Nachname auch aus zwei Teilen mit Bindestrich besteht, aber abgesehen davon, habe ich keinerlei Gemeinsamkeit mit diesem Glamour-Püppchen.«

»Ach, schade. Ich bin sicher, Prinz Richard ist megascharf auf schicke Tussis mit wenig Grips unter den Locken – Hauptsache, perfekter Stammbaum.«

»Tja, dann wäre er bei uns genau richtig. In Darlinham House gibt's so Weiber wie Sand am Meer.« Ich musste unwillkürlich seufzen. Mein Erfahrungsschatz mit dem anderen Geschlecht ist so gut wie nicht vorhanden. Nicht, dass ich mich danach sehnen würde, einem der Designer-Penner nahe zu kommen, aber manchmal fände ich es schon nett, wenn die männlichen Darlings mich mal wahrnehmen würden – und zwar nicht nur, weil ich beim Betreten des Klassenzimmers mal wieder mit der Nase gegen den Türrahmen knalle.

»Na ja, wahrscheinlich wäre es auch schwer, deinen hübschen sauberen Schulmädchen-Teint zu behalten, wenn du ein Leben als Kolumnistin führen würdest – die ganzen Cocktails und Zigaretten ... Hey, wie fühlst du dich jetzt eigentlich wegen heute Abend?«

»Nicht schlecht!« Zu meiner eigenen Überraschung freute ich mich tatsächlich auf die Party.

»Gut«, sagte Viv, bestimmt wie immer. »Du musst öfter mal raus.«

»Was soll das denn heißen?«, fragte ich beleidigt.

»Das was ich gesagt hab«, sagte Viv ruhig. »Du musst mehr unter die Leute – auch wenn das alles dumme Blondchen sind oder Darlings oder Partygirls oder wie du sie immer nennst. Ich versuch dich ja schon oft mitzuschleifen, wenn bei uns Schulpartys sind oder so, aber du redest dich ja immer raus.

Als du letzte Woche gehört hast, dass Leute aus meiner Schule dabei sein würden, wolltest du nicht mit ins Kino, nicht mal auf einen Kaffee konntest du dich mit uns treffen!«

»Weil ich doch sonst niemanden außer dir gekannt hätte! Ich wäre mir total inkompatibel vorgekommen und hätte dann wie eine Klette an dir gehangen, und das hätte dich bestimmt total genervt.«

»Aber wie willst du denn überhaupt andere Leute kennen lernen, wenn du nie ausgehst?« Viv schlug einen milderen Ton an. »Weißt du, es wäre echt schön, wenn du öfter mitkämst. Wir hätten bestimmt viel Spaß, und ich garantiere dir, du wärst überhaupt nicht *inkompatibel*. Alle würden dich mögen.« Sie grinste. »Tja, aber jetzt, wo du bald nur noch mit Prinz Richard abtanzt, wirst du uns gemeines Fußvolk eh bald vergessen. Für dich gibt's ab sofort nur noch Krönchen und Kaviar, meine Liebe.«

Viv blieb noch eine Weile und stylte mich. Ich hatte mir erst neulich eine freche Kurzhaarfrisur schneiden lassen, dann aber festgestellt, dass einem der Süße-Elfe-Look nur schwer gelingen kann, wenn man über eins achtzig groß ist und mit Spitznamen Dave heißt. Aber Viv schwang den Haarwachs-Zauberstab so gekonnt, dass meine Fransen am Ende ganz stachelig, aber trotzdem schön weich aussahen. Meine Fingernägel schimmerten perlmuttig, meine Lider rauchgrau von dem Zeug in den glitzernden Fläschchen. Das Top, das ich in dem altmodischen kleinen Klamottenladen gekauft hatte, war ein enges Mieder aus elfenbeinfarbener Seide mit dünnen Trägern und einem Besatz aus alter Spitze. Auf meiner nackten Haut fühlte es sich kühl und zart und leicht an wie erste Schneeflocken auf der Hand. Für September war es allerdings nicht gerade das praktischste Kleidungsstück, und so hatte meine Mutter darauf bestanden, dass ich auch die Pelzstola anzog, bei der ich so meine Zweifel hatte – aber Viv fand sie Klasse. Dazu trug ich die Seidenslipper und meine Lieblingsjeans. Die sind vom vielen Waschen schon ziemlich ausgebleicht, schmiegen sich aber so schön eng an, dass meine Beine endlos scheinen. Die Spitzen der Seidenslipper guckten gerade so unter dem Saum der Hosenbeine hervor.

Zum wahrscheinlich allerersten Mal im Leben verstand ich, was meine Mutter mit ihren ewigen »Kleider machen Leute«-Arien meinte. Ich war mir vorher sicher gewesen, dass ich mir vor lauter Aufregung schier in die Hose machen würde, aber das Gesicht, das mir jetzt aus dem Spiegel entgegensah, wirkte selbstsicher. Diesen einen Abend lang hatte ich die Chance, jemand ganz anderes zu sein, ein ganz anderes Leben zu führen, und so kam mir mein Spiegelbild mehr wie ein Foto aus einem Hochglanzmagazin oder wie eine Buchillustration vor. Ich sah – gut aus. Nicht wunderschön oder umwerfend oder märchenhaft verwandelt, aber *gut.* Cool und elegant und selbstbewusst.

Ich hatte gedacht, meine Mutter würde vor Freude über mein Erscheinungsbild regelrecht Purzelbäume schlagen, aber sie war ziemlich still, als sie mich an der Tür verabschiedete. Vielleicht, weil Dad draußen auf dem Bürgersteig wartete. Aber als ich mich abwenden wollte, griff sie nach meinem Arm, und in ihrem Gesicht war ein merkwürdiger Ausdruck – irgendwie stolz und gleichzeitig fast ein bisschen ängstlich. »Manchmal ist es hart, das weiß ich. Das weiß ich nur zu gut. Oh, Octavia …« Aber dann brach sie ab, und ich rauschte die Treppe hinunter zu Dad, der mir wie ein Chauffeur die Tür aufhielt und sich verbeugte, und als wir losfuhren, winkte ich wie eine königliche Hoheit durch das hintere Fenster.

Rich Withers wohnte im äußersten Westen Londons, in einer Gegend, wo immer mehr Pseudo-Paläste hinter hohen Mauern und grün überwucherten Pseudo-Kutschenauffahrten hervorlugen. Bevor das große schmiedeeiserne Tor aufschwang, mussten wir uns durch eine Sprechanlage ausweisen, und ich erhaschte einen Blick auf eine Überwachungskamera, die diskret in der Mauer eingelassen war. Von Kunstschnee keine Spur, aber winzig kleine weiße Lichter leuchteten tatsächlich überall, wohin das Auge blickte – in den Baumkronen, in den Büschen, entlang der Auffahrt und an der gesamten Hausfassade. Das Haus selbst war – soweit man das im glitzernden Dunkel erkennen konnte – ein großes weißes Gebäude mit diversen Mäuerchen und Türmchen. Aber ich hatte nicht lange Gelegenheit, es mir anzuschauen, denn kaum hatte Dad vor der Tür angehalten, war India schon da. Sie hatte an den Eingangsstufen gestanden, um ihre Gäste zu empfangen, und stürmte jetzt über die bekieste Auffahrt auf mich zu.

»Davy! Süße!«, quietschte sie entzückt. Küsschen links, Küsschen rechts. Dann wich sie einen Schritt zurück, musterte mich mit zusammengekniffenen Augen einen kurzen Augenblick von oben bis unten, und verzog das Gesicht schließlich zu einem bezaubernden Lächeln. Man hätte meinen können, ich sei ihre allerallerallerbeste Freundin. Eine wirklich herausragende Vorstellung, die sie da lieferte – ich lächelte durch meinen Dankbarkeits-Nebel gekünstelt zurück. Sie wandte sich zu meinem Vater um, immer noch dieses strahlende, breite Lächeln im Gesicht. »Sie müssen Mr Cleeve sein.« Sie gaben sich die Hand. India glühte, wirkte aber beinahe schüchtern. »Ich bin *so* glücklich, dass ich Sie endlich kennen lernen darf!« Sie senkte sittsam den Blick. »Ich … also … ich wollte Sie schon lange mal treffen – seit Dad mich im Juli zu Ihrer *Bacchae*-Inszenierung mitgenommen hat. Wir haben uns hinterher noch ewig darüber unterhalten. Ich hab mich nur nicht getraut, Octavia nach Ihnen zu fragen.« Süßliches, bescheidenes Lachen. »Ich finde, Sie haben mit Ihrer Inszenierung einige absolut faszinierende Fragen zu Euripides' Ironie und dem Thema Metatheater aufgeworfen. Obwohl ich mich des Eindrucks nicht erwehren kann, dass die kathartische Macht von Tragödien abgeschwächt wird, sobald man die postmodernistische Linie einschlägt …«

Verklärt schwadronierte sie weiter, die Augen immer noch glänzend ob der künstlerischen Offenbarung. Dad war fasziniert. Ich ehrlich gesagt auch. Metatheater? Postmodernismus? Huu, das Mädel hatte ich eindeutig unterschätzt. Schließlich riss mein Vater sich wieder zusammen. »Ja, also … ich bin froh, dass es Ihnen gefallen hat. Und alles Gute zum Geburtstag übrigens! Viel Spaß heute Abend, Octavia.« Damit war er verschwunden.

Da standen wir beide nun und wechselten einen Blick – besser gesagt, wir taxierten uns. (Ich nahm interessiert zur Kenntnis, dass die berühmte Zoe-McCarthy-Kreation sich gar nicht so sehr von meinen eigenen Bemühungen unterschied: im Nacken geschlossenes Top, über und über mit Zuchtperlen besetzt, dazu Jeansrock mit einem Hauch weißer Seide auf der Meerjungfrauen-Schleppe.) Dann fuhr wieder ein Wagen vor und India stieß einen neuerlichen Entzückensschrei aus, als die weiß gekleideten Passagiere ausstiegen. Aber bevor sie davonrauschte, um ihr Luftküsschen-und-Quietsch-Programm abzuspulen, drehte sie sich noch einmal um und schenkte mir ein Lächeln, das so glatt war wie ein Kinderpopo.

»Wieso gehst du nicht schon mal rein, Dave? Es sind schon *alle* da.«

Ich holte tief Luft. Dann streckte ich den Rücken durch, stieg die Stufen hoch und betrat eine große Eingangshalle, in der ein kleiner Brunnen sprudelte. Sah nach ganz normalem Wasser aus, was da aus zwei Quellen herauszischte und sich in ein Marmorbecken am Boden ergoss. Zwischen den Kaskaden stand ein Engel aus Eis, kein Eisbär. Der Engel trug eine Krone und ähnelte India ein bisschen. Das Geländer der beiden Treppen, die sich links und rechts am Brunnen vorbei nach oben schlängelten, war mit weißen Rosen und noch mehr kleinen Lichtern geschmückt; ein silbernes Netz, mit weißen Rosen und Efeu durchwirkt, hing in üppigen Schlaufen von der Decke. Von irgendwo weit oben rieselte ein Hauch von glitzerndem Kunstschnee herab. Zu beiden Seiten der Halle gingen riesengroße Räume ab, die vor Leuten und Lauten nur so vibrierten – Händels *Feuerwerksmusik* versuchte vergeblich, gegen das Dröhnen und Hämmern von etwas anzukommen, was wie die Greatest Hits von *Spilt Milk* klang.

Ganz neue Erfahrung, mich nach dem Anblick eines Darlings zu sehnen. Aber als ich mich schließlich in das Chaos des Raumes zu meiner Linken warf, dachte ich einen schrecklichen, panischen Moment lang, ich sehe hier ja niemanden, den ich kenne! Und als ich Asia und Tallulah und Seth neben einem der Fenster erblickte, freute ich mich beinahe. Sie schienen auch erfreut, mich zu sehen, und Tallulah sagte: »Tolles Top«, dann rückte sie ein Stück zur Seite, um mir in der Fensternische Platz zu machen. Sie selbst steckte in einem Fummel Marke Sterbender Schwan, der aus lauter weißen Federn bestand (zweifellos eine Kreation ihres Vaters), und fühlte sich darin sichtlich unwohl. Asia hatte sich in ein klitzekleines Cocktailkleid aus Spitze gezwängt. Ein rascher Rundumblick durch den Raum zeigte mir eine beruhigend vielfältige Mischung von Party-Outfits. Einige Mädchen trugen blendend weiße Hosenanzüge, ein, zwei hatten sich in griechisch angehauchte Gewänder gehüllt, zwei hatten sogar etwas an, was schwer nach Brautkleid aussah. Ziemlich viele Jungs trugen Frack, einer eine Toga, die meisten allerdings hatten zu weißem T-Shirt plus Jeans gegriffen. Ein Typ war als Einziger komplett schwarz gekleidet, und ich konnte mich nicht entscheiden, ob ich das subversiv, gewagt oder einfach wichtigtuerisch finden sollte.

Ich wusste, dass nur ungefähr die Hälfte unseres Jahrgangs eine Einladung bekommen hatte und ich, bis auf ein paar Leute aus dem Jahr über uns, kaum einen von den anderen Gästen kennen würde. Ich plauderte etwas mit Tallulah, dann kamen China, Cosmo, Zack und noch ein paar andere zu uns herüber. Sie schienen alle ziemlich verdutzt, mich zu sehen. Zack hob lächelnd eine Augenbraue und raunte Cosmo etwas ins Ohr. Mein stylisches Outfit, meine zerzausten Haare und die rauchig geschminkten Augen überraschten sie, das wusste ich, und das war ein gutes, starkes Gefühl. Ich hatte »es ihnen gezeigt«, genau wie meine Mutter es prophezeit hatte. Jemand kam mit Cocktails vorbei – süßes, sahniges Zeug namens White Russian –, die wir alle ziemlich schnell runterkippten. Ich gönnte mir gleich noch einen zweiten und merkte, wie ich langsam entspannter wurde.

»Da, da ist Prinz Richard!«, flüsterte Tallulah mir atemlos ins Ohr. »Sieht er nicht einfach umwerfend aus?« Ich sah nichts anderes als einen weißen Rücken und einen königlichen Blondschopf, bevor er wieder aus meinem Blickfeld verschwand. Aber Tallulah starrte ihm mit aufgerissenen Augen hinterher, und mir wurde klar, dass sich mir hier und jetzt die vielleicht einmalige Chance bot, einer Expertin in Sachen »Ich lass mir nicht die leiseste Regung anmerken« einen kleinen Dämpfer zu verpassen.

»Findest du?«, sagte ich gedehnt. »Na ja, ich weiß, dass er wahnsinnig beliebt ist, aber ich fand ihn schon immer irgendwie schwach auf der Brust. Muss wohl an der Inzucht in solchen Familien liegen.«

»Oh. Ja, vielleicht hast du Recht«, sagte Tallulah, und es war ihr sichtlich peinlich, dass sie dabei erwischt worden war, ausnahmsweise was anderes als Gleichgültigkeit an den Tag gelegt zu haben. Sie sah mich mit neu erwachtem Respekt an, und ein Gefühl tiefer Befriedigung erfüllte mich – ich hatte einen Darling mit seinen eigenen Waffen geschlagen. Ich holte mir noch einen Drink, um meinen Erfolg zu feiern, und griff beherzt zu, als ein Kellner mit einem Tablett voller kleiner Kuchen aus weißer Schokolade vorbeikam. (Die Bedienungen waren allesamt männlich, mit markanten Wangenknochen und breitem Brustkorb, und kleine silberne Flügel sprossen hinten aus ihrem weißen T-Shirt. China lag schon in leidenschaftlicher Umarmung mit einem der Kellner unter dem Tisch.)

Vielleicht war auch die Musik lauter geworden, aber irgendwie schien es mir, als würden mittlerweile alle schreien, um sich zu verständigen. Die Wangen wurden röter, die Konturen der Gesichter verschwommener. Als Tallulah gerade davon erzählte, dass sie in ihren Psychiater verknallt war, legte sich plötzlich eine schwere, heiße Hand auf meinen Rücken. Eine Sekunde später prallte Zack gegen mich, ein anzügliches, aber unscharfes Grinsen im Gesicht. Normalerweise steht er mehr auf Zuhälter-Chic als auf Designer-Penner, und schon mit zwölf war er in grellen, auffälligen Sachen, die ihn wie einen Drogendealer im Zwergenformat aussehen ließen, über den Schulflur gerannt. Heute hatte er sich in ein bauschiges Rüschenhemd geschmissen, in dem er mir wie eine Kreuzung aus Captain Hook und einer Waffeltüte Softeis vorkam.

»Dave. Davy«, raunte Zack mir mit schwerer Zunge ins Ohr. »Na, hassu Spaß?« Er nestelte am Träger meines Mieder-Tops. »Siehs' heute a'er ziemlich anners aus.« Ich fühlte mich benommen und auf seltsame Weise ganz weit weg von allem um mich herum. Ob das jetzt bedeutete, dass ich betrunken war? Obwohl ich nicht sicher war, ob mir das Gefühl gefiel, war es dadurch einfacher, an nichts zu denken. Hatte ich Spaß? Na klar. Mir ging's bestens. Alles war bestens. Mein Kopf wummerte ein bisschen, aber wesentlich schlimmer als das war der heftige, überwältigende Drang, etwas *essen* zu wollen. Auf einmal hatte ich einen Mordshunger. Ich entriss Zack meinen Spaghettiträger und stand etwas wacklig auf.

»Tut mir Leid, ich muss dringend essen ... ähm ... weg, meine ich.« Damit stürzte ich mich in die Menge.

Was mir jetzt vorschwebte, waren Pommes frites. Ein Bild tauchte vor meinem inneren Auge auf: ein großer Haufen goldgelber Pommes, innen weich und außen knusprig, mit glitzernden Salzkristallen obendrauf. Schon allein der Gedanke an Kuchen oder Zuckerwatte oder sonst irgendetwas Süßem drehte mir den Magen um. Ich rechnete kaum damit, meinen Heißhunger auf Pommes stillen zu können, beschloss aber trotzdem die Küche zu suchen und was Richtiges zu essen aufzutreiben. Ein Stück Brot vielleicht. Da würde es doch hoffentlich eine Möglichkeit geben, mir ein Sandwich zusammenzubasteln? Aber die Küche zu finden war leichter gesagt als getan. Die ganzen lauten, wuselnden, lachenden Leute, der Zigarettenrauch, die dröhnende Musik – mir war ganz schwindlig davon. Langsam bereute ich die White Russians. Nachdem ich mich durch ein weiteres Zimmer gequetscht und gekämpft und gewunden hatte, das genauso aussah wie das, das ich eben verlassen hatte, kam ich in einen Raum, der mit seinen Spiegeln und Kronleuchtern wie ein altmodischer Ballsaal wirkte. Auch hier hingen Unmengen von weißen Rosen (die konnten doch unmöglich alle echt sein?) in Netzen von der Decke, und von Zeit zu Zeit rieselte eine Ladung Kunstschnee auf die

Tanzenden herab, sodass sie aussahen wie mit himmlischen Schuppen bedeckt. Es war ziemlich dunkel, aber irgendwo musste ein Schwarzlicht-Scheinwerfer sein, denn der Schnee und die Rosen und die weißen T-Shirts und so weiter leuchteten grellblau. So langsam fühlte ich mich wirklich elend.

Zum Glück führte die nächste Tür, die ich aufmachte, in die Eingangshalle und zum India-Engel (der, wie ich befriedigt feststellte, zu tauen und zu tropfen angefangen hatte), und ich schaffte es, einen beflügelten Kellner nach dem Weg zur Küche zu fragen. Er wirkte etwas überrascht, deutete aber um die Ecke in einen kleinen Gang, an dessen Ende ich schließlich das Objekt meiner Begierde erreichte.

Die Küche war riesig, ganz in hellem Holz und schwarzem Marmor gehalten, die Sorte Küche, in der nur selten wirklich gekocht wird. Das arbeitsame Geklapper der Catering-Leute, die Gläser wegräumten und Tabletts neu beluden, erfüllte den Raum. Keiner achtete auf mich, also hielt ich auf den hoch aufragenden silbernen Kühlschrank zu, um mein Sandwich-Projekt zu starten.

Doch noch bevor ich ihn erreichte, sah ich, dass jemand anders schon dieselbe Idee gehabt haben musste: Ein kleiner Mann mit einem fettigen, grauen Haarschopf und einem übellaunigen Ausdruck im Gesicht hockte auf einer der marmornen Arbeitsplatten und kaute auf etwas herum, was wie ein Salat-Sandwich aussah.

»Hallo«, sagte ich. »Ähm … könnten Sie mir vielleicht sagen, wo Sie das Brot herhaben?«

Er schaute hoch und deutete seufzend auf einen Schrank.

»Aber es ist nichts da, was man draufmachen könnte. Keine Butter. Kein Käse. Kein kalter Braten. Weißt du, wofür ich im Moment meinen rechten Arm geben würde, Schätzchen? Für ein Sandwich mit schönem warmen Schinkenspeck.«

»Geht mir genauso«, erwiderte ich eifrig, riss mir ein riesiges Stück Brot ab und stopfte es mir hastig in den Mund. Ich hatte das Gefühl, als hätte ich noch nie im Leben so einen Hunger gehabt.

»Ach, für dich wäre das ja auch kein Problem, Schätzchen. Du bist jung, deinen Gefäßen würde das nichts ausmachen. Aber für mich würde ein Stückchen Speck schon den Tod bedeuten. Ich stehe unter ärztlicher Überwachung.« Er zündete sich mit zittrigen Händen eine Zigarette an. »Und, gefällt dir die Party?« Ich nickte, den Mund voll Graubrot. »Dann ist ja gut, Schätzchen.« Er sah zu einem Kellner hinüber, der gerade ein Tablett mit weißer Mousse au chocolat und Vanilleeis belud, und seufzte wieder. »Dieses Mousse-Zeugs ruiniert mir garantiert die Teppiche.« Da fiel es mir wie Schuppen von den Augen: Der Mann, mit dem ich mir das Brot teilte, war Rich Withers höchstpersönlich!

Kein Wunder, dass der Arme so gehetzt aussieht – ich hatte erst vier Jahre in Indias Nähe hinter mir, er schon fünfzehn.

Nach dem Brot und ein paar Gläsern Wasser ging es mir schon viel besser. R.W. zeigte mir netterweise den Weg zur nächsten Toilette, und kurzzeitig war ich versucht, den Rest des Abends dort zu verbringen – es war so schön still und abgeschieden und kühl da drin. Aber dann beschloss ich, doch wieder zurück zur Party zu gehen. Ich war noch auf der Suche nach Tallulah und den anderen, als auf einmal ein paar Männer im Frack-Ornat nach mir griffen, die grölend Conga durchs Zimmer tanzten. Ich duckte mich unter ihren Händen weg, prallte aber gleich gegen jemand anderen. »Hey«, sagte er. »Ganz ruhig.« Es war der Typ, der ganz in Schwarz aufgekreuzt war. Er sah mich an, lächelte und sagte dann genau das, was jeder sagt, der mich zum ersten Mal sieht: »Du bist aber ganz schön groß für ein Mädchen.«

»Eher zu groß für die Jungs«, sagte ich kurz angebunden. Es war eine nichts sagende, so dahingeworfene Bemerkung, aber er lachte und schaute mich an, als hätte ich etwas sehr Kluges von mir gegeben.

»Ich hab das als Kompliment gemeint.«

»Ach ja? Darf ich mal raten? Der nächste Satz hat was mit Amazonen zu tun.«

Er hob eine Augenbraue. »Du siehst dich also nicht als Kriegerin von edlem Geschlecht?«

»Bogenschießen war noch nie so mein Ding. Und das Besondere an Amazonen war nicht ihre Körpergröße, sondern die Tatsache, dass sie sich eine Brust abgeschnitten haben.« Kaum hatte ich das gesagt, fiel mir auf, wie unheimlich, unglaublich, unfassbar bescheuert sich das angehört haben musste. Abgehackte Brüste? Was zum Teufel sollte das? Reichte es mir nicht, eine komplexbeladene Riesin zu sein, musste ich mich jetzt auch noch selber zur besserwisserischen Irren abstempeln? Es war ja nicht so, als würde ich in regelmäßigen (oder auch unregelmäßigen) Abständen von männlichen Wesen angesprochen werden, und jetzt, wo ich ihn so aus der Nähe sah, erkannte ich, dass der Typ das war, was Lady J. *schneidig* genannt hätte, auch wenn sein schwarzes Outfit, wie ich jetzt entschied, doch eher wichtigtuerisch als gewagt war.

Er war ein paar Jahre älter als ich, hatte dunkles Haar, weiche blaue Augen und einen hübsch geschwungenen Mund. Und er war *groß*. Aber er hatte so einen merkwürdigen Ausdruck im Gesicht, also dachte ich, ich sollte besser gehen und uns beide aus dieser peinlichen Situation erlösen. Mit einem angedeuteten Lächeln verschwand ich wieder in der Menschenmenge. Aber obwohl mittlerweile viel weniger Leute im Raum waren und ich schnell zur Fensternische zurückfand, entdeckte ich dort keinen mehr von den anderen. Also schlenderte ich ziellos umher und versuchte zu verbergen, dass ich mich a) langweilte, b) ziemlich verloren fühlte und c) sowie wieder nüchtern war.

»Hi, Dave, du siehs' so verlor'n aus.« Zack schon wieder. Er keuchte an meiner Schulter. »Soll ich dir helfen, dich wieder zu find'n?« Seine Augen waren glasig und er schwankte leicht. Er streckte eine Hand aus, um sich an der Wand abzustützen, griff aber irgendwie daneben. »Uuupsch!«

»Mir geht's gut, danke. Ähm … meinst du nicht, du solltest dich lieber hinsetzen?«

»Nur auf dein' Schoß.« Er schob sein Gesicht ganz nah an meines heran, sodass ich die Cocktails in seinem Atem riechen konnte. Zack stand unverrückbar auf der Darlinham-A-Liste, und soweit ich wusste, war er mit Asia zusammen, aber wenn ich mir sein gerötetes Gesicht mit den kleinen eisblauen Augen und den dicken Schmolllippen (die an seiner Supermodel-Schwester um Längen besser aussahen) jetzt so anschaute, dann fiel es mir schwer, nachzuvollziehen, was an ihm so attraktiv sein sollte. Und bevor ich wusste, wie mir geschah, drückte er sich an mich und rammte mir seine Zunge in den Mund. Fühlte sich an wie ein rohes Würstchen.

Mein erster Kuss.

Viel Gelegenheit, den Augenblick zu genießen, hatte ich allerdings nicht. »Uuuummmpffgrrrgghh!«, sagte ich beziehungsweise versuchte ich zu sagen, aber Zack presste mich gegen die Wand und drückte sich so heftig an mich, dass ich ihn kaum wegschubsen konnte. Doch dann wurde er wie von Zauberhand so ruckartig weggerissen, dass er über seine eigenen Füße stolperte und zu Boden ging. Der Mann in Schwarz stand auf einmal an seiner Stelle vor mir.

»Wie es scheint, hat die Kriegerin von edlem Geschlecht die Waffen ein bisschen zu früh gestreckt«, sagte er zur Begrüßung. Aus den Augenwinkeln sah ich, wie Zack sich krabbelnd vor etlichen Killer-Stilettos in Sicherheit brachte – einer davon hätte seine Hand beinahe an den Fußboden genagelt. Also waren Stilettos wohl doch zu etwas gut.

»Ja. Wenn India das nächste Mal eine Party macht, bringe ich lieber meinen Speer mit.«

»Und den Brustpanzer nicht vergessen.« Er sagte das mit unbewegter Miene, aber seine Augen blitzten unübersehbar. Und dieses Blitzen ließ mir, um ehrlich zu sein, einen Schauder den Rücken hinabrieseln. Im nächsten Moment blitzte aber etwas anderes auf – jemand hatte offenbar ein Foto geschossen – und ich war vorübergehend geblendet. Das Erste, was ich wieder sehen konnte, war, wie er zu mir herunterlächelte, ein träges, verschwörerisches Lächeln. Es dauerte eine Sekunde, bis das in mein Gehirn sickerte – er lächelte zu mir *herunter.* Herunter. Zu mir. Okay, seine Augen lagen vielleicht zwei Zentimeter oberhalb meiner Haargrenze, aber trotzdem – wieder ein erstes Mal, das ich meiner Erste-Male-Sammlung dieses Abends hinzufügen konnte. »Wollen wir ein bisschen frische Luft schnappen?«, fragte er.

»Gern.« Mittlerweile tanzten die Schmetterlinge in meinem Bauch ganz schön wild durcheinander, aber gleichzeitig war ich ganz ruhig und gelassen, als sei das alles genauso gekommen, wie es eben kommen sollte.

Wir schlängelten uns an den anderen Partygästen vorbei in die Halle und weiter zur Eingangstreppe, wo ein paar andere Pärchen unter den weißen Lichterketten saßen und rauchten. Es war eine sternenklare Nacht, aber nicht besonders warm (die Pelzstola hatte ich drin liegen lassen, unter die Fensternische gestopft), und als er sah, dass ich fröstelte, legte er seine Arme um mich, nahm mein Gesicht in beide Hände und zog mich zu sich heran. Und dann spürte ich seinen heißen, weichen Mund auf meinem, und es war, als wäre Zack nie gewesen. Auf einmal fühlte ich mich ganz zart und geborgen und völlig unobeliskenhaft. Fehlten nur noch die Geigenuntermalung und das Seufzen des Publikums, als die Heldin mit dem dunklen Haar und ihr attraktiver Fremder einander in die Arme sanken ... Ein echter Kitschfilm, und ich, Octavia Clairbrook-Cleeve, spielte die Hauptrolle. Und trotzdem schwebte immer noch ein Teil von mir außerhalb des Geschehens, fast als wäre ich ein Mädchen aus dem Publikum gewesen, nicht die Hauptdarstellerin im Film.

Schließlich löste sich mein Held von mir und schenkte mir wieder ein träges, verschwörerisches Lächeln. Er kam mir etwas selbstgefällig vor, aber schließlich war ich selbst auch ganz zufrieden mit mir. »Eigentlich weiß ich ja noch nicht mal, wie du heißt.«

»Octavia.«

»Ich bin Alexis. Besser bekannt als Alex.«

»Nett, dich kennen zu lernen, Alex.«

»Ganz meinerseits, Octavia.«

Wir gaben einander förmlich die Hand. Dann griff er wieder mit beiden Händen nach meinem Gesicht und zog es ins Licht, als wolle er es sich einprägen. Ich fühlte mich unbehaglich und wäre am liebsten zurückgewichen, aber dann reckte ich trotzdem – oder vielleicht gerade deswegen – das Kinn vor und sah ihm meinerseits geradewegs ins Gesicht. Es lag im Schatten, aber seine Haut schimmerte golden im schwachen Licht, das aus der Halle herüberdrang, und seine blauen Augen funkelten unter seinem dichten schwarzen Haar hervor. Mein ganz persönlicher Mister Umwerfend.

»Weißt du eigentlich, dass du voller Schnee bist?« Er zupfte mir liebevoll in den Haaren herum und zeigte mir dann seine Hände, die voll waren mit diesen Kunststoff-Flocken oder was auch immer das für ein Zeugs war. »Ich hab gehört, ein paar Leute hätten sogar versucht, es zu schnupfen. Hey, ich seh die Schlagzeilen direkt vor mir: ›Prinz Richard und Withers-Erbin feiern Drogen-Orgie mit Kunstschnee.‹«

»›Kunstschnee-Koks heizt Partygästen ein‹«, schlug ich vor, und er fuhr mir noch einmal durchs Haar.

»Na komm. Schnee hin, Schnee her, hier draußen wird's langsam richtig kalt.« Also gingen wir wieder in die Halle, setzten uns zwischen Blumen und Efeu auf die Stufen und küssten uns und rissen alberne Witze über gefallene Engel und tauende Eisprinzessinnen. Um uns herum verfiel die Party zusehends: Ein Gast wurde in den Brunnen getaucht und übergab sich danach lautstark in die Rosen, die Conga tanzenden Frack-Träger rauschten ständig hin und her und bewarfen sich gegenseitig mit Mousse au chocolat, und ein Mädchen im paillettenbesetzten Catsuit lallte besoffen in ihr Handy: »Ja, der ist ein Arschloch, Süße. Hab dir doch gesagt, dass der ein Arschloch ist.«

Und dann klingelte mein eigenes Handy. Es war das Taxi, das Dad mir wie verabredet für halb eins zur Party bestellt hatte. »Zeit zu gehen, Aschenputtel?«, sagte Alex und lächelte wieder sein träges Lächeln. »Du solltest einen Schuh auf den Stufen zurücklassen.«

»Damit Prinz Richard ihn findet?«

»Ich dachte eher an den Märchenprinzen.« Er lümmelte sich lässig wieder auf die Stufe – offenbar hegte er keinerlei Zweifel daran, wer den Märchenprinzen-Titel für sich beanspruchen durfte.

»Hm, ich sollte wohl lieber etwas klarstellen, bevor ich gehe«, sagte ich leicht säuerlich. »Kriegerische Amazonen von edlem Geschlecht lassen niemals, *niemals* ihre Schuhe irgendwo liegen.«

Er begleitete mich zurück in den Saal und half mir meine Stola zu finden (»Hast du das Vieh selbst erlegt?«), brachte mich zum Taxi und küsste mich noch einmal, diesmal allerdings auf die Wange. Und dann, gerade als ich schon die Hoffnung aufgegeben hatte, fragte er doch noch nach meiner Telefonnummer. Ich widerstand der Versuchung, in die Luft zu springen und wie ein Olympiasieger die Faust triumphierend nach oben zu recken. Danach wurde es etwas hektisch, weil er sein Handy nicht dabeihatte und sich vom Taxifahrer einen Stift borgen musste, um die Nummer auf eine alte Kinokarte zu kritzeln. »Alles halb so schlimm«, sagte er. »Ich krieg die Nummer sowieso jederzeit über meine Schwester raus.«

»Deine Schwester?«, wiederholte ich erstaunt.

Er zog die Augenbrauen hoch und sagte dann mit der bemüht geduldigen Stimme, die man hat, wenn man etwas Offensichtliches erklären muss: »Ja, klar, meine Schwester. India.«

Nachdem ich mir die Tür zu unserer halb dunklen, stillen Wohnung aufgesperrt hatte, ging ich als Erstes zum Spiegel im Flur und stellte mich davor. Meine Augen waren vor Rauch und Müdigkeit etwas gerötet, aber im schwachen Licht sahen sie riesig und beinahe so dunkel aus wie mein Haar, und mein Gesicht war sehr blass. Ich musterte mich noch eingehender als sonst, versuchte mich so zu sehen, wie Alex mich gesehen hatte. Oder wie India mich sah. »Alexis, Schätzchen«, würde sie zu ihm sagen, »das war wirklich süß von dir, die arme Dave ein bisschen aufzumuntern. Sie muss ja völlig aus dem Häuschen gewesen sein. Aber nächstes Mal tu mir den Gefallen und lass dich mit jemandem ein, der mehr auf *deinem* Niveau liegt, ja?« Ich hasste mich dafür, dass ich solche Gedanken überhaupt zuließ, also drehte ich mich vom Spiegel weg, ballte die Fäuste und zwang mich, stattdessen daran zu denken, wie er mich geküsst hatte, wie er mein Gesicht zwischen den Händen gehalten hatte …

Immer und immer wieder lief die Szene vor meinem inneren Auge ab: das Plätschern des Brunnens im Hintergrund, die vielen Lichtlein, die Geigenuntermalung (in meiner Vorstellung und unfassbarerweise auch noch aus Händels *Feuerwerksmusik*), der Moment, als Alex' hungrige Lippen die meinen berührt hatten, sie zart und trotzdem drängend geküsst hatten … Augenblick mal! Das waren nicht Alex und ich – das waren Tammy und Wie-hieß-er-gleich-noch-mal … T.J. Wie waren die denn in meine Liebesgeschichte reingeraten? Und wie konnten Küsse zugleich zart und drängend sein? Ich versuchte zurück in mein Weichzeichner-Bild zu kommen – Alex zwischen Rosen, Technicolor-Version. Aber es ließ mir keine Ruhe, dass ich nicht wusste, ob T.J. Tammys einzige große Liebe war oder der verschlagene Verführer. Und was ist überhaupt so schlimm an so einem bisschen Verführung?, fragte ich mich trotzig. Das macht auf jeden Fall mehr Spaß, als ein ganzes Leben lang den triefenden Eisengel zu spielen.

Ich hätte hinterher nicht mehr sagen können, wie ich ins Bett gekommen war, aber als ich am nächsten Morgen aufwachte, waren alle Gedanken an Tammy, T.J. und India verschwunden, und ich musste unwillkürlich grinsen. Ich machte mein Handy an, nur für alle Fälle, und ertappte mich dabei, wie ich unter der Dusche die *Feuerwerksmusik* summte. Kurz darauf stürmte ich in die Küche und lieferte meiner Mutter, ohne dass sie hätte fragen müssen, einen detaillierten Bericht über die Partygäste, die Klamotten, das Essen, die Musik und die Dekoration (also über alles außer Alex). Ein-, zweimal warf sie mir einen seltsamen Blick von der Seite zu, hielt sich ansonsten aber zurück. Später telefonierte ich mit Dad und Michael und spulte den gleichen Bericht noch einmal ab. Schließlich ging ich zu Viv rüber, und da begann die eigentliche Analyse des Abends. Viv genoss jedes Wort, ganz besonders den Teil, wo Zack zur Seite geflogen und der Mann in Schwarz in seiner ganzen finsteren Pracht vor mir aufgetaucht war. Aber sie konnte sich kaum vorstellen, dass ich keine Ahnung gehabt hatte, wer Alex war.

»Aber er sieht seiner Schwester echt null ähnlich«, protestierte ich. »Ehrlich. Erstens ist er richtig groß und …«

»Ich verstehe schon. Alex ist das Yin zu Indias Yang. Er ist groß, sie klein; er ist dunkelhaarig, sie blond … also ist er zwangsläufig liebenswürdig, weil sie eine blöde Kuh ist?«

»So ungefähr.« Ich musste kichern.

Viv bombardierte mich mit Fragen. Wie alt war er? Stimmte es, dass Prinz Richard und er dicke Freunde waren? Wollte er auch Rockstar werden wie sein Vater? Und schnell wurde mir klar, dass ich nicht sehr viel über Alex wusste. Immerhin konnte ich mich erinnern, dass er erwähnt hatte, er würde irgendwas mit »Product Placement« in der »Industrie« machen (womit dann wohl die Musikindustrie gemeint sein musste) und sich ansonsten ein freies Jahr zwischen Schulabschluss und Studienbeginn gönnen.

»Er war auf einem Internat«, fügte ich hinzu.

»Ach du Schande.« Viv lachte. »Na der muss ja ein richtiger Sex-and-Drugs-and-Rock-'n'-Roll-Satansbraten sein, wenn sein Dad nicht in der Lage war, zu Hause mit ihm fertig zu werden. Vielleicht hat Alex ja seinen Vater in die Verzweiflung und in die Arme der Salat-Sandwiches getrieben.«

Viv davon erzählt zu haben, wie Alex mich vor Zack gerettet hatte, erinnerte mich wieder an die möglichen Komplikationen, die meine Nacht der Leidenschaft nach sich ziehen konnte. Mir war nicht ganz wohl bei dem Gedanken. Ich konnte nur hoffen, dass Zack so betrunken gewesen war, dass er sich nicht mehr an den Zwischenfall erinnern konnte, und dass Asia keinen Wind von der ganzen Sache bekam. Viv tat das genau wie die India-Alex-Verbindung mit einer lässigen Handbewegung ab. »Ach was, die müssen sich nur alle erst an die neue, unwiderstehliche Frau gewöhnen, die du jetzt bist. Femme-fatale-Amazonen lassen nicht zu, dass Zwergblondinen und ihre chauvinistischen Schweineanhängsel sich ihnen in den Weg stellen.« Ich hätte ihr so gern zugestimmt, aber ich wusste, dass die kommende Woche keine leichte werden würde, egal ob Alex anrief oder nicht.

Ein weiteres ungeschriebenes Darlinham-Gesetz lautet, dass niemand ein eben stattgefundenes gesellschaftliches Ereignis in der Öffentlichkeit bespricht. Und daher war es am darauf folgenden Montag so, als hätte es die ganzen vergangenen Wochen voll Spekulationen und Vorfreude nie gegeben. India begnügte sich mit ihrem eigenen exquisiten Ich und beachtete mich nicht mehr als sonst, obwohl ich schon irgendwie damit gerechnet hatte, dass sie mir einen mehr oder weniger dezenten Hinweis darauf geben würde, wie ihr nächster Schritt in Sachen Drake-Montague-Kampagne aussah.

Als sich dann aus Versehen Asias und mein Blick trafen, schwand all meine Hoffnung, dass der Zusammenprall mit Zack unbemerkt geblieben sein könnte. Sie und Zack saßen in jeder Pause, bei jedem Mittagessen so weit voneinander entfernt, wie es nur möglich war, ohne aus Indias magischem Kreis ausgeschlossen zu werden.

Meine Heldentaten des vergangenen Samstagabends hatten noch eine weitere Veränderung zur Folge, mit der ich nicht gerechnet hatte: Mit einem Mitglied der A-Liga Speichel ausgetauscht zu haben, hatte mich auf der Sex-Appeal-Skala um ein, zwei Punkte nach oben gebracht. Das bekam ich zu spüren, als Phoenix, der selber gar nicht auf der Party gewesen war, im Flur seine türkis getönte Sonnenbrille ein Stück herunterschob, mich von oben bis unten musterte und dann im Vorbeigehen ein lang gezogenes »Hi, Baby« von sich gab. (Ich weiß nicht, ob Baby besser ist als Dave, aber da Phoenix vermutlich nicht mal weiß, wie ich wirklich heiße, kann man das wohl als kleinen Fortschritt gelten lassen.) Cosmo hielt mir nach dem Sanskrit-Kurs die Tür auf und Seth *zwinkerte mir doch tatsächlich zu,* als er hinter Asia zum Mittagessen pilgerte.

Ein Teil von mir ärgerte sich schwarz über die veränderte Situation: Jetzt, wo Indias Bruder mich wahrgenommen hatte, war es also okay für die anderen Alpha-Männchen, meinen Stellenwert vielleicht – nur vielleicht – zu überdenken? Aber ein anderer Teil von mir empfand eine tiefe Befriedigung, trotz allem. Ich fragte mich, wie das alles erst werden würde, falls das Unmögliche geschah und ich zu Alexis Withers' offizieller Freundin avancierte und India – was noch unwahrscheinlicher war – dieser Verbindung ihren Segen schenken sollte. Ich versuchte mir vorzustellen, wie ich mit Calypso während einer Maniküre-Sitzung Girlie-Gerüchte austauschte oder mich mit Tallulah bei einem Bellini oder auch dreien über Anekdoten zum Thema Freunde und Liebhaber amüsierte. Ich würde ihnen gegenüber freundlich, aber auch ein bisschen distanziert sein, entschied ich – schließlich waren Alex und ich freie Geister und würden uns lieber abseits der Herde halten. Und so langsam würden die Darlinham-Typen anfangen, sich zu fragen, was sie bloß jemals an den Zwergblondinen gefunden hatten … Zugegeben, eine verlockende Vorstellung.

Nach der Mittagspause hatten wir ein Fach namens *Persönliche Entwicklung*, das zu meinen absoluten Hass-Kursen in Darlinham gehört. An Vivs Schule gibt es das auch – da schauen sie sich meistens Doku-Aufklärungsfilme an, die vor illegalen und/oder unerwünschten Betätigungen warnen, und führen dann themenbezogene Gruppendiskussionen. Da es bei uns aber so ist, dass Sex, Drugs und Rock 'n' Roll die Karriere etlicher Eltern vorangetrieben haben (und damit unsere Schulgebühren finanzieren), hat Darlinham House das Fach *Persönliche Entwicklung* taktvoll in *Finde dein inneres Ich* umfunktioniert. Im letzten Halbjahr hatten wir uns am Urschrei versucht und den Aufenthaltsraum auf der Suche nach spiritueller Erleuchtung nach den Regeln des Feng Shui umgeräumt. Und heute sollten wir nun gegenseitig unsere Träume nach einer leicht verwässerten freudianischen Methode der Psychoanalyse interpretieren.

Dr. Tristam (»Nennt mich ruhig Trist«), unser hausinterner Berater zum Thema Suche-nach-dem-inneren-Ich, schenkte uns sein Zahnpastalächeln, fuhr sich durch die romantisch zerzausten Haare und sagte, wir hätten hoffentlich Spaß daran gehabt, uns während der vergangenen Woche mit Freuds Theorie des Unterbewusstseins auseinander zu setzen. Er teilte uns in Zweiergruppen ein und übergab uns mit einem fröhlichen Augenzwinkern »Trists Tipps zur Traum-Entschlüsselung«. »Und nicht zu doll aus dem Nähkästchen plaudern, ja? Hebt euch die dunklen Geheimnisse für euren Psychiater auf.« Dann streckte er sich auf der lilafarbenen Couch aus, die er zu jeder seiner Stunden hereinschleppen lässt. Dass er sich da drauflegt, ist angeblich ein ironisches Statement zum Thema Machtspiel zwischen Patient und Psychiater. Natürlich ist die Couch darüber hinaus auch ein viel bequemeres Plätzchen für ein Nachmittagsschläfchen als ein senkrechter Holzstuhl.

Ich wurde Zack zugeteilt. Na Klasse. Um meinen Ärger noch schlimmer zu machen, wurde ich rot, als er mit seinem üblichen betont gleichgültigen Ausdruck im Gesicht zu mir rüberschlenderte. *Ihm* hätte das Ganze schließlich peinlich sein sollen, nicht mir, oder? Einige Sekunden herrschte drückende Stille, während ich auf das Blatt mit Trists Tipps und Zack auf seine Fingernägel starrte.

»Du zuerst«, sagte er schließlich.

»Nein, du.«

»Ladys first.«

»Sehr ritterlich, danke, aber wir stehen hier nicht um einen Platz im Rettungsboot an.«

»Was ist eigentlich los mit dir, Dave? Hast du Angst, dass deine Träume zu heiß sein könnten?« Er lehnte sich zu mir herüber und grinste vielsagend. »Komm schon, mir kannst du's ruhig sagen. Kommt Alex darin vor?«

»Also gut«, zischte ich. »Ich zuerst. Nichts kann schlimmer sein als die Jauchegrube, die du dein Unterbewusstsein nennst.« Ich holte einmal tief Luft und versuchte mir etwas einfallen zu lassen, was so banal und langweilig war, dass es jeder Interpretation spottete.

»Okay, also ich hab letzte Nacht geträumt, dass ich … ähm … einen Spaziergang gemacht habe. Auf einem Hügel. Und dabei … ähm … ein Lied gesungen habe. Es war ein sonniger Tag, und ich bürstete mir die Haare … ähm …« Dieses ganze Gequatsche über Freud machte mich total kirre. Auf einmal kam mir alles, woran ich dachte, wie ein Symbol für irgendeine abartige sexuelle Neigung oder einen Minderwertigkeitskomplex vor.

Zack grinste. »Soso, du hast also einen Hügel *bestiegen* …«

In dem Augenblick wurde mir eines klar: Wenn ich Zack noch eine einzige Sekunde länger zuhören musste, würden meine Fäuste unweigerlich anfangen zu kribbeln in dem Drang, ihm seine dicken Wurstlippen einzuschlagen. Mein Kompromiss bestand darin, in aller Würde davonzumarschieren. Zum Glück wandte Trist seine ganze Aufmerksamkeit gerade Twinkle zu, die von einem unglaublich langen, unglaublich verwirrenden und unglaublich langweiligen Traum erzählte, den sie einmal gehabt hatte, sodass ihm meine Flucht nicht weiter auffiel. Die meisten Kursteilnehmer nutzten die Gelegenheit, um mit dem weiterzumachen, womit sie vor dieser Traum-Aufgabe beschäftigt waren, oder um sich über das Mittagessen zu unterhalten, und so gelang es mir, unbemerkt zu Jess zu schleichen und mich mit einem erleichterten Seufzer neben sie plumpsen zu lassen. Sie sah mich neugierig an, stellte aber keine Fragen.

Und dann erhob sich Indias Stimme über das allgemeine Raunen: »Hach, Lex hat wirklich einen *üblen* Einfluss auf mich. Dieser schlimme Finger bringt seine kleine Schwester ständig dazu, *böööse* Sachen zu machen! Er sagt, es sei seine Pflicht, mich zu erziehen, aber wir wissen wohl alle, welche Sorte Erziehung er damit meint ...«

»Ich wette, Lex zieht *verzweifelte* Mädchen magisch an«, eilte Asia ihr zu Hilfe und warf mir einen bösartigen Blick zu.

»Oh ja!«, sagte India. »Die schwirren um ihn herum wie die Motten ums Licht.« Wie aufs Stichwort ertönten Lachsalven von allen Seiten.

»Lex?«, flüsterte Jess. »Wie Lex Luthor? Typisch, dass Indias Bruder nach einem finsteren, kriminellen Superhirn benannt wurde. Hast du ihn auf der Party kennen gelernt? Wie ist er denn so?«

Ich zuckte mit den Schultern. Mir war nicht danach, die ganze Geschichte noch einmal zu erzählen, schon gar nicht solange die Zwergblondinen in Hörweite waren. Und es gab noch ein paar andere Dinge, die ich lieber nicht erwähnen wollte – die ganzen White Russians und mein kleines Vieraugengespräch mit Tallulah zum Beispiel. Ich wollte nicht, dass Jess dachte, ich wäre jetzt doch zum Möchtegern-Darling mutiert. »Wäre auch schwer gewesen, ihn zu übersehen. Er war als Einziger schwarz angezogen«, murmelte ich.

»Siehst du!«, sagte Jess triumphierend. »Er ist *tatsächlich* ein finsteres, kriminelles Superhirn!«

Kriminelles Superhirn hin oder her – am Montag rief Alex jedenfalls nicht an. Am Dienstag auch nicht. Genauso wenig wie am Mittwoch. Oder am Donnerstag. Ich versuchte meine ganzen romantischen Erinnerungen an Kunstschnee und Rosen zu verdrängen und mir einzureden, dass das so besser war – dass es bloß zu Peinlichkeiten führen würde, wenn wir uns wieder sehen würden. Okay, er war gut aussehend und umwerfend und beliebt und reich … Und genau deswegen hatten die Zwergblondinen vermutlich Recht. Alex war einfach zu sehr *Märchen*prinz – zu schön, um wahr zu sein. Oder ein Wolf im Schafspelz. Lex Luthor. Der Mann in Schwarz. Und dann drehten sich meine Gedanken wieder wie besessen um die Frage, warum er nicht angerufen hatte. Hatte er es sich anders überlegt? Das Interesse verloren? War er von etwas/jemand anderem abgelenkt worden? *Konnte* jemand wie er an jemandem wie mir überhaupt Interesse haben? Hatte er mit India darüber gesprochen? Hatten sie zusammen über mich gelacht, mich *bemitleidet*? Ich versuchte mich damit zu trösten, India könnte so über meinen Partyauftritt genervt sein, dass sie ihre Pläne bezüglich der Hector-Cleeve-Drake-Montague-Connections aufgegeben hatte. Und dann, am späten Freitagabend, rief Alex an.

»Hi, Octavia?« Die Verbindung war schlecht, von vielen Hintergrundgeräuschen überlagert – hörte sich an wie eine Party. »Ich bin's, Alex.«

»Oh, hi!« Ich versuchte mich so unaufgeregt wie möglich anzuhören.

»Also, ein paar Leute und ich, wir sind gerade in der Rah Bar ...« – Rufe und Gelächter – »... hast du heute schon was vor?«

»Ähm ...« Ich hatte nicht die Absicht, ihm zu erzählen, dass ich mich gerade in meinem Winnie-Pu-Schlafanzug vor dem Fernseher fläzte. »Nichts Besonderes.«

»Okay. Wie wär's denn dann, wenn du auch herkommst?« Pause – er sagte irgendwas zu irgendwem. Stühle schrappten über den Boden, noch mehr Gelächter. »Du weißt doch, wo die Bar ist, oder?«

Ja, zum Glück – die Bar lag zufällig direkt neben dem Laden, in dem ich meine Schuhe gekauft hatte. »Klar, ist nicht weit von hier. Ich bin in zwanzig Minuten da.«

»Was?« Die Verbindung wurde immer schlechter.

»ZWANZIG MINUTEN.«

»Super. Ich werd dann ...« Aus.

Panik überkam mich. Das war absolut nicht das, was ich mir gewünscht hatte: eine Party mit einem Haufen von Alex' Freunden, die vermutlich alle älter, unglaublich cool und unglaublich gut aussehend waren, dazu wahrscheinlich India als Dreingabe, und ich hatte nicht mal ganze zwanzig Minuten, um mich aus einem Schlafanzug-Lümmelsack in eine perfekt gestylte Frau von Welt zu verwandeln. Ich rannte in mein Zimmer und begann mit dem Mut der Verzweiflung meine Klamotten zu durchwühlen. An meinen Sachen ist ja nichts auszusetzen, sie sind nett und bequem ... aber nett und bequem bringt einen nirgendwohin, sagt Lady Jane immer. Und das brachte mich plötzlich auf einen Gedanken – meine Mutter war an dem Abend nicht zu Hause. Hatte sie mir nicht immer wieder angeboten, mal einen Blick in ihren Schrank zu werfen? In ihre Röcke und Hosen würde ich natürlich auf keinen Fall passen, aber ich konnte ja meine Jeans anziehen, und wenn ich mir dazu eins ihrer Oberteile lieh … Ich vergeudete kostbare Minuten damit, mich in ein glitzerndes rotes Top zu quälen, das mir am Busen zu weit und an den Ärmeln zu kurz war. Schließlich entdeckte ich einen engen schwarzen Kaschmirpullover und ein Teil aus schwarzer Spitze für drunter, was zusammen echt okay aussah. Hastig kritzelte ich einen Zettel für meine Mutter – »bin mit 2 Mädels aus der Schule unterwegs – komme spät zurück – hab Handy dabei« – und rückte dabei die verdrehten Träger meines BHs zurecht. Dann hetzte ich ins Bad, gönnte mir eine Zehn-Sekunden-Katzenwäsche, putzte mir die Zähne, zwirbelte mir die Haare wieder mit Wachs hoch und verteilte etwas von dem rauchgrauen Lidschatten über den Augen. Mit dem schwarzen Oberteil, den stacheligen Haaren und dem bleichen Gesicht sah ich aus wie ein Gothic. Also rubbelte ich mir den größten Teil des Lidschattens wieder weg und durchwühlte meine Schubladen nach einem Gürtel, den meine Mutter mir letztes Jahr zu Weihnachten geschenkt hatte – ein richtiges Barbiepuppenwunderding, schmal und mit rosa Pailletten drauf. Kurz nach Viertel nach neun raste ich aus dem Haus, und nur eine halbe Stunde nach Alex' Anruf war ich in der Bar.

Seine »Leute« zu finden, war ein Kinderspiel, da sie die größte und lauteste Gruppe im Laden waren und eindeutig schon einiges intus hatten. Aber es dauerte ein Weilchen, bis ich Alex' Aufmerksamkeit auf mich lenken konnte, und in der Zeit kauerte ich (beziehungsweise ragte ich turmhoch auf) neben den anderen und fühlte mich ganz steif und ausgeliefert.

Was, wenn er es gleich wieder bereute, mich hierher eingeladen zu haben – jetzt, wo er mich so sah, ohne den schmeichelnden Hintergrund aus Brunnengeplätscher und Lichterketten? Dass er in eine recht lebhafte Unterhaltung mit einem hübschen, schmolllippigen Mädchen in einem extrem kurzen Wildlederminirock vertieft war, machte es auch nicht gerade besser. Aber als er mich erblickte, griff er sofort nach meiner Hand, zog mich zu sich rüber und wollte mich auf die Wange küssen, landete dabei irgendwie aber mehr auf meinem Kieferknochen. »Schön, dass du da bist«, sagte er. »Komm, ich stell dir die anderen vor.« Ich vergaß die Namen der anderen, sobald ich sie gehört hatte, aber zumindest blieb die Information hängen, dass India später dazustoßen würde. Ich versuchte entsprechend erfreut zu tun. »Hey, du hast was aufzuholen«, sagte er und sah mich an. »Ich hol uns was zu trinken.«

Er verschwand Richtung Theke und ich blieb mit dem Minirock-Mädchen zurück, das LeeLee oder so ähnlich hieß (was aber nur schwer zu verstehen war, denn sie hatte den stinkvornehmsten Akzent drauf, den ich je gehört hatte – klang wie das Todeswiehern eines Pferdes, das gerade erwürgt wird). Wir lächelten uns ohne großen Enthusiasmus an. Die anderen vier Leute in der Gruppe waren alle männlichen Geschlechts, und ich meinte einen oder zwei schon in der Conga-Tanz- und Mousse-Schleuder-Truppe auf Indias Party gesehen zu haben. Wahrscheinlich waren das Schulfreunde von Alex, die sich auch ein freies Jahr vor der Uni gönnten. Alle hatten schlaftrunkene Augen, lächelten gelangweilt und unterhielten sich durch einen dicken Schleier aus Zigarettenrauch darüber, wohin man heutzutage am besten mit dem Rucksack reisen könnte.

»Asien ist total out. Viel zu banal.«

»Kambodscha geht noch.«

»Und was ist mit Vietnam?«

»Nur wenn's einem nichts ausmacht, dass da überall alternde Hippies rumhängen.«

Alex kam mit den Drinks zurück – es waren Cocktails mit einer ziemlich fiesen violetten Färbung. Ich erinnerte mich mit Grausen an die White Russians, hatte aber so eine Ahnung, dass dieser Abend wesentlich entspannter verlaufen würde, wenn ich mir etwas Alkoholisches einfüllte. Und so wirbelte ich kurze Zeit später die Eiswürfel in meinem Glas herum und lachte mit den anderen um die Wette, ermutigt von der Tatsache, dass Miss Mikro-Rock sich einem der Typen auf den Schoß gesetzt und Alex einen ritterlichen Arm um meine Stuhllehne gelegt hatte. Er sah genauso lecker aus, wie ich ihn in Erinnerung gehabt hatte. Er trug ein hellblaues Hemd, das perfekt gewaschen und gebügelt, aber an Kragen und Ärmeln etwas ausgefranst war. Ich dachte verächtlich an die Schleimer-Anzüge und die Designer-Grunge-Sachen, die von Zack und Cosmo und all den anderen spazieren getragen wurden. Viv hatte absolut Recht mit ihren postfeministischen Theorien – wenn man eine reife Beziehung mit Stil anstrebte, musste man sich eindeutig an etwas ältere Männer halten.

Nach dem dritten Cocktail glühte ich innerlich und zog den Kaschmirpullover aus. Das Spitzen-Top war tiefer ausgeschnitten, als mir klar gewesen war, aber das war mir jetzt auch egal. Als ich – etwas wacklig – aufstand, um die Damentoilette zu suchen, konnte ich regelrecht spüren, wie Alex' Freunde ihm hinter meinem Rücken zuzwinkerten und ihn mit Ellbogenknüffen traktierten; sie lachten wieder, aber das machte mir nichts, denn ich wusste, wie diese Sorte Gelächter gemeint war – als Glückwunsch.

Es hatte ein, zwei Augenblicke gegeben, wo ich irgendwie neben mir gestanden hatte – wer zum Teufel waren diese ganzen Leute und was hatte ich mit ihnen zu schaffen? –, aber jetzt hatte ich mich wieder unter Kontrolle. Alex hatte mich wie versprochen angerufen, und jetzt war ich hier und wurde seinen Freunden präsentiert, er gab mir Drinks aus und legte den Arm auf meine Stuhllehne und lächelte mir verstohlen zu, als hätten er und ich ein Geheimnis miteinander. Was kümmerte mich da der säuerliche Geschmack der Cocktails oder der Zigarettenrauch, der mir in den Augen brannte, oder die fremden Leute mit ihrem coolen, überlegenen Lächeln? Irgendwann, vielleicht ganz bald, würden Alex und ich allein sein, würden uns in einem Eckchen allein unterhalten, nicht in einer Bar, sondern in einem ruhigen kleinen Café. Oder bei einem Spaziergang im Park. »Octavia«, würde er sagen und mir dabei tief in die Augen gucken, »als ich dich das erste Mal sah, wusste ich gleich, dass du anders bist als all die anderen, dass du etwas Besonderes bist. Meine miese kleine Schwester hat alles getan, um mich auf Abwege zu führen, aber jetzt hab ich eine Möglichkeit gefunden, mich loszureißen und dir zu beweisen, dass ich deiner Liebe würdig bin, meine dunkelhaarige Amazone edlen Geschlechts.« Oder so ähnlich jedenfalls.

Aber als ich vom Klo zurückkam, war India da und verteilte zum allgemeinen Entzücken Küsschen nach allen Seiten. Ich weiß nicht, ob sie mit mir gerechnet hatte – auf jeden Fall schoss sie mir einen leicht verblüfften, empörten Blick zu. Sie und LeeLee begrüßten sich wie Schwestern, die sich seit Jahrzehnten nicht gesehen hatten. Aber am Ende erntete sogar ich ein Küsschen. »Oh, hallo, Dave. Du bist ja zurzeit kaum wieder zu erkennen! Schminkst du dich jetzt irgendwie anders oder so?«

»Dave?«, fragte LeeLee belustigt.

India hob die Stimme, damit sie den Lärm im Raum übertönte. »Ja, *alle* nennen sie so.«

»Ääächt?«, sagte LeeLee. »Ich finde Spitznamen wunderbar!« Sie sah mich wieder von oben bis unten an. »Du hast ja sooo ein Glück, so groß zu sein. Eine Freundin von mir, die fast so riesig ist wie du, muss ihre Hosen in Männerbekleidungsgeschäften kaufen, weil Mädchensachen nicht lang genug sind. Musst du auch Männerhosen kaufen, Dave?«, fragte sie süßlich.

»Nein. Und Octavia finde ich auch okay«, murmelte ich und ließ mich auf meinen Stuhl fallen.

»Ich auch. Sehr okay.« Alex sprach nur ganz leicht undeutlich. Er hatte eben mit dem Rücken zu uns gesessen und sich mit jemand anderem unterhalten, aber jetzt wandte er sich wieder mir zu und fuhr mir mit einem Finger über den Arm, wobei er mir einen verschwörerischen Blick von unten herauf zuwarf.

LeeLee war sichtlich eingeschnappt. »Wollen wir jetzt woandershin gehen, jetzt wo Indy auch hier ist? In einen Club vielleicht?«

Ich trank meinen Cocktail aus – jetzt, wo Indy hier war, wollte ich nur noch dahin, wo Indy nicht war, aber ich würde mich von ihr und PeePee (wie ich sie insgeheim mittlerweile nannte) auf gar keinen Fall vergrätzen lassen. Ich hatte es ihnen schon mal gezeigt und ich würde es ihnen wieder zeigen. Ich stand auf – wobei ich mich schon an der Stuhllehne abstützen musste – und schenkte India mein strahlendstes, entschlossenstes Lächeln.

»Au ja. Auf der Party hatten wir ja nicht viel Gelegenheit zu tanzen, stimmt's, Alex?«

Alex grinste seine Freunde an. »Da hast du Recht. Also, dann, auf geht's.«

Da hatte ich den Salat. Das Gesicht meiner Mutter erschien vor meinem inneren Auge – die blauen Augen schwammen in

Tränen, die Unterlippe bebte vor Trauer. »Mein süßes, unschuldiges Kind! Betrunken! Heruntergekommen! Für immer entehrt! Nichts wird je wieder so sein wie vorher!« Oder die blauen Augen sprühten bereits vor Wut (was viel wahrscheinlicher war) – vielleicht brachte sie ja genau in dieser Sekunde ein Schloss an meiner Zimmertür an und bereitete meine Zwangseinweisung in eine Entzugsklinik für jugendliche Suchtpatienten vor.

Ach was soll's, sagte ich mir. Jetzt bin ich schon so weit gekommen, und es geht mir prima. Ich hab alles komplett unter Kontrolle.

Bevor wir den Laden verließen, gab es noch eine Runde Cocktails für alle (von Alex mit schnell gezückter goldener Kreditkarte bezahlt). Es fiel mir megaschwer, mich an der Theke entlang nach draußen zu hangeln, ohne irgendwo gegenzudonnern, aber ich biss die Zähne zusammen und konzentrierte mich verzweifelt darauf, auf möglichst damenhafte Art einen Fuß vor den anderen zu setzen. Meine Füße schienen ewig weit weg und von meinem restlichen Körper fast vollständig losgelöst zu sein – als gehörten sie zu einer Marionette mit verhedderten Fäden, die ich mühsam zu lenken versuchte. Alex und den anderen ging es nicht viel besser, aber ich hatte nicht vor, India Munition für Montagmorgen-Anekdoten zu liefern.

Als wir um eine Ecke bogen und damit von der Hauptstraße abkamen, verließ mich meine neu entdeckte Sorglosigkeit auf einmal und ich klammerte mich panisch an Alex. »Lassen die mich da überhaupt rein? In den Club, meine ich. Die sehen doch garantiert, dass ich noch nicht volljährig bin.«

»Keine Sorge«, sagte er und lächelte zu mir herunter. »Der Besitzer ist ein Kumpel von mir. Ich pass schon auf dich auf.« Er strich mir sanft über die Wange. »Versprochen.«

Von da an wird in meiner Erinnerung alles irgendwie nebulös. Ich weiß nur noch, dass alle irgendwann lauthals lachten, als jemand sich geräuschvoll in den Straßengraben erbrach, und dass ich kurzzeitig etwas besorgt war, als ich an den Türstehern vorbei in einen dunklen, voll gestopften Club taumelte, der irgendwo hätte sein können. Alex genehmigte sich noch ein paar Drinks, und obwohl da kaum Platz war zum Tanzen, drückte er sich an mich und wir schwangen hin und her in der Hitze und dem Rauch und den aufblitzenden Lichtfetzen, die über die Wände und die Gesichter huschten und noch lange, nachdem ich die Augen geschlossen hatte, in meinem Kopf glimmten und glühten.

Es fühlte sich genial an, inmitten der Menge in seinem Arm zu sein, einfach nur da zu stehen, sich zu bewegen, nichts zu denken, nichts zu versuchen, nichts zu tun, sich einfach nur halten zu lassen.

Ich war hundemüde, sogar zu müde, um richtig zu merken, dass ich betrunken war. Nach einer Weile ging mir auf, dass Alex mir etwas zu sagen versuchte, aber seine Stimme schien von so weit her zu kommen … Irgendwann verstand ich dann doch, dass er gehen wollte, also quetschten wir uns nach draußen durch (wobei mir ein Abschied von India, PeePee & Co., die an der Bar grölten, erspart blieb) und schafften es, ein freies Taxi zu ergattern. Alex taumelte dermaßen durch die Gegend, dass ich ihm ins Auto helfen musste, aber als wir einmal drinsaßen, begann er sofort mich zu küssen – erst etwas unbeholfen, dann aber leidenschaftlicher. Als das Taxi bei uns vor dem Haus hielt, stieg er ebenfalls aus und ließ den Wagen wegfahren, was mich dann doch etwas bestürzte.

»Danke für den schönen Abend, das hat Spaß gemacht.« Meine Stimme klang kleinmädchenhaft und verlogen. »Ähm ich … ich geh dann jetzt besser.«

»Du bist süß«, sagte er lächelnd. Süß? Amazonen edlen Geschlechts sind nicht süß. Welpen sind süß und Teddys und wohlerzogene Kinder … Alex' Lächeln war irgendwie verschmitzt und ich kam mir plump und kindisch vor, als ich mich aus seinen Armen zu lösen versuchte.

»Meine Mutter ist zu Hause. Ich muss mich reinschleichen, damit sie mich nicht hört. Ich muss los.«

»Du wirst mir fehlen.« Seine Hand glitt unter mein Top und blieb knapp oberhalb meiner Taille liegen. Sie fühlte sich ganz kühl an auf meiner Haut, und sein heißer Mund war an meinem Ohr, und als er mich wieder küsste, hatte ich so ein warmes Gefühl im Bauch …

»Halt, Halt, Halt. Alex. Wir sind mitten auf der Straße. Was, wenn jemand uns …?«

»Schsch. Davy … ich meine, Octavia. Süße kleine Octavia. Komm her. Du bist doch nicht etwa verklemmt, oder?«

»Nein, es ist nur … ich …« Das warme Gefühl war verschwunden. Ich war müde, mir war schwindlig und elend kalt. Alex hingegen schien die morgendliche Kälte gar nicht zu stören. Er sah wieder völlig nüchtern und wach aus. Seine Augen glänzten im Zwielicht und irgendwie umgab ihn eine Art Frostgeglitzer.

»Ich will mich doch nur richtig verabschieden, mehr nicht.« Er hörte sich halb ernst, halb albern an, als er mir übers Haar strich. »Du siehst wunderschön aus im Mondlicht. Du schimmerst.«

Ich musste lachen. »Mondlicht? Mitten in London?«

»Okay, dann eben im Licht der Straßenlampe. Du siehst toll aus, so ganz in Orange.«

Danach war es einfach, mich von ihm zu verabschieden. Alex sagte, er wolle ein Stück zu Fuß gehen, um »etwas Nachtluft zu schnappen«, bevor er sich wieder ein Taxi rief. Ich sah ihm nach, als er die Straße runterging. Ich lehnte im Hauseingang, etwas wacklig auf den Beinen, er dagegen ging ganz gerade, ganz aufrecht, ganz sicher, und sein Atem bildete silberne Wölkchen in der Luft.

Am nächsten Morgen wachte ich nach wenigen Stunden Schlaf voller chaotischer, ziemlich finsterer Träume auf. Ich hatte einen sauren Geschmack im Mund, mein Gesicht im Spiegel war bleich und fleckig vom Augen-Make-up, das ich nicht mehr abgewaschen hatte. Ich wankte so zerknittert, verschlafen und schmuddelig, wie ich war, ins Wohnzimmer, wo meine Mutter in einem apfelgrünen Seidenkimono, die blonden, glänzenden Haare hochgesteckt, die Wangen rosig und die Augen strahlend, in einer Chaiselongue ruhte. Ich freute mich nicht gerade auf das Gespräch, vor allem weil ich ein schlechtes Gewissen hatte, da Alex und ich in der Nacht ziemlich viel Krach gemacht hatten. Außerdem hatte ich bei meiner wilden Suche nach etwas anzuziehen einige von Mums Klamotten in der Gegend herumliegen lassen. Aber ihre blauen Augen schwammen weder in Tränen noch blitzten sie vor Zorn. Im Gegenteil – sie schien erfreut zu sein, mich zu erblicken, fast als hätten wir uns seit Tagen nicht mehr gesehen. »Schätzchen! Und, hast du dich gestern Abend gut amüsiert?«

»Ähm … ja«, sagte ich ziemlich verdutzt. »Also, ich … tut mir Leid, wenn …«

»Du musst dich nicht entschuldigen, wofür denn auch?« Sie legte die Drehbücher weg, die sie gerade durchgeblättert hatte, und deutete mit einer manikürten Hand auf eine Zeitschrift, die auf dem Tisch lag. »Weißt du, ich finde, du wirst mit zunehmendem Alter immer fotogener. Oh Schätzchen, ich bin so *stolz* auf dich!«

Erstaunt nahm ich die Zeitschrift in die Hand. Es war die neueste *Prattler*-Ausgabe, und sie war bei einem doppelseitigen Bericht mit dem Titel »Miss India Withers feiert ihren fünfzehnten Geburtstag mit großem Pomp« aufgeschlagen. Und da waren wir beide: »Mr Alexis Withers und Miss Octavia Clairbrook-Cleeve«. Wir standen ganz eng zusammen, Alex hatte sich mir leicht lächelnd zugewandt, aber ich hielt eine Hand nach oben, wie um die Kamera abzuwehren. Ich erinnerte mich an den grellen Blitz und daran, dass es mir wie ein Omen vorgekommen war, als ich Alex durch den Nebel gesehen hatte. Auf dem Foto sah ich ziemlich cool und reserviert aus, ich lächelte nicht, und dazu die abwehrende Hand … Meine Augen sahen schwarz aus, das Gesicht extrem blass, die Pelzstola war mir halb die Schulter hinuntergerutscht. Und daneben Alex, der mich ansah, die dunklen Haare fielen ihm vor die Augen, und dann sein schön geschwungener Mund …

Ich fing an zu lesen.

Bei der Tochter einer Rocklegende wie Rich Withers und eines Ex-Supermodels wie Tigerlily Clements geht man davon aus, dass sie weiß, wie ein rauschendes Fest auszusehen hat – aber diese Party übertraf selbst die kühnsten Erwartungen. Mag sein, dass man bei Weiß, *dem Motto des Abends, erst mal an* Spilt Milk *denkt, aber hier lag die Bedeutung klar auf dem Femininen und Fantastischen. Herabrieselnder Schnee, Myriaden kleiner Lichter und Kaskaden weißer Rosen verliehen dem festlichen Anlass eine märchenhaft-romantische Note. Für die musikalische Untermalung sorgte unter anderem* Purgatory, *eine brandheiße neue Band, und die Kleiderordnung des Abends hieß Understatement-Dress-Down-Chic. India, eine schlanke, lebhafte blonde Schönheit (Bild Mitte), sah umwerfend aus in dem weißen Ensemble, das Zoe McCarthy speziell für diesen Abend entworfen hatte. Champagner, Zuckerwatte, Vanilleeis und Wodka-Cocktails lieferten der jungen Generation der Reichen und Schönen die nötige Energie, um die Nacht zum Tag zu machen …*

Auf der nächsten Seite war ein Foto von Prinz Richard, der etwas gelangweilt guckte und von vier Mädchen in extrem kurzen Miniröcken umzingelt war, die starr in die Kamera lächelten. Von Asia gab es auch ein Bild (Augen geschlossen, Mund offen – nicht gerade vorteilhaft), dazu eins vom Eisengel und ein paar Schnappschüsse von Leuten, die ich nicht kannte.

»Ist das nicht wundervoll?« Meine Mutter war ganz außer sich vor Freude. »Dein Foto ist *direkt* neben dem von Prinz Richard! Und …«, sie lächelte geziert, »… täusche ich mich, oder hat Alexis die gleichen Augen wie sein Vater? Der junge Mann, der heute Nacht mit dir aus dem Taxi gestiegen ist, das war doch Alexis, oder etwa nicht?« Oh, oh. Hatte ich's doch gewusst – wir hatten einfach zu viel Lärm gemacht. »Ich meine, nicht dass du jetzt denkst, ich hätte dich belauscht oder so. Ich … ich hab nur einen sehr leichten Schlaf und die Eingangstür quietscht ziemlich laut und mein Fenster geht ja zur Straße hinaus … Oh, Schätzchen! Das ist ja alles so aufregend! Ich *wusste* doch, dass alles gut werden würde!« Sie hielt sich einen Handspiegel vors Gesicht und inspizierte ihre perfekt gezupften Augenbrauen. »Wusstest du, dass Rich und Tigerlily früher mal ein Haus ganz in unserer Nähe besessen haben? Das große Regency-Gebäude mit den Säulen. Sie sind nur ein paar Monate, bevor wir das Haus hier gekauft haben, dort ausgezogen. Ist das nicht ein lustiger Gedanke, dass du und India und Alexis beinahe mal Nachbarn gewesen wärt?«

»Da war nichts Großes zwischen uns …«, murmelte ich. »Ich hab Alex einfach nur kennen gelernt. Ich weiß noch nicht wirklich viel von ihm.«

»Natürlich, natürlich. Ich verstehe dich absolut. Das ist immer ein sehr … delikates Thema.« Sie drückte herzlich meine Hand, dann stand sie auf und begann geschäftig aufzuräumen. Ihr beim Herumwuseln zuzusehen machte mich müde und depressiv. Am liebsten hätte ich sie wieder in die Chaiselongue gedrückt und ihr alles erzählt – über die Cocktails und LeeLee und die finsteren Rausschmeißer im Club. Und über Alex, wie er da mitten auf der Straße gestanden hatte, so begehrenswert, so selbstsicher. *Du bist süß …*

Seufzend rieb ich mir die Stirn, versuchte mir den leise pochenden Schmerz oberhalb meiner Augen wegzumassieren. »Du meinst also nicht, dass Alex … ähm … zu alt für mich ist?«

Meine Mutter hielt inne und drehte sich zu mir um. »Aber Unsinn, Octavia. Solange ihr etwas füreinander empfindet, ist das das Einzige, was zählt, und lass dir bloß nichts anderes einreden. Du magst ihn doch, oder nicht?«

Ich sah zum Hochglanzfoto von uns beiden hinüber. »Ja, klar.«

»Wo ist dann das Problem, hm? Du erlebst gerade eine extrem aufregende Zeit, und ich finde, du solltest sie richtig auskosten. Das ist deine große Chance.« Chance? Worauf? Auf wahre Liebe und weiße Turteltauben? Auf meine Exklusiv-Doppelseite im *Prattler*? Aber meine Mutter sprudelte gleich weiter: »Und jetzt solltest du dich schleunigst anziehen, Schätzchen. Tu mir den Gefallen – wir sind zum Mittagessen bei deinem Großvater eingeladen.«

Ich starrte sie entsetzt an. »Oh nein! Nicht heute, bitte! Ich kann nicht!«

»Jetzt stell dich nicht so an, Octavia. Du warst seit Ewigkeiten nicht mehr da. Und er freut sich immer so, dich zu sehen.«

Was eine dreiste Lüge ist. Mein Großvater (mein einziger noch lebender Großelternteil) ist kein knuffiger alter Mann, der Bonbons verschenkt, bunt gefüllte Postpakete verschickt oder einem beim Tee lustige Schwänke aus seiner Jugend erzählt. Mein Großvater ist »ein widerlicher alter Blödmann«, wie Michael es mal formuliert hat. Als Dad nach dem Unistudium verkündete, er würde keine Anwaltskarriere einschlagen, sondern zum Theater gehen, hat mein Großvater ihm auf der Stelle jede finanzielle Unterstützung gestrichen. Als Dad meine Mutter verließ (die kennen zu lernen mein Großvater sich bis dahin strikt geweigert hatte) und sich mit einem Mann zusammentat, erklärte er, Hector sei ab sofort nicht mehr sein Sohn, denn er habe den vornehmen Namen Clairbrook-Cleeve in den Dreck gezogen, und er wolle ihn nie wieder sehen oder mit ihm sprechen. Er hält meine Mutter für eine ordinäre Person, die nur auf das Geld der Männer aus ist und Dad in die Arme seines eigenen Geschlechts getrieben hat. Mich toleriert er als letzten Abkömmling der Clairbrook-Cleeve-Linie, aber er versäumt es nie, seufzend zu erklären, wie sehr er sich einen Enkelsohn gewünscht hätte. In Sachen zweideutige Komplimente und abfällige Bemerkungen könnte er es locker mit India aufnehmen.

Aber wenn meine Mutter über ihren Schwiegervater redet, könnte man meinen, er sei einfach ein harmloser, schrulliger, liebenswerter alter Mann. »Ja, Lord Clairbrook-Cleeve war schon immer etwas *schwierig*, aber er liebt Octavia abgöttisch.« Und so pilgern wir einmal im Monat zu seinem finsteren großen Haus nach Mayfair, um mit ihm zu Mittag zu essen oder Kaffee zu trinken, wobei er meine Mutter mit schnippischen Bemerkungen und mich mit bohrenden Fragen zu meinen akademischen Leistungen bombardiert. Es ist mir wirklich ein Rätsel, warum meine Mutter sich diese Liebevolle-Schwiegertochter-Farce antut. Sie erträgt diese Treffen mit einem märtyrerhaften Ausdruck im Gesicht, als würde sie für die Rolle der Johanna von Orléans vorsprechen. Man kann beinahe den brennenden Scheiterhaufen riechen. Für mich ist es schon an meinen besten Tagen unglaublich schwer, mich brav und freundlich zu geben. In meinem derzeitigen Zustand – reizbar, erschöpft und verkatert – würde es geradezu einem Wunder gleichkommen, so eine Vorstellung hinzulegen.

»Ah, die kleine Octavia!« Mein Großvater empfing uns mit der üblichen Begrüßungsformel, und seine schwarzen Augen troffen dabei vor Sarkasmus. Wenn dieser kalte, stechende Blick nicht wäre, würde er mit seinem würdevollen Gesicht, dem vollen silbernen Haar und der aristokratisch geschwungenen Nase glatt als perfekter netter älterer Herr durchgehen. »Meine Güte! Bist du noch mehr gewachsen, seit ich dich das letzte Mal gesehen habe? Nicht? Weißt du, Helen«, wandte er sich meiner Mutter zu (er weigert sich, das alles verändernde a am Schluss zur Kenntnis zu nehmen), »du solltest dem Mädchen wirklich keine amerikanischen Fertiggerichte zu essen geben. Da sind jede Menge Wachstumshormone drin, hab ich gehört.« Für meinen Großvater kommen alle Übel dieser Welt, ob echt oder eingebildet, aus Amerika. Oder aus Nordengland. »Kommt rein, kommt rein. Ich hoffe, du machst nicht schon wieder eine deiner Diäten, Helen? Marie hat den ganzen Vormittag in der Küche gestanden und etwas ganz Besonderes für euch zubereitet.«

»Was Marie kocht, schmeckt immer ganz ausgezeichnet, ich freue mich jedes Mal darauf«, sagte meine Mutter mit einem starren, glasigen Lächeln. Marie, die Haushälterin, ist meinem Großvater treu ergeben und nimmt alles mit stoischer Gelassenheit hin. Wenn ich nicht gerade einen Kater habe, esse ich ihre Sachen (traditionelle englische Küche) ganz gern, aber heute schaute sie meiner Mutter hämisch dabei zu, wie sie sich tapfer durch jeden kalorienreichen Gang kämpfte (während mein Großvater sich natürlich mit einem kleinen Teller klarer Brühe begnügte). Wir aßen im Esszimmer, das genau wie der Rest des Hauses mit Erbstücken der Clairbrook-Cleeves voll gestopft ist: beschlagene Silbersachen, blinde Spiegel, speckige Ölbilder. Gegen Ende der Mahlzeit waren meine Mutter und ich gleichermaßen grün im Gesicht – ich versuchte verzweifelt, nicht an die lilafarbenen Cocktails der letzten Nacht zu denken, die in meinem Magen mit dem Kirsch-Trifle Karussell fuhren –, aber mein Großvater kannte keine Gnade.

»Also, ich *bestehe* darauf, dass du diesen Stilton probierst, Helen. Ich habe ihn mir extra von Fortnum & Mason liefern lassen. Und Octavia, meine Liebe, du siehst irgendwie fahl aus. Du bist doch nicht etwa krank? Hast du gestern etwas zu dir genommen, was dir nicht bekommen ist?« Er sah mich mit gespielter Besorgnis an, die ich ihm keine Sekunde abkaufte.

Für den Kaffee wechselten wir in den Salon. Seine Lordschaft sank mit einem glücklichen Seufzer in den einzigen bequemen Sessel. »Und jetzt müsst ihr beiden mich bitte mit den neuesten Neuigkeiten versorgen. Helen, gefällt es dir immer noch in der Fernsehwerbung? Hilf meinem Gedächtnis auf die Sprünge – ist es nicht ein tanzender Jogurtbecher, in den du dich verwandelst, um uns alle zu unterhalten?« Das bezog sich auf einen Werbespot, den meine Mutter vor fast zehn Jahren gedreht hatte, nach dem er aber weiterhin ständig fragte, als würde er immer noch jeden Tag ausgestrahlt. Dann war ich dran. »Wie ich höre, hat Octavia ihr gesellschaftliches Debüt gegeben. Schlemmt im großen Stil mit Rockstars und gekrönten Häuptern! Feiert Schulter an Schulter mit vornehmen Erben und Berühmtheiten!« Er kicherte und rieb sich vergnügt die Hände. Zu meiner großen Überraschung schien seine Genugtuung ehrlich zu sein. Aber wie zum Teufel hatte er von Indias Party erfahren? Die Antwort auf die Frage lieferte er mir gleich selbst. »Jaja, ich habe so meine Quellen! Ich sitze zufällig im Vorstand so einer neumodischen Wohltätigkeitsorganisation – furchtbar anstrengend, die Sache, aber so etwas wird heutzutage eben von einem erwartet –, und da fand neulich ein Spenden-Ball oder so was ähnlich Albernes statt, auf den zu gehen ich mich natürlich geweigert habe. Aber meine gute alte Freundin, die Herzogin von Teasedale, hat mir ein Exemplar einer dummen kleinen Zeitschrift geschickt, in der über das Ereignis berichtet wurde, und wen erblickten da meine verzückten Äuglein? Meine eigene Enkelin! Was für eine charmante Überraschung!«

Er schien wirklich begeistert zu sein. Nicht dass mein Großvater etwas von India und Konsorten gehalten hätte, aber er respektierte das, was sie *darstellen.* Nämlich Reichtum und Glamour und Macht. Und so harmonierten er und meine Mutter ausnahmsweise einmal perfekt miteinander – beide waren außer sich vor Freude, weil ich an die Großnamigen, Vielbesitzenden und Weniggripsigen herangerückt war. Aber zumindest blieb mir durch den *Prattler*-Artikel das übliche Kreuzverhör über die Verfehlungen des modernen Erziehungssystems im Allgemeinen und meine ausgefallene Ausbildung im Besonderen erspart. Diesmal diente das Foto von Prinz Richard meinem Großvater als Inspirationsquelle für einen Vortrag zum Thema britisches Klassensystem (»Helen, du mit deiner proletarischen Herkunft kannst die Zuneigung, welche die Arbeiterklasse uns Adeligen gegenüber traditionellerweise hegt, mit Sicherheit bestens nachempfinden …«). Alles in allem kam ich an diesem Tag mit einem blauen Auge davon, aber meine Mutter und ich stießen unisono einen tiefen Seufzer aus, nachdem wir uns verabschiedet hatten und Marie mit einem befriedigten Rumms! die Tür hinter uns zugeknallt hatte.

»Hach, wieder so ein wunderbares, liebevolles Familienfest mit Grandaddy Cleeve! Ist dir auch so schön wohlig und warm im Herzen?«, fragte ich, als wir endlich im Auto und in sicherer Entfernung vor ihrer Lordschaft waren.

Meine Mutter sagte nichts. Das tut sie nie. Sie wird nur immer ganz schmallippig und tut ganz vornehm, wie in Dads Nähe auch immer. Was mir einerseits Gewissensbisse verursacht und mich andererseits ärgert.

»Na?«

»Na was?«

»Er ist doch einfach ekelhaft, oder nicht?«

»Er ist der Einzige, der dir von deinen Großeltern geblieben ist, und außerdem ein alter Mann«, sagte die heilige Johanna mit einem milden, wenn auch schmerzvollen Lächeln. »Wir müssen unsere Pflicht tun und Geduld haben, Schätzchen.«

»Attila der Hunnenkönig war bestimmt auch der Großvater von irgendwem. Ein Wahnsinniger und ein Mörder war er aber trotzdem.«

»Lord Clairbrook-Cleeve ist vielleicht ein konservativer Adeliger, aber ganz bestimmt weder wahnsinnig noch ein Mörder.«

»Schade eigentlich. Sonst säße er bestimmt längst im Knast.« Ich beschloss die Sache mal anders anzugehen. »Ich verstehe einfach nicht, warum du ihm so in den Hintern kriechst. Erben werden wir doch sowieso nichts.« Seine Lordschaft hat nämlich vor, den größten Teil seines Vermögens der Liga *Zur Bewahrung Altenglischer Werte* (oder so ähnlich) zu vermachen.

»Octavia! Wie kannst du nur so was sagen!«

»Aber das Familiensilber steht wahrscheinlich sowieso unter einem bösen Fluch. Weil auf üblen Wegen erworben oder so. Ein paar Vergewaltigungen in unserer mittelalterlichen Ahnengalerie, ein paar kleine Plünderungen …«

»Ich will davon nichts mehr hören. Das ist lächerlich und eine empörende Beleidigung.«

»Dann komme ich wohl nach meinem Großvater, der macht das doch auch immer.«

Den Rest der Fahrt verbrachten wir in eisigem Schweigen. Aber als wir vor der letzten Ampel hielten, fragte meine Mutter plötzlich: »Erinnerst du dich noch an deine anderen Großeltern – also ich meine, an meine Eltern?«

»Nicht wirklich«, antwortete ich vorsichtig. Nachdem Mum aus Nordengland geflohen war, um sich ihrer Karriere als Amerikas Lieblings-englische-Rose zu widmen, hatte sie nicht mehr viel mit ihren Eltern zu tun gehabt. Aus einer Bemerkung, die Dad einmal hatte fallen lassen, schloss ich, dass die ihr zu Hause nicht gerade das Bettchen warm und sie in Ehren gehalten hatten. Und dann waren meine Großeltern vor ein paar Jahren beide gestorben. Aber ich erinnerte mich, dass wir, als ich klein war, einmal nach Newcastle gefahren waren, um sie zu besuchen. Sie bewohnten ein dunkles, schmales Reihenhaus. Es war sehr heiß an diesem Tag, und im Flur roch es abgestanden nach dem sonntäglichen Mittagessen. Wir hielten uns in einem sehr kleinen, sehr ordentlichen Zimmer vorne im Haus auf, und obwohl ich mich nicht an sehr vieles erinnere, mischt sich dieser Essengeruch in meinem Gedächtnis mit einer deutlich spürbaren Missbilligung seitens meiner Großeltern. Meine Mutter trug einen kurzen Rock, an dem sie ständig zupfte, damit er ihre Knie bedeckte, und mir fiel wieder ein, dass sie mit einer hastigen, nervösen Stimme redete, die irgendwann drückender Stille wich. Aber das alles erwähnte ich natürlich nicht.

»Das wundert mich nicht.« Sie seufzte und sah ein bisschen traurig aus. Ich wollte etwas sagen, was es ihr leichter gemacht hätte, aber ich wusste gar nicht genau, was ihr so zu schaffen machte. Und der nächste Satz stammte auch gleich wieder aus ihrem Drehbuch-Repertoire. »Weißt du«, sagte sie fröhlich, »ich finde, du solltest India an einem Abend mal zu uns einladen. Ich meine, jetzt wo du mit Alexis zusammen bist, seid ihr schließlich fast so etwas wie Schwestern.«

Am Montag trieb mich meine Beinahe-Schwester zu Beginn der Mittagspause in die Ecke der Mädchentoilette. Sie hatte Calypso, China und Asia im Schlepptau, und Letztere warf mir, während sie ihre Wimpern mit schwarzer Mascara tuschte, böse Blicke zu. Diesmal lautete die Aufschrift auf ihrem bonbonrosa T-Shirt PSYCHO-ZICKE, und drumherum waren rote Herzchen aufgestickt. Dass sie es aus naiver Selbstironie trug, bezweifelte ich. Indias Outfit war nicht ganz so gruselig – cremefarbenes Satinmieder, hautenge Jeans und dazu eine lange, zerzauste Schaffelljacke –, aber sie spielte auf bedrohliche Art und Weise mit ihrem Glücksarmband herum.

»Hallo, Obelisk«, sagte sie süßlich. »Hast du dich am Freitagabend gut amüsiert?«

»Ja, danke der Nachfrage.« Ich war auf der Hut.

»Und hat mein böser Bruder versucht, deine Unschuld auszunutzen?« Die anderen kicherten. Indias Tonfall war zwar scherzhaft, aber sie musterte mich aus zugekniffenen Augen. Also hatte Alex ihr doch nicht alles erzählt. Ich war erleichtert, hatte aber keine Ahnung, wie ich ihre Frage beantworten sollte – wenn ich Nein sagte, war das ja fast so, als gäbe ich zu, dass ich es nicht wert war, verführt zu werden, und India würde mich garantiert überrascht, mitleidig und gleichzeitig schadenfroh angrinsen. Und wenn ich Ja sagte … Dann nahm sie mich bestimmt ins Kreuzverhör und bombardierte mich mit noch mehr eindeutig zweideutigen Sprüchen, und am Ende kam das alles noch Alex zu Ohren, aber dann in wer weiß was für verdrehten Varianten.

Ich wurde rot, schaffte es aber, zu sagen: »Wie heißt es doch so schön – eine Lady genießt und schweigt.« Das war gefährliches Terrain, auf das ich mich hier wagte: Indias Mutter hatte erst letztes Jahr ihre Autobiografie als Fortsetzungsroman in einer Boulevardzeitschrift veröffentlicht, komplett mit allen schlüpfrigen Details aus dem Sexleben ihres Ex-Mannes. Aber India zuckte nur mit den Schultern und drehte sich zum Spiegel, um ihre Haare aufzulockern. Ich meinte sogar, ein kurzes Aufblitzen von Respekt in ihren Augen gesehen zu haben.

Ich wandte mich zum Gehen, doch noch bevor ich die Tür erreichen konnte, holte mich ihre Stimme ein. »Ist LeeLee nicht einfach ein Schatz?«

»Ähm … ja, sie war sehr nett.«

»Sie war mal mit Lex zusammen. Aber das hat er dir bestimmt schon erzählt. Sie sind das absolute Traumpaar gewesen, hatten einfach sooo viel gemeinsam … Sie ist Model, weißt du.« Na super. »Wir waren echt wie Schwestern.« Das wurde ja immer besser. »Aber …«, fuhr India zuckersüß fort, »… *aber* ich hab Lex erzählt, wie wunderbar du und ich miteinander auskommen. Wie viel Spaß man mit dir haben kann.« Ich starrte sie an. »Lex legt immer großen Wert auf die Meinung seiner kleinen Schwester. Echt rührend …« Sie setzte einen verträumten Gesichtsausdruck auf. Dann schüttelte sie ihre Mähne, strich sich die Jacke glatt und griff nach ihrer Tasche, als wollte sie gehen. »Ach ja, übrigens, das hätte ich fast vergessen … In ein paar Wochen – muss ein Freitag sein – ist doch dieser Projekttag, an dem wir unsere Eltern an ihrem Arbeitsplatz besuchen sollen.«

War mir neu, dass Darlinham House sich an diesem eigentlich von der Regierung eingerichteten Sondertag beteiligte, aber so richtig überraschte mich das nicht – unsere Schulleitung nutzte jede Ausrede, um sich und uns einen freien Tag zu gönnen. Sogar am *Nationalen Tag zum Gedenken aller Inkontinenten* blieb die Schule geschlossen. Aber ich hatte jetzt so eine Ahnung, worauf Indias Bemerkung abzielte. »Mein armer alter Dad wird die ganze Woche in einem buddhistischen Tempel verbringen, da kann ich unmöglich hin. Aber ich hab mir überlegt, dass es doch bestimmt superlustig wäre, wenn ich stattdessen mit dir mitkomme. Ich meine, wenn du deinen Vater am Set besuchst. Als ich ihn neulich gesehen habe, hatte ich sofort das Gefühl, dass wir einen *ganz besonderen Draht* zueinander haben.« Ich räusperte mich. »Ach komm, sag Ja. Ich hab Lex mit dem Thema das ganze Wochenende in den Ohren gelegen. Und du weißt ja, wie er sich immer um mich sorgt.«

Wir sahen einander an. Das war meine Chance, Rückgrat zu beweisen und India ein für alle Mal zu zeigen, dass ich mich nicht von einem verzogenen blonden Zwerg mit Komplexen herumschubsen ließ. Wie erbärmlich und verzweifelt musste man sein, um vor der widerlichsten Tussi der Schule herumzukriechen, nur um mit ihrem Bruder herummachen zu können? Aber was, wenn besagter Bruder einfach gnadenlos gut aussehend und weit über eins achtzig groß war? Es ging hier um persönliche Integrität und Selbstachtung, und ich wusste genau, was ich zu tun hatte. Ich holte einmal tief Luft. »Ich muss erst mit Dad reden«, sagte ich dann. »Aber das geht bestimmt in Ordnung. Bin ich mir sicher.«

Nachdem India und ihre Gefolgschaft verschwunden waren, kam mir ein grässlicher Gedanke. Von den Prinzipien, die ich in meinem sabbernden Drang nach Liebesglück soeben mit Füßen getreten hatte, mal ganz abgesehen – hatte India mich etwa *absichtlich* mit Alex zusammengebracht, damit sie freien Zugang zu Drake und der Oscar-Nominierung hatte? Mir wurde ganz heiß und kalt bei der Vorstellung, aber dann dachte ich wieder daran, wie unangenehm überrascht sie gewirkt hatte, als sie mich am Freitag in der Bar erblickt hatte. Dass Alex sich die Mühe machte, ein Mädchen anzubaggern, an dem er gar kein Interesse hatte, glaubte ich nicht, aber trotzdem … Frustriert trat ich gegen die Wand.

Und erst, als ich mich bückte, um mir den schmerzenden Zeh zu reiben, sah ich, dass Jess hinter mir stand. Sie musste India und die anderen gehört haben, bevor sie rausgegangen waren.

»Lex?«, fragte sie mit weit aufgerissenen Augen. »Du bist mit Lex zusammen? *Indias Bruder* Lex?«

»Na ja, nicht wirklich *zusammen*. Ich bin auf der Party mehr oder weniger zufällig über ihn gestolpert, ohne zu wissen, wer er ist. Ich hatte auch nicht damit gerechnet, dass da was draus wird, aber dann hat er am Freitag angerufen und wir waren mit ein paar Leuten was trinken – inklusive India.« Irgendwie hatte ich ein komisches Gefühl – vielleicht hätte ich Jess von Anfang an davon erzählen sollen. Ich hatte etwas Sorge, dass sie mich jetzt verächtlich – oder zumindest ungläubig – ansehen könnte. Aber das tat sie nicht. Im Gegenteil, sie schien sich zu freuen.

»Schön! India muss doch total am Abkotzen sein.«

»Allerdings. Sie ist so wütend, dass sie jetzt so tut, als wäre sie meine beste Freundin und würde Alex ständig von mir vorschwärmen«, sagte ich düster.

»Echt? Aber wieso?«

»Das Zauberwort heißt: Erpressung. Die gar nicht subtile Botschaft hinter der kleinen Unterhaltung von eben lautet nämlich: Wenn ich nicht bei ihrem Plan, Drake Montague an Land zu ziehen, mitmache, dann … tja, dann wird mein erstes Date mit Alex auch gleich mein letztes gewesen sein.«

»Glaubst du, dass sie wirklich so viel Einfluss auf ihn hat? Wahrscheinlich macht sie dir doch nur was vor – bis letzte Woche hat sie ihren ach so wunderbaren Lex doch mit keinem Wort erwähnt.«

»Schon möglich, aber letzten Freitag schienen sie sehr vertraut miteinander zu sein.«

Jess sah mich mit unverhohlener Neugierde an. »Ist das mit Alex … also, ich meine, ist das nicht ein bisschen so, als wäre man mit India zusammen?«

Ich zuckte mit den Achseln. »Ich *glaube* nicht. Aber ich will's selber rausfinden, in meinem eigenen Tempo, auf meine eigene Art. Nicht mit seiner *süßen kleinen Schwester* im Nacken.« Ich konnte es immer noch nicht fassen, dass ich India nachgegeben hatte – was hatte ich mir bloß dabei gedacht? Ich kam mir vor, als wäre ich … ein dummes, läufiges Etwas. »Mann, warum kann Alex kein Einzelkind sein? Was soll ich jetzt Dad erzählen? Und was mache ich mit India nächsten Freitag?« Plötzlich schoss mir ein Gedanke durch den Kopf. »Du willst nicht zufällig auch mitkommen, oder? Dann könnten wir uns absetzen und India ihr Ding alleine durchziehen lassen. Ohne Hilfe pack ich das nicht.«

Jess strich sich eine lose rote Haarsträhne hinters Ohr. »Na ja, warum eigentlich nicht …«, sagte sie gedehnt. »India wird das bestimmt nicht gefallen …« Sie lächelte ihr stilles, breites Lächeln. »… und das ist für mich eigentlich Grund genug mitzukommen.«

Zu meiner Verteidigung sei gesagt, dass ich mich Indias neuester Kampagne zur Übernahme der Weltherrschaft nicht nur deswegen unterworfen hatte, weil meine alexbesessenen Hormone mich dazu gezwungen hatten. Okay, er war praktisch das erste für mich infrage kommende männliche Wesen, das mir über den Weg gelaufen war, und die ungeheuerliche, unfassbare Tatsache, dass er Interesse an mir gezeigt hatte, reichte schon aus, damit ich mich göttinnen- statt obeliskenhaft fühlte. Aber auch wenn ich Alex völlig außer Acht ließ – jeder Idiot wusste, dass es einem Selbstmord gleichkam, sich zwischen India und ein von ihr angepeiltes Ziel zu stellen.

Nur ein Beispiel: Mr Marti Craddock. Ein leidlich bekannter Sänger mit ein paar Top-Ten-Hits Ende der Achtzigerjahre. Als seine Musik kein Mensch mehr hatte hören wollen, war er als Biologielehrer in Darlinham House gelandet, wo er, abgesehen davon, dass er einer Horde abgestumpfter Darlings die Sache mit den Bienchen und den Blümchen erklärte, zusätzlich auch noch unser Jahrgangsleiter war. Zu seinem Unglück nahm Mr Craddock es mit der Sorge um seine Schäfchen etwas ernster als der Rest der Lehrerschaft. Zu seinem noch größeren Unglück geschah es unter seiner väterlichen Aufsicht, dass Klein-Indy sich in eine Liebesaffäre mit einem der Sicherheitsleute der Schule stürzte, der früher Stuntman gewesen und angeblich mit jedem Action-Helden auf Du und Du war, der sich seiner babyölverschmierten Bizepse als würdig erwiesen hatte. Und zu seinem allergrößten Unglück schrieb Mr Craddock, nachdem er die beiden knutschenderweise hinter der Hantelbank im Fitnessraum erwischt hatte, einen Brief an Indys Papa, in dem er ihn von diesem »nicht akzeptablen Benehmen« in Kenntnis setzte. Weiß der Himmel, wie Rich Withers darüber gedacht hat – im Endeffekt war das auch egal, denn Mr Muskelheini wurde sowohl von India als auch von der Schulleitung in die Wüste geschickt, als bekannt wurde, dass seine Stuntman-Vergangenheit genauso gefälscht war wie seine Zeugnisse als Sicherheitsmann. Mr Craddocks Schicksal war damit allerdings auch besiegelt.

Mr Craddock, erfuhren wir bald darauf, würde Darlinham House verlassen, um ein Come-back als Sänger zu starten. Seine alte Schallplattenfirma hatte ihn wieder aufgenommen, und es hieß, seine Come-back-Single würde in Kürze erscheinen – *Baby Lovin'*, ein schnulziges Lied über die Freuden der Vaterschaft. Als Toitoitoi für die neue Unternehmung und um ihm zu zeigen, wie sehr unser Jahrgang zu schätzen wusste, was er alles für uns getan hatte, lud India ihn zu einer kleinen Party ein, die sie am Ende des Schuljahres veranstaltete. Seit der Stuntman-Geschichte war sie absolut zuckersüß zu ihm gewesen – was jemand Klügeres als Marti Craddock eindeutig als Unheil verkündendes Zeichen erkannt hätte. Er aber kreuzte brav auf der Party auf, um sich zu verabschieden – und stellte fest, dass India es versäumt hatte, ihm zu sagen, dass die Fete unter dem Motto *Freche Schulmädchen* lief. Jungs waren keine eingeladen, dafür waren Asia und China und Calypso und all die anderen Zwergblondinen anwesend, dazu einige Mädchen aus den jüngeren Jahrgängen, und alle trugen ziemlich frivole Schulmädchen-Uniformen. Mr Craddock war leicht verblüfft und setzte bald zum Rückzug an, doch vorher überredeten sie ihn noch, für ein letztes Foto mit allen zu posieren, »als Erinnerung an Sie, Sir!«.

Es dauerte natürlich nicht lange, bis ein Abzug dieses Bildes seinen Weg sowohl in die Räumlichkeiten von Craddocks Schallplattenfirma als auch ans schwarze Brett der Schule gefunden hatte. Leicht vorzustellen, wie das aussah – ein erwachsener Mann (und dazu ein *Lehrer*!), der mit einer Horde knapp bekleideter, minderjähriger Schuldmädchen herumalberte … Vermutlich reichten Mr Craddocks Beteuerungen gerade aus, um eine strafrechtliche Untersuchung zu verhindern, aber *Baby Lovin'* und die Come back-Tour waren damit gestorben.

Zugegeben, das war ein extremes Beispiel dafür, was mit denen passiert, die sich India Withers in den Weg stellen. Aber ich hatte noch eine ganze Menge ähnlicher Fälle im Kopf, die mir einen kalten Schauer über den Rücken jagten. Man nehme da nur Desdemona Hughes, die einmal – in Anwesenheit anderer – zu sagen wagte, Indias neue Lederhose bringe ihren pfirsichrunden Hintern vielleicht nicht optimal zur Geltung. Auch hier waren fotografische Mittel die Waffe der Wahl. Diesmal besorgte India sich ein Bild von ihrem Opfer und ließ es von China, deren Mutter bei *Venus* Redakteurin für den Bereich Mode ist, am Computer so bearbeiten, dass Dezzies Hintern auf ein riesenhaftes Ausmaß aufgeblasen wurde. In der kommenden Woche zierte das Foto, zusammen mit dem Werbeslogan »Sofortige Arschverkleinerung – wir haben die Wunderwaffe!« auf wundersame Weise jeden Laternenpfahl und jede Plakattafel im Drei-Meilen-Umkreis von Darlinham House. Unter dem Foto stand die Nummer einer angeblichen Anlaufstelle für Betroffene und Interessenten. Fünfzehn Anrufer, die nach dem Arschverkleinerungsmittel fragten, reichten vollkommen aus, damit Dezzie ihr Handy wegwarf und tränenüberströmt und auf Nimmerwiedersehen von der Schule floh.

Dann gab es da noch Isaiah Chadwick-Templeton, einen Draufgänger aus dem Jahrgang über uns, der dreist genug war herumzuerzählen, India würde wie ein brunftiges T-Rex-Weibchen küssen. Gleich am nächsten Morgen wurde er von einer Putzfrau im Hausmeisterschrank gefunden, ohnmächtig und mit nichts weiter bekleidet als einem rosa Stringtanga aus

Spitze, einer Netzstrumpfhose und High-Heels. Da Darlinham House eben Darlinham House ist, wurden natürlich keine Nachforschungen angestellt, und Isaiah wurde auch nicht der Schule verwiesen, aber seit diesem Zwischenfall ist er nur noch ein Schatten seines früheren Selbst.

Ich war aus einem anderen Holz geschnitzt als Dezzie, konnte nicht wie Isaiah verführt werden und hegte keinerlei Absichten, ein Come-back zu starten oder eine Platte herauszubringen wie Mr Craddock. Ich konnte mir sogar Schlimmeres vorstellen, als von der Schule zu fliegen. Aber ich wollte Alex, und ich wollte ein ruhiges Leben. Und so war es, sosehr ich die Vorstellung auch hasste, durchaus vernünftig, bei Indias schmutzigen kleinen Plänen mitzuziehen.

Als ich zu Hause ankam, wartete ein Päckchen von Alex auf mich. In einer kleinen Schachtel lag eine winzige weiße Rose aus Zucker mit grünen Blättern aus Marzipan. Der hastig hingekritzelte Text dazu lautete: *Als Erinnerung an die mondbeschienene Octavia. Ein paar Freunde von mir spielen in einer Band und haben am Mittwoch einen Gig – willst du auch kommen??? X.* Es wäre eine Lüge, zu behaupten, dass ich nicht knallrot wurde, als ich die Rose sah, auch wenn mir später einfiel, dass sie vermutlich nur ein Überbleibsel von Indias Geburtstagsdekoration war.

Ich zeigte Viv meine Trophäe, als sie am Abend unter dem offiziellen Vorwand vorbeikam, ihre Unterlagen zu *Macbeth* mit meinen zu vergleichen. (Obwohl Bildungsmaßnahmen für die meisten Darlings auf der Prioritätenliste nicht gerade an oberster Stelle stehen, müssen unsere Schulgebühren doch durch einen Anschein von akademischen Bemühungen gerechtfertigt werden. Also kriegen wir tatsächlich auch schon mal einen Aufsatz auf.) Natürlich warfen Viv und ich, sobald die Tür hinter uns zufiel, jeden Gedanken an Hausaufgaben über Bord und fingen an, uns die Zehennägel zu lackieren und die alten Zeitschriften meiner Mutter zu durchforsten. Und zu tratschen.

Ich hatte Viv am Telefon noch nichts vom letzten Freitag erzählt und genoss es nun in vollen Zügen, die Geschichte mit jemandem durchzukauen, der weder einen der Beteiligten kannte noch irgendwelche Hintergedanken hatte, und alles aus meiner Perspektive betrachten konnte. Allerdings platzte Viv nicht gerade vor Enthusiasmus.

»Der Märchenprinz ist also ein bisschen berühmt-berüchtigt, ja? Und seine widerliche Schwester benutzt ihn, um dich nach ihrer Pfeife tanzen zu lassen. Und du spielst ihr Spielchen weiter mit?«

Ich rollte mich auf den Rücken und starrte an die Decke. Viv hatte gut reden – ihr lagen die Jungs scharenweise zu Füßen, und selbst wenn sie ihren Fanclub mit einem Lächeln und einem Achselzucken abtat ... Also für mich war das jedenfalls eine ganz neue Erfahrung. Und obwohl mir nicht ganz wohl war bei der Sache mit Alex, ich mich, ehrlich gesagt, sogar ziemlich überfordert fühlte, war es doch superschön, von ihm begehrt zu werden. Zu sehen, wie Mädchen wie PeePee schmollten, wenn er den Arm um mich legte. Wie seine Kumpels mich bewundernd anschauten. Zu spüren, wie mir bei jedem Kuss ganz warm wurde. Wie eine Romanheldin weiße Zuckerrosen zugeschickt zu bekommen ...

Ich versuchte das Viv zu erklären, aber es hörte sich an wie ein besonders kitschtriefender Auszug aus *Tammy – Küssen erwünscht.* Besonders überzeugt sah Viv immer noch nicht aus. »Also, versteh mich nicht falsch, Octavia, aber viele Vergleichsmöglichkeiten zu Alex hast du doch gar nicht. Klar ist er ein Riesenfortschritt verglichen mit Zip oder Zap oder wie der hieß, aber reicht das auch?«

»Ich hab durchaus Kriterien, nach denen ich das beurteilen kann«, widersprach ich säuerlich. »Man kriegt schon einiges mit, wenn man seine Pubertät in der Gesellschaft der ganzen Darlings verbringt. Ich könnte dir vermutlich mehr erzählen über überprivilegierte, überschätzte und übermäßig sexfixierte Typen als der *Spilt-Milk*-Biograf.« Ich musste wieder an das Tammy-Buch denken. Tammy hatte sich mit einem gut aussehenden Typ Marke Verführer eingelassen (Kapitän der Fußballmannschaft, wenn ich mich recht erinnere), aber als das in die Brüche ging, stürzte sie sich in die Arme ihres besten Freundes, eines witzigen, verlässlichen, einfühlsamen und dennoch maskulinen Typs, der insgeheim schon die ganze Zeit auf sie scharf gewesen war. Und wer kam diesem Bild in meinem Fall am nächsten? Zack. Aber ich war schließlich nicht so naiv wie Tammy und würde daher mit Alex ganz anders umgehen. Ich würde mich freundlich, aber gelassen geben, verführerisch und trotzdem ein bisschen distanziert.

»Keine Sorge, ich bin nicht völlig gaga«, sagte ich. »Mir ist schon klar, dass Alex sich vermutlich nicht als Ritter in glänzender Rüstung entpuppen wird. Ich bin nicht so richtig in ihn verliebt – aber ich mag ihn, und ich glaube, er mag mich auch. Und das fühlt sich gut an.« Ich hielt nachdenklich inne. »Zum allerersten Mal, seit ich auf diese bekloppte Schule verbannt worden bin, hab ich das Gefühl, als wäre ich … mittendrin im Leben, aber irgendwie so – und das ist das Beste dran –, dass ich mir unbeschwert und ohne Hetze aussuchen kann, was ich will und was nicht. Ich weiß, dass es eine Gratwanderung wird, mich in Indias Dunstkreis zu bewegen, aber wenn das alles so läuft, wie ich es mir vorstelle, wird mein Leben sehr viel einfacher werden, verstehst du?«

Viv zog die Augenbrauen hoch. »Und wo bleibt dein Leben als Miss Normalo?«

»*Normale* Leute gehen doch auch auf Partys und haben einen Freund und verbringen ihre Schulzeit mit Leuten, die sich ihren Namen merken können. Ich sehe nicht ein, warum ich mein ganzes jämmerliches Teenagerleben als Außenseiter verbringen soll. Ich sage doch nur ... Wenn ich es mit Alex versuche, kann ich erstens mit erhobenem Haupt durch die Schule gehen, verwandle mich zweitens in die Tochter, die meine Mutter sich immer erträumt hat, und bin drittens mit einem sexy Typ zusammen, mit dem man Spaß haben kann und der auf Dunkelhaarige im Godzilla-Format steht.«

»Ich verstehe. Die Ich-will-alles-und-zwar-sofort-Mentalität.«

»Was heißt hier Mentalität? Das ist unser Schulmotto!«

»Okay, okay«, sagte Viv. »Vielleicht hast du ja Recht und weißt genau, was du da tust. Aber ich verstehe immer noch nicht, was daran so schlimm sein soll, dass India mit dir zum Dreh geht und Drake kennen lernt. Wahrscheinlich ist der Kerl genauso widerlich wie sie. Soll sie ihn doch verführen und es nach Hollywood schaffen, wo liegt da das Problem? Zumindest kann sie nicht deinen Vater verführen.«

Ich schüttelte mich. »Nein, Gott sei Dank nicht. Aber du hättest mal sehen sollen, wie sie mit Dad auf der Party geredet hat ... mit ihren aufgerissenen Augen und dieser gespielten Bewunderung ... Das Schlimme ist nämlich, sie kann tatsächlich gut schauspielern. Und sie ist keine hirnlose Blondine. Sie ist gerissen, richtig gerissen – sie hat genau die passenden Bemerkungen zu Dads letztem Stück fallen lassen, hat über Sachen gesprochen, von denen ich noch nie was gehört habe ... Vermutlich kämpft sie sich reihenweise durch gute Bücher, und sobald sie Drake in ihre verlockenden Finger kriegt, gibt es kein Entrinnen mehr. Sie wird überall da sein, wo ich hingehe, wird alle Leute kennen lernen, die ich kenne …«

»Langsam klingst du aber echt ein bisschen paranoid.« Viv musterte ihren frisch lackierten großen Zehennagel. »Ihr seid beide ein bisschen gaga. Ich meine, warum sollte es India etwas ausmachen, wenn du mit ihrem Bruder herumknutschst?«

»Weil sie mich vorher als Mitglied der D-Liga abgeschrieben hatte. Ich war weder glamourös noch hatte ich tolle Connections noch war ich die große Stimmungskanone. Ich war der Obelisk, Punkt. Dass ihr großartiger Bruder sich dazu herablässt, mich zu beachten, drückt den Familienstandard ziemlich weit runter. Wenn's nach India ginge, sollte jeder, der sich auch nur ansatzweise in ihrer Umgebung aufhält, mehrere Klassen über mir stehen.«

»D-Liga? Klassen? Hey, das hier ist das gute alte Boymeets-Girl-Spiel, keine Inspektion des Kultusministeriums.«

»Hast du eine Ahnung. Sieh dir das mal an.« Ich schleuderte ihr eine alte *Prattler*-Ausgabe hin.

»›Die junge Generation der Beautiful People‹«, las Viv laut vor. Der Artikel listete zwanzig Namen auf, »die man im Auge behalten sollte«, und daneben war jeweils ein Foto der aufgetakelten Adels- und Promi-Sprosse abgebildet.

»India und Alex stehen beide drauf«, sagte ich. »India ist die Jüngste auf der Liste. Und bei Alex steht, er sei jetzt schon ›einer der begehrtesten Junggesellen‹. Was natürlich Bullshit ist – die kriechen nur ihrer Leserschaft in den Hintern. Solche Zeitschriften werden doch nur von Leuten gekauft, die ihr Bild oder das von ihren Freunden da drin finden. Aber India und ihre Clique nehmen so was sehr, sehr ernst.« Und meine Mutter auch, fügte ich im Stillen hinzu. Diese Zeitschrift hatte wohl kaum zufällig so herumgelegen, dass ich gar nicht anders konnte, als über sie zu stolpern.

Viv schnaubte, sagte aber eine Weile nichts, während sie den *Prattler* und die *Venus* vom vergangenen Monat durchblätterte. »Okay, Octavia, ich hab die Lösung für all deine Probleme gefunden«, sagte sie schließlich und hielt mir einen Artikel unter die Nase, der da hieß »Zehn Tricks, um böse Jungs zu zähmen«. Darüber prangte das Bild einer extrem glamourösen, in rotes Leder gekleideten Frau, die eine Peitsche schwang. Ich schaute auf ihren üppigen PeePee ähnlichen Schmollmund und ihren noch üppigeren Busen und seufzte.

»Seit wann lesen Post-Feministinnen solche Hochglanzmagazine?«

»Die Geschworenen haben noch kein endgültiges Urteil gefällt«, sagte Viv. »Ich persönlich finde, das Zeug ist Pornografie für Frauen. Schäbig, menschenverachtend, nur kurzfristig befriedigend ... Aber es macht *Spaß*. Schau mal, hier steht: ›Alle bösen Jungs spielen gern den großen Jäger. Sobald er dich ins Visier genommen hat, schlag unerwartete Haken. Sei geheimnisvoll und schwer zu fassen. Wenn nötig, mach Andeutungen über eine dunkle Vergangenheit.‹« Sie beugte sich zu mir rüber, kniff die Augen zu Schlitzen zusammen und senkte die Stimme zu einem heiseren Flüstern. »Ich bedaure, ich kann dich heute Abend unmöglich in die Rah Bar begleiten. Ich werde verfolgt. Die Schergen der dunklen Seite sind mir auf den Fersen. Ich hab nur wenig Zeit. Wie wäre es stattdessen mit einem Döner vom Imbissstand an der Ecke?« Wir fingen beide so heftig an zu lachen, dass wir nicht mehr aufhören konnten – beziehungsweise erst, als Lady J. an die Tür klopfte und uns befahl, gefälligst wieder an die Arbeit zu gehen. Und so dachte ich bei dem ganzen Gekicher und der Arbeit an *Macbeth* den ganzen Abend nicht mehr an Alex, India oder Drake.

»Dad?«

»Octavia! Wie schön – ich hab gerade zu Michael gesagt, dass ich dich unbedingt anrufen muss. Wir haben dir ja noch gar nicht zu deinem Gastauftritt gratuliert.«

»Was für ein Gastauftritt?«

»In der Hochglanzwelt der Bleichen und Obszönen.« (Das ist ein alter Joke zwischen uns, unsere ganz persönliche Vergackeierung der Reichen und Schönen.)

»Oh, ach so. Danke.«

»Deine Mutter ist bestimmt hingerissen.«

»Total hin und weg. Und, wie läuft's so beim Drehen?«

»Nicht schlecht. Ich hatte gedacht, mit so einem Megastar am Set würde es vielleicht Probleme geben, aber Drake ist absolut umgänglich. Hat mich echt gewundert.«

»Ähm … meinst du, ich könnte nächste Woche mal vorbeikommen, um dich in Aktion zu sehen? Und … ein paar Freundinnen mitbringen?«

Pause.

»Also, hm … Du kennst doch mein Arbeitsmotto: volle Konzentration, keine Ablenkung. Ein Filmset ist keine Touristenattraktion, und jetzt, wo wir Drake mit im Boot haben, ist es sowieso schon schwierig genug, die ganzen Journalisten und Autogrammjäger fern zu halten. Ich hab nichts dagegen, wenn du allein kommst, aber …«

»Dad, ich will dich ja nicht nerven, aber … Wir würden euch garantiert nicht stören.« Worüber ich mir nicht sicher war, aber egal. »Es geht nämlich um so ein Schulprojekt – ein von der Regierung gestartetes, um genau zu sein. Es ist ein Projekttag, an dem Eltern ihre Töchter mit zur Arbeit nehmen sollen. Von wegen Chancengleichheit und so weiter.«

»Sehr lobenswert, aber als ich das letzte Mal nachgeguckt hab, hatte ich nur eine.«

»Eine was?«

»Tochter. Und nach meinen Berechnungen bist du das – außer, deine Mutter hat mir bisher was verheimlicht.«

»Ja. Ich meine ... nein ... also ... Hey, ich bringe ja nicht gleich eine ganze Horde mit. Nur Jess – du weißt schon, die kennst du noch vom Schulfest – und ...« Ich brachte es kaum über die Lippen.

»Und?«

»India.«

»Ah. Die mit der Party?«

»Ja.«

»Ich erinnere mich. Kalter Stahl und Zuckerwatte, hast du gesagt. Hm ...« Pause. Und dann, ganz treffsicher: »War das nicht ihr Bruder, der mit dir auf dem Bild ist?« Ich konnte spüren, wie ich rot anlief.

»Ja. Alex.«

»Verstehe. Und wann wolltet ihr zu uns stoßen? Wenn Drake da ist, nehme ich an?«

»Nächsten Freitag, wenn das geht. Ach, Dad ...«

»Vergiss das ›Ach, Dad‹. Also gut, dann kommt. Alle drei. Aber wenn es irgendwelche Unterbrechungen oder Störungen oder sonst was gibt – egal was! –, mach ich dich persönlich dafür verantwortlich, klar?«

»Ja. Danke, das ist super! Ich bin echt ...«

»Ich hoffe nur, der Kerl ist es wert.«

Trotz der großen Töne, die ich Viv gegenüber gespuckt hatte, ertappte ich mich dabei, dass ich das Gleiche hoffte wie Dad, als ich mich am Mittwochabend in meinem Zimmer verschanzte, um meiner Mutter aus dem Weg zu gehen, bis Alex mich abholte. Nicht, dass Mum etwas dagegen gehabt hätte, dass ich an einem Wochentag ausging – oh nein, hier war ja schließlich der Sohn von Rich Withers im Spiel, wer würde sich da der wahren Liebe (und vielleicht einer Erwähnung in der nächsten Boulevardblatt-Kolumne) in den Weg stellen? Aber ich wusste, sobald sie anfing, mich kritisch zu beäugen und hilfreiche Vorschläge bezüglich meines Aussehens zu machen, würde ich den ganzen Abend in einem Zustand paranoider Selbstverstümmelung zubringen. Sie hatte mich beim Abendessen schon daran gehindert, meine Nudeln zu essen – »Kohlehydrate verursachen *schlimme* Blähungen, Octavia« – und hatte mich wegen eines Fingernagels gerügt, an dem der Nagellack abgeplatzt war. Ich dachte daran, wie nett sie vor Indias Party gewesen war, wie viel Spaß es gemacht hatte, mit ihr shoppen zu gehen, aber seit jenem entscheidenden Tag hatte sie einfach nicht mehr aufgehört, an meiner Frisur, meinen Kleidern, meinem Make-up herumzukritteln. Und sogar an der Art, wie ich meine Jacke anzog oder einen Raum betrat. Sie glaubte einfach nicht daran, dass mein von Natur aus bezauberndes Wesen und meine Fähigkeit, vor Geist sprühende Unterhaltungen zu führen, ausreichen würden, um mir Alex zu sichern. Das Problem war nur, ich glaubte selber auch nicht daran.

Alex kam eine Viertelstunde zu spät und mit dem Taxi statt mit dem PS-starken schwarzen Cabrio, das ich mir insgeheim vorgestellt hatte. Mit den zerwühlten Haaren, einem alten T-Shirt und Jeans sah er ziemlich zerknittert aus. Als er sich zum Taxifahrer rüberbeugte, fiel mein Blick auf seine dunklen Haare, die sich in seinem weichen, gebräunten Nacken kräuselten, und plötzlich verspürte ich ein mir noch unbekanntes Verlangen. Auf der Fahrt witzelten und plauderten wir und er spielte mit meiner Hand, während er mir von *Knife* erzählte, der Band, die wir uns heute anhören würden und die als viel versprechender Senkrechtstarter kurz vor dem Durchbruch stand. »Und dann werden alle total drauf abfahren und noch mehr über *Knife* reden«, sagte Alex mit einem schläfrigen Lächeln, »aber dann brauchst du sie dir ja nicht mehr anzuhören. Heute ist genau der richtige Zeitpunkt.«

Knife hatte offenbar gute Aussichten auf einen Vertrag bei Brimstone Records, einem ultrahippen unabhängigen Musiklabel, bei dem Alex gerade ein Praktikum machte. »Das ist echt intensives Zeug, bodenständig gut, und es ist so cool, an diesem kreativen Prozess teilzuhaben, weißt du?« Er erzählte, dass er noch unentschlossen sei, ob er im nächsten Jahr erst mal Medienwissenschaft studieren oder gleich ins Musikbusiness einsteigen sollte. »Ich will halt richtig mittendrin arbeiten, ich will neue Talente entdecken und alle Fäden in der Hand halten … Und die Fähigkeiten, die man für so was braucht, eignet man sich bekanntlich nicht an der Uni an. Um eine Superbegabung aus der Masse herauszupicken, braucht man Instinkt. Gleichzeitig geht es natürlich auch darum, Connections zu knüpfen und so. Man muss den Zeitgeist spüren, Augen und Ohren offen halten, den Finger am Puls der Welt haben …« Ich nickte ernst, obwohl sich das Letztere für mich eher nach einer Yoga-Position als nach einer Karriere-Strategie anhörte. Ob Alex mir mein ernstes Gesicht abnahm, war allerdings sehr fraglich, denn er sah mich von der Seite an und grinste. »Mann, ich texte dich hier zu … Sag Stopp, wenn ich dir zu geschwollen daherrede, okay? Indy behauptet, ich verwandle mich langsam in den totalen Musik-Langweiler.«

»Geschwollen … kann schon sein. Aber langweilig? Niemals!«, erwiderte ich.

Alex wirkte erst eingeschnappt, dann tat er so, als verpasse er mir einen Klaps. »Du freches Ding, du. Ich bin die Bescheidenheit in Person, das weiß doch jeder.«

Ich knuffte ihn in die Seite. »Aber natürlich, Mister Demut Withers.«

Der Gig fand im Süden Londons statt, in einer ehemaligen Kirche mit einem klassizistischen Portal und vielen von Rissen durchzogenen Säulen. Schutthaufen ragten rund um das Gebäude empor. Aber all dies verstärkte nur das charmant Schäbige, leicht Finstere der Kirche. Gespenstisch blaues Licht sickerte durch die Fenster nach draußen. »Wow, sehr apokalyptisch«, sagte ich beeindruckt.

Aber Alex fasste das völlig falsch auf. »Ja, ich weiß, das hat so was von Pre-Millennium! Aber an solchen Orten ist die Akustik zumindest super.«

Bis wir uns endlich durch die Menschentraube nach drinnen geschoben hatten, hatte die Band schon zu spielen angefangen. Irgendwie schienen die meisten Leute Alex zu kennen, ständig klopfte ihm jemand auf den Rücken oder hob grüßend die Hand, aber die Musik war zu laut, als dass man sich hätte unterhalten können. Ehrlich gesagt war die Musik sogar zu laut, um mitzubekommen, was die Band eigentlich spielte, wenn ihr versteht, was ich meine. Der Beat dröhnte in meinem Brustkorb, meine Ohren und mein Gehirn durchlebten das reinste Erdbeben und wehrten sich schmerzend gegen den Lärmangriff.

Nach einer Weile wurde mir schlecht. Aber ich lächelte trotz allem und nickte wie alle anderen im Takt, und als die Band eine Pause einlegte, versuchte ich mich an dem lebhaften Anerkennungs- und Kritik-Gebrabbel zu beteiligen. Viv und ich tanzen normalerweise zu so ziemlich allem, was in den Charts läuft, außerdem höre ich gern einiges von den klassischen Sachen, die Dad so mag – und so konnte ich gar nichts beitragen zur Diskussion über »Synthesizer-Scribbles« und »einhändige Drop-Outs« und »Punk-Funk-Bässe«. Alex dagegen redete und redete, mit geröteten Wangen und strahlenden Augen – so aufgedreht hatte ich ihn noch nie erlebt.

Vermutlich war es angesichts seiner Herkunft nur logisch, dass ich diesen neuen, begeisterten Alex überraschend und ziemlich liebenswert fand. Vielleicht war diese weit verbreitete Masche, sich ständig gleichgültig zu geben, bei ihm nur oberflächlich. Ich hatte nicht viel Zeit, darüber nachzudenken, bevor die Band wieder loslegte, aber nachdem ich mich einmal an den Lärmpegel gewöhnt hatte, fing das Ganze sogar an, mir Spaß zu machen. Die Leute waren lässiger drauf und sahen mit Abstand weniger etepetete aus als die in der Rah Bar. Nach einer Weile war jeder etwas verschwitzt und zerzaust, und als der Auftritt mit einem letzten Scheppern und einem markerschütternden Gitarrenjaulen zu Ende ging, stürmten wir alle aufgeregt nach vorn.

Die Band hatte auf einem Podest gespielt, wo früher mal der Altar gestanden hatte, und jetzt hüpften sie alle gleichzeitig runter und gesellten sich zu ihren Freunden. Der Leadsänger und der Typ, der die Bassgitarre spielte, kamen auf Alex zu, und es gab noch mehr Schulterklopfen und coole Aufzieh-Sprüche. »Wer ist denn deine Neue?«, fragte der Sänger irgendwann und deutete mit dem Kopf auf mich.

»Jools, das ist Octavia. Octavia, das ist Jools«, sagte Alex und stürzte sich dann augenblicklich wieder in eine hochtechnische Unterhaltung über kreissägenkreischende Gitarren-Riffs.

Mir gefiel Jools nicht besonders – mit seinen kleinen hellen Augen erinnerte er mich an Zack, und sein übertriebener Cockney-Akzent klang nicht echt. Aber jetzt, wo die Musik aufgehört und die Kirche sich ein bisschen geleert hatte, konnte ich mich besser mit den Leuten um uns herum unterhalten und war bald in ein Gespräch mit dem Bassisten vertieft. Ich hatte Angst, ich könnte etwas sagen, was meine Null-

Kenntnis in Sachen Elektro-Blechgeschepper und so weiter offenbaren würde, aber der groß gewachsene Typ mit leicht verschwitzten blonden Haaren wirkte ziemlich gelassen und grinste mich fröhlich an.

»Ehrlich gesagt, steh ich persönlich auch mehr auf klassische Musik«, sagte er.

»Wirklich?«

»Ja. Beethovens Neunte, zum Beispiel. Hey, das ist vielleicht eine Bass-Line!«

Eine Sekunde lang hätte ich ihn fast ernst genommen, dann sah ich das Blitzen in seinen Augen. »Absolut. Und ich hab Brahms schon immer für seine Fusion aus Trip Hop und Acid Blues bewundert. Der Mann war seiner Zeit echt voraus.«

»Ganz zu schweigen von Chopin und seinen Thrash-Garage-Improvisationen.«

Wir lachten noch immer darüber, als Alex auf einmal dazukam und mich – etwas besitzergreifend, wie ich fand – am Arm packte. »Die After-Party steigt bei Jools. Können wir los?« Immer mehr Leute strömten mittlerweile aus der Kirche, deswegen zogen wir uns in eine Ecke zurück, um nicht von der Menge mitgerissen zu werden.

»Ehrlich gesagt, ich lieber nicht. Das war echt ein super Abend, aber es ist schon ziemlich spät und … ich muss morgen in die Schule«, sagte ich lahm. Alex schien nicht sauer zu sein – im Gegenteil, er lächelte und zog mich näher zu sich heran.

»Okay. Wie wär's dann stattdessen mit einem gemütlichen Ausklang des Abends? Es ist noch nicht mal Mitternacht. Wir könnten bei mir zu Hause etwas trinken, Musik hören … und ein bisschen Spaß haben und so … Dad ist immer noch bei seinen Mönchen in Tibet und Indy treibt sich sonst wo rum, wie üblich. Wir hätten das ganze Haus für uns allein«, flüsterte er mir ins Ohr, sein süßer Mund ganz warm und weich, und hielt meine Taille dabei fest umschlungen. Ich schaute an ihm vorbei nach draußen, wo Jools wartete. Er sah zu uns rüber und sagte dann irgendwas zu einem Freund, woraufhin sie beide grinsten.

Ich löste mich aus Alex' Umarmung. »Nicht heute.«

Er hauchte mir einen Kuss auf den Hals. »Stimmt was nicht? Du magst mich doch, oder nicht? Ich würde gut auf dich aufpassen, versprochen.«

Ich schaffte es zu lachen, obwohl mein Herz gerade das kreislauftechnische Gegenstück zum Techno-Thrash von vorhin hinlegte. »Lieb von dir, aber ich kann auch gut auf mich selber aufpassen.«

»Und deswegen willst du nicht mitkommen?« Jetzt war er wirklich sauer, und seine Stimme klang schnippisch. »Was ist denn los mit dir? Hast du Angst, ich könnte dich am Morgen danach abservieren, oder was?«

Tja, das war dann wohl das Ende von Alex & Ich, und es fühlte sich kalt und bitter an. So aufgedreht, mit den geröteten Wangen und dem zerzausten Haar, sah er noch sexier aus als sonst – also was war wirklich los mit mir? Ich war kein Eisengel, ich konnte in seinen Armen dahinschmelzen und am nächsten Morgen trotzdem noch da sein … PeePee und Asia und Tallulah hätten sich garantiert nicht so geziert, da war ich mir sicher – im Gegenteil, wahrscheinlich hätten sie sich längst mit Alex hinter eine Säule verzogen und ihn vernascht. Aber Alex hatte sich nicht PeePee oder Asia oder Tallulah ausgesucht – heute Abend wollte er *mich.* Und jetzt musste ich eine Entscheidung treffen. Ich hob den Kopf und sah Alex in die Augen.

»Nein, darum geht's nicht«, sagte ich so leichthin wie möglich. »Es geht darum, ob *ich* mir am Morgen danach im Spiegel in die Augen sehen kann.« Viv wäre stolz auf mich, dachte ich, aber ein Stich des Bedauerns blieb nicht aus.

Zu meiner Überraschung zuckte Alex nur mit den Schultern. Er hatte wieder diesen belustigten, halb bewundernden und halb verblüfften Ausdruck im Gesicht, den ich schon von unserer ersten Begegnung kannte. »Irgendwie versteh ich dich nicht so ganz.«

»Kein Wunder. Wir kennen uns ja auch kaum.«

»Na ja, ich dachte eigentlich, ich hätte gerade vorgeschlagen, dass wir uns besser kennen lernen sollten.«

Ich sah ihn von der Seite an. »Wenn du mich irgendwann auf *die* Art kennen lernen willst, musst du mich erst auf *meine* Art kennen lernen.«

»Wie meinst du das?«

»Bisher waren doch immer jede Menge Leute dabei, wenn wir uns getroffen haben. Okay, das waren immer Freunde von dir, und es hat Spaß gemacht. Aber das nächste Mal …«, ich drückte hinter dem Rücken meine schwitzigen Daumen, »… also, falls du ein nächstes Mal willst, dann sollten wir einfach mal allein zu zweit irgendwohin gehen, finde ich.«

»Kaffeekränzchen zu zweit? Händchenhalten im Park? Vögel füttern? Auf einer Bank sitzen und zugucken, wie die Welt vorbeiflaniert?« Seine Stimme klang spöttisch, aber er hatte mir wieder einen Arm um die Taille gelegt, und das machte mir Mut. Es war, als hätte ich gerade die erste Stufe einer schwierigen Prüfung bestanden – und Alex vielleicht auch. Vielleicht nicht gerade mit Bravur, aber immerhin … Es war ein Anfang.

»Ach komm schon, Alex. Was ist denn, bist du so cool, dass du dir nicht erlauben darfst, beim Entenfüttern gesehen zu werden? Oder gehst du nur mit dem Mädchen Kaffee trinken, das du später mal heiratest? Dann sollte ich dich gleich mal vorwarnen – ich steh nicht so auf Heiraten.«

Er sah mich dümmlich an. »Okay. Dann gehen wir zwei am Samstag zusammen aus. Versprochen. Und wie wär's jetzt mit einem Kompromiss – kommst du mit auf die Party? Bitte!«

Es war schon nach vier, als ich die Tür zu unserer Wohnung aufsperrte. Jools wohnte, genau wie ich vermutet hatte, in einem noblen Anwesen inmitten von Chelsea, und wie es aussah, hatte es alle, die den Gig miterlebt hatten, dahin verschlagen. Hier gab es noch mehr finstere, kreischende Musik, alle rauchten und tranken viel und führten extrem lange, extrem langweilige und extrem chaotische philosophische Debatten über den Existenzialismus und den moralischen Relativismus. Ich war trotzdem froh, hingegangen zu sein. Der Bassgitarrist, der Nick hieß, entdeckte mich wieder und war mir gegenüber so aufmerksam und gesprächig, dass Alex seine Diskussion über die Nichtexistenz Gottes aufgab, sich stattdessen zu uns stellte und mir demonstrativ und stirnrunzelnd einen Arm um die Schultern legte. Kann nicht geschadet haben, dass er gesehen hat, dass auch jemand anders mich beachtete, vor allem weil später auch noch PeePee auftauchte. Aber schon bald verschwanden sie und Jools zusammen, sodass ich meine Chance gekommen sah, mich von Alex zu verabschieden, ohne Angst haben zu müssen, dass er in meiner Abwesenheit verführt werden würde. Was er dann zum Abschied sagte, baute mich richtig auf. »Tut mir Leid, wenn ich heute … ähm … nicht gerade der perfekte Gentleman war. Ich glaube, ich bin's einfach nicht gewohnt, dass … ähm …« Er senkte beschämt den Blick. »Ich vergesse manchmal, dass du etwas jünger bist und … na ja, du bist halt anders als die anderen. Auf eine *gute* Art anders, meine ich. Du bist mir doch nicht böse wegen heute Abend, oder?«

Am nächsten Morgen – oder am selben, um genau zu sein – verfluchte ich gleich als Erstes meinen Entschluss, zehn Minuten früher aufgestanden zu sein, um mehr Zeit zum Stylen zu haben. Ich hatte zwar nichts Alkoholisches getrunken, aber mein Kopf dröhnte trotzdem, wegen der angegriffenen Trommelfelle und wegen des Schlafmangels. Der erste Kurs war eine Doppelstunde Englisch, was mir normalerweise Spaß macht, aber diesmal bekam ich es gerade so hin, nicht umzukippen. India war in Gedanken viel zu sehr mit ihrer Oscar-Verleihung-Dankesrede beschäftigt, um mir mehr als ein kumpelhaftes, viel sagendes Lächeln zu schenken, dem Asia und Zack, eingedenk ihrer kürzlichen Wiedervereinigung, eine Reihe von vielsagenden, aber keineswegs kumpelhaften Lächeln folgen ließen.

Zu meinem Glück ist Darlinham House nicht gerade dafür berüchtigt, dass die Mitarbeit der Schüler mit drastischen Mitteln eingefordert wird. Obwohl wir Opal, unsere Englischlehrerin, duzen dürfen, wird sie, wie die meisten anderen Lehrer auch, mit »Ähm …« angesprochen, während man hintenrum versucht ihren Namen rauszukriegen: »Wie heißt sie gleich noch?« Tapfer versucht sie dieser Kultur der Anonymität dadurch entgegenzuwirken, dass sie mit Turbanen in exotischen Farben, paillettenbesetzten Bustiers und vielfarbigen Haarverlängerungen in den Unterricht kommt, aber das ändert nichts daran, dass fünfundneunzig Prozent ihrer Schüler sie auf der Straße nicht wieder erkennen würden.

»Also«, begann sie nervös. »Eure Aufsätze über *American Psycho* letzte Woche haben mir wirklich gut gefallen. Phoenix hat seinem sogar Zeichnungen hinzugefügt, auf denen jeder Mord genau illustriert wird! Wirklich … ähm … gekonnt gemacht.« Zerbrechliches Lächeln. »Wir haben ja neulich schon mal kurz über die Parallelen zwischen *Macbeth* und *American*

Psycho gesprochen. Heute wollen wir zu Shakespeares Text zurückkehren. Ihr habt das Stück doch inzwischen alle gelesen, oder nicht?« Sie sah wenig hoffnungsvoll in die Runde. »Hat es euch gefallen? Oder fandet ihr es richtig mies? Ist Shakespeare ein besserer Schriftsteller als Bret Easton Ellis? Oder ein schlechterer?«

Stille. Nur Ulysses' Kopfhörersummen, Indias Rascheln beim Durchblättern einer Zeitschrift und das Geraspel von Calypsos Nagelfeile waren zu hören.

»Wer möchte dazu was sagen?« Schon schlich sich der typische verzweifelte Ton in Opals Stimme. Sie holte einmal tief Luft. »Okay, vielleicht sollten wir einen bestimmten Aspekt des Textes näher betrachten. Wir konzentrieren uns jetzt erst mal auf die Charaktere. Was haltet ihr von der Figur der Lady Macbeth?«

Lange, lange Pause. Opals nervöses Zucken hatte wieder eingesetzt.

»Lady M. ist die Heldin des Stücks«, verkündete India schließlich gnädig und widmete sich dann wieder ihrer Zeitschrift.

Opal hatte Tränen der Dankbarkeit in den Augen. »Das ist höchst interessant. Eine sehr profunde Bemerkung. Und es gab etliche Kritiker, die gesagt haben …«

»*Ich* würde sagen, es ist alles eine Frage des Stils.«

»Des Führungsstils? Meinst du das, India?«

»Stil ist Macht«, warf Calypso ein und musterte eine ihrer frisch lackierten petrolgrünen Krallen.

»Ganz genau!«, rief Opal aus. »Der Persönlichkeitskult! Das Charisma! Und was geschieht, als die Macbeths sich schließlich nicht mehr in ihre öffentlichen Rollen flüchten können?« Dramatische Pause. »Die Fassade bröckelt! Ruin! Wahnsinn! Tod!«

»Tja. Die PR-Industrie hat sich seit der Zeit zum Glück doch etwas verändert«, sagte India mitleidig. Und plötzlich erwachte auch der Rest der Klasse zu neuem Leben.

»Macbeth hätte den Duncan-Banquo-Skandal von einem offiziellen Sprecher erledigen lassen sollen.«

»Dann hätten sie sich auf Image-Management konzentrieren können, statt nur Schadensbegrenzung zu betreiben.«

»Lady M. ist doch so eine Art Lady-Di-Figur, findet ihr nicht? Nur böser halt.«

»Ja, warum hat sie dann nicht mehr aus ihrem Nervenzusammenbruch rausgeschlagen? Macbeth hätte ja gar nicht so ins Detail zu gehen brauchen, aber … na ja … so ein bisschen auf die Tränendrüse drücken.«

»Der Trick ist, der Öffentlichkeit das zu liefern, was sie hören will. Man muss ehrlich klingen, obwohl man überhaupt nichts von sich preisgibt … so wie diese Hexen. Wenn Macbeth die auf seiner Seite gehabt hätte …«

»Hexen für das Haus Cawdor!«, rief Opal, völlig hingerissen davon, dass endlich ein echtes, lebhaftes Unterrichtsgespräch entbrannt war.

Sofort herrschte wieder Stille.

»Wir wollen's mal nicht übertreiben«, sagte India vernichtend, und schon kehrten alle zu ihrem üblichen gleichgültigen Null-Reaktion-Verhalten zurück.

Nach der Mittagspause hatte ich keinen einzigen Kurs mit Jess zusammen, und das hätte normalerweise einen sehr trostlosen Nachmittag bedeutet. Aber dann bot mir Tallulah – die nach unserer kleinen Unterhaltung auf der Party ihre Ansichten über mich offenbar geändert hatte – nach der Pilates-Stunde einen Spritzer von ihrem zellerneuernden Gesichtsspray an, und Cosmo fragte mich sogar nach meiner Meinung in einer außerunterrichtlichen Vergleichsdebatte über russischen und schwedischen Wodka. War wohl der Alex-Effekt. Entweder das oder mein zusätzliches Aufbrezel-Viertelstündchen machte sich schon bezahlt.

Jess traf ich dann in der Bibliothek wieder. Die ist einer der nettesten Orte in Darlinham House, ein sonniger Raum, in dem große, weiche Sofas stehen und die Encyclopaedia Britannica auf verlorenem Posten gegen stapelweise Hochglanzmagazine und Lifestyle-Zeitschriften kämpft. Es gibt sogar ein Café, bemannt mit immer wieder wechselnden, hochmütigen Modedesign-Schülern, die dafür bekannt sind, dass sie Leute rausschmeißen, wenn die zu viel in Büchern herumschmökern und zu wenige Latte Macchiatos kaufen.

»Oh, hi«, sagte Jess und sah verträumt von der Zeitschrift auf, in die sie versunken gewesen war. »Ich hab ein bisschen recherchiert.« Es war eine Ausgabe der *Venus* (»Für die Sexgöttin in dir«) und vom Cover kreischte einem der Titel EXKLUSIV-INTERVIEW MIT DRAKE MONTAGUE!!!! entgegen. »Ist ein alter Artikel vom letzten Sommer, wo Drake gerade auf Promotion-Tour für *Psychlone* war«, erklärte mir Jess. »Schau mal … Übrigens: Hast du irgendwas mit deiner Frisur gemacht?«

»Ähm … ja.« Ich fuhr mir verlegen durch die Haare. Wie befürchtet, ließ sich der Sexy-zerzaust-Look viel schwieriger erzeugen als der einfache Ungekämmt-Look, aber ich hatte mir überlegt, dass ich das lieber noch ein paarmal üben sollte, bevor ich mich das nächste Mal mit Alex traf.

»Sieht nett aus.«

»Danke.«

»Ich hab gehört, wie Seth zu Phoenix gesagt hat, er hätte schon immer gewusst, dass du Potenzial hast.« Jess sah mich traurig an, und auf einmal war mir das Aufstylen vor dem Spiegel nur noch peinlich.

»Potenzial für was? Jeder Mensch hat Potenzial. Zum Beispiel ist Phoenix ein potenzieller Axtmörder, das wissen wir doch alle. Und Seth wird irgendwann einfach nur ein geiler alter Bock sein. Ach, lass uns lieber mal die Zeitschrift angucken. Mal schaun, was da so drinsteht.«

Das Interview zielte eindeutig auf Mädchen ab, die sich abends mit dem Gedanken an Mr Montague in den Schlaf sabbern, und so hatte ihnen das Blatt netterweise gleich ein heraustrennbares Poster von Drake-mit-Schmollmund-am-Strand mitgeliefert. Er hatte ein T-Shirt an, das sich an seine perfekt definierten Brustmuskeln schmiegte, und das sonnengesprenkelte Haar hing ihm wirr in die grünen Augen, die irgendwie leer aus dem Bild herausstarrten. Seine markanten Kiefer waren in Macho-Mann-Manier aufeinander gepresst, was mich persönlich aber eher an jemanden mit Bauchkrämpfen und Verstopfung erinnerte.

Drake Montague, stand da in dem Artikel, *der mit seiner Rolle als Chad, der liebeskranke Sportcrack von der* High School Romeo, *die Herzen weiblicher Teenager auf der ganzen Welt im Sturm erobert hat, mausert sich nun im Eiltempo zu einem von Amerikas heißesten Jungschauspielern. Sein neuester Leinwandauftritt in* Psychlone, *einem Sci-Fi-Thriller, in dem er einen Geheimagenten mit telekinetischen Kräften spielt, wird ihn endgültig zu einem Star erster Klasse machen. Und Drake ist nicht nur umwerfend gut aussehend, sondern – festhalten, Mädels! – gibt als Hobbys auch noch Lesen, Schreiben, Yoga und Flötespielen mit seinem Hund an.*

Ich wandte mich ungläubig Jess zu. »Flötespielen mit seinem Hund?? Was zum Teufel hat Dad denn geritten, den zu nehmen?«

Dann las ich weiter.

Anders als die meisten anderen Neuzugänge der Hollywood-Szene meidet Drake das Licht der Öffentlichkeit – er konzentriere sich lieber auf die nächste Stufe seiner Karriere, sagt er. Dennoch ist es unserer Star-Reporterin BUNNY ANDERSON gelungen, Drake bei seinem kürzlichen Besuch in London anlässlich der Premiere von Psychlone *ganz nahe zu kommen und ihm einige persönliche Ansichten zu entlocken. Und sie stellte dabei fest, dass der medienscheue Star* in natura *mindestens genauso charismatisch ist wie auf der Leinwand – Mädels, macht euch darauf gefasst, euch wieder rettungslos zu verlieben!*

BA: Sie sind vor kurzem erst neunzehn geworden. Wie halten Sie dem Druck, so gut aussehend, reich, talentiert und erfolgreich sein zu müssen, in diesem jungen Alter schon stand?

DM: (lacht bescheiden) Hey, da werde ich ja direkt rot! Nein, jetzt mal ernsthaft – ich versuche den ganzen Hype nicht allzu wichtig zu nehmen. Meine Familie und Freunde sorgen dafür, dass ich auf dem Teppich bleibe.

BA: Seit Ihrer ersten Rolle als kleiner Bruder im Teen-Drama Casey's Brook *sind Sie schon sehr weit gekommen. Was haben Sie auf Ihrem Werdegang alles gelernt?*

DM: (zögert nachdenklich) Zu mir selbst ehrlich zu sein. Mich von anderer Leute negativer Lebenseinstellung nicht runterziehen zu lassen … Ich würde sagen, ich versuche jeden Tag einfach so zu nehmen, wie er kommt.

BA: Also sind Sie nicht nur ein Teen-Idol, sondern auch noch Philosoph! Was mich zu meiner nächsten Frage führt: Waren es die intellektuellen Elemente von Psychlone*, die Sie an dem Drehbuch gereizt haben?*

DM: Intellektuelle Elemente?

BA: Na ja, es ist doch ein Film über die Kraft des Geistes, oder nicht? Es gibt da zum Beispiel eine Szene, in der Sie Telepathie einsetzen, um das Gehirn des Bösewichts zu zerschmelzen, sodass es ihm aus den Ohren herausrinnt.

DM: Ehrlich gesagt war die Rolle schon eher körperlicher Natur. Ich musste ziemlich viel trainieren dafür. (Beugt den Arm)

BA: Oh ja … Und das hat sich gelohnt …

Und so ging es immer weiter – Drake gestand, dass er hoffte, irgendwann »den richtigen Menschen für mich« kennen zu lernen; Drake der Moralapostel schwadronierte darüber, seine Rolle in dem Gefängnis-Drama habe ihn daran erinnert, »dass es so vieles gibt, wofür ich dankbar sein muss«; Drake enthüllte, er sei auf der Suche nach »neuen Herausforderungen« und habe einige »höchst aufregende Projekte« in Aussicht … Er klang ungefähr genauso charismatisch und intelligent wie kalter Haferschleim. Unfassbar, dass Dad ihn für so begabt hielt. War mein Vater etwa Drakes rauchgrauen Augen und seinen markanten Wangenknochen erlegen? Nein, das war lächerlich, schalt ich mich sofort. So einer war mein Vater nicht. Natürlich nicht. Aber langsam jagte mir der Gedanke an unseren Besuch am Set immer mehr Angst ein.

Ich hatte gehofft, mir einen absoluten Gammelabend gönnen zu können, aber als ich nach Hause kam, hing meine Mutter gerade am Telefon und trällerte irgendwas über meine »neueste Eroberung«. Alex sei »total verrückt« nach mir, vertraute sie ihrer Freundin »unter uns Klosterschwestern« an, und

Rich Withers habe mich bezüglich seiner Gesundheitsdiät um Rat gefragt.

Nachdem sie aufgelegt hatte, wagte ich einzuwerfen, dass meine zweiminütige Unterhaltung mit R.W. über Schinken-Sandwiches wohl kaum als eine intime Gesundheitsberatung durchgehen konnte, aber das tat sie mit einer Handbewegung ab. Dann sah sie mich vorwurfsvoll an. »Also, Octavia, ich freue mich ja wirklich für dich, dass du einen schönen Abend mit Alexis hattest, aber beim nächsten Mal sag mir bitte Bescheid, wann du wieder nach Hause kommst. Oder nimm wenigstens dein Handy mit. Ich meine ... *also wirklich*!«

»Uups, tut mir Leid ...«, sagte ich ehrlich erschrocken. Das hatte ich total vergessen.

»Ist schon gut. Ich weiß ja, dass du ein vernünftiges Mädchen bist. Aber wo wir gerade von *vernünftig* sprechen ... Während du in der Schule warst, bin ich mal schnell deine Sachen durchgegangen, weil ... Nun ja, jetzt nach der Party und der Sache mit Alexis und so weiter ... da dachte ich, es wird Zeit, dass du dich ein bisschen ... up to date bringst. Ich hab dir ein paar Sachen von mir reingehängt, die du vielleicht haben willst, zum Beispiel dieses Oberteil aus Spitze, das du neulich anhattest, und dazu ein paar Kleinigkeiten, die ich diese Woche hier und da eingekauft habe – obwohl ich dir weiß Gott schon genug Sachen gekauft habe, die du nie anziehst ... Ich sehe ja ein, dass Stil etwas sehr Persönliches ist, aber ...«

Mittlerweile standen wir in meinem Zimmer vor dem Kleiderschrank. Ich machte ihn auf. Meine Klamotten schienen sich vermehrt zu haben, und an jedem Bügel hing ein farbiges Zettelchen.

»Rot steht für Rotes Kreuz, Grün für Behalten und Blau für Wiedervorlage«, erklärte mir meine Mutter.

»Wiedervorlage?«

»Ja, bei denen war ich mir nicht ganz sicher. Vielleicht wenn du sie ein bisschen veränderst, sie mit neuen Accessoires aufpeppst, oder so ...« Grüne Zettel hingen nur an den Sachen, die meine Mutter mir gekauft oder aus ihrem Fundus weitergereicht hatte, während meine normalen Shirts und Pullover durch die Bank rot gekennzeichnet waren. Blaue Zettel gab es nur wenige.

»Ich glaube nicht, dass ich ...«, begann ich.

»Jetzt komm, sei nicht so schüchtern! Du bist doch in letzter Zeit so wundervoll aus dir herausgegangen! Ich bin stolz auf dich, Schätzchen, und ich will dir doch nur helfen. Darum geht's bei Kleidern immer, weißt du – sie sollen dir helfen, dich in jeder Situation sicher zu fühlen. Hier ist zum Beispiel etwas, was ich dir schon vor Ewigkeiten gekauft, aber nie an dir gesehen habe.« Sie holte einen schokoladenbraunen Angora-Pullover heraus, der am Kragen mit kleinen silbernen Federn gesäumt war. »Ist doch hübsch, oder? Und so *kunstvoll.*« Es war genau die Sorte Kleidung, die India getragen hätte. Eins meiner Lieblings-T-Shirts hing direkt daneben. Es war schön geschnitten und von einer schönen blauen Nuance, aber ich wusste, was meine Mutter meinte. Das T-Shirt gehörte nicht zu den Klamotten, die die Söhne von Rockstars dazu bringen würden, mich zu umwerben und in schicke Nightclubs und Café-Bars auszuführen. Ich wusste, ich hätte allen Göttern für eine Mutter danken sollen, die mich mit solchen Sachen versorgte, wie sie jetzt in meinem neu eingeräumten Kleiderschrank hingen und wie das Gefieder eines exotischen Vogels schillerten. Und trotzdem fühlte ich mich besiegt und wie eine Verräterin, als ich den Kleidersack fürs Rote Kreuz zur Tür brachte.

»Hübscher Pullover.«

»Danke.«

Alex und ich saßen in einem kleinen, in leuchtenden Farben gestrichenen Café in der Nähe der King's Road an einem Fenstertisch. Die silbernen Federn kratzten mich am Hals, und weil ich Angst hatte, overdressed auszusehen, hatte ich meine vergammelte alte Jeansjacke anbehalten, sodass mir tierisch heiß war. Aber bei der zweiten Tasse Kaffee wurde ich wagemutiger und schälte mich aus der Jacke, obwohl mir dabei immer noch etwas merkwürdig zumute war (ich stellte mir Vivs ungläubiges Staunen vor: »Ist das eine *Federboa* da an deinem Hals, oder was?«). Alex und ich verstanden uns prächtig, aber irgendwie wirkte er, so ganz ohne Meute um sich herum, etwas verlegen.

Ich fragte mich, ob das vielleicht an mir lag, ob ich etwas falsch machte. Aber dann lieferte er mir unerwarteterweise die Antwort auf meine Frage. »Weißt du, ich bin es nicht gewohnt, viel allein zu sein. Oder nur mit einem einzigen anderen Menschen, auch wenn es nett ist … Irgendwie werde ich … ganz zappelig, wenn nicht viele Leute um mich herum sind.«

»Man kann doch auch unter Menschen sehr einsam sein. Manchmal sogar einsamer, als wäre man ganz allein.«

»Mag sein, aber da kann man sich wenigstens immer ablenken. Ich würde mich zu Tode langweilen, wenn ich immer allein sein müsste.«

»Du findest also, du bist keine gute Gesellschaft?«, fragte ich und wurde sofort rot. Das war eine dumme und sogar beleidigende Frage. Aber er wirkte nicht verärgert, runzelte nur die Stirn, als würde ihn etwas beschäftigen. Um das Thema zu wechseln, erzählte ich ihm, dass ich am Donnerstag für ein paar Tage nach Amerika fliegen würde. Ich würde meine Mutter zu einer Preisverleihung begleiten, die in Los Angeles stattfand. Ich gab mir alle Mühe, so zu klingen, als wäre das keine große Sache. Allerdings war Alex auch nicht besonders interessiert.

»Ach ja? Schön für dich. Ich hoffe, es wird nicht zu stressig. Solche Events sind echt ganz hübsch, aber sie dauuuern manchmal …«

Die Sache mit der Preisverleihung schien ihn weit weniger zu beeindrucken als die Tatsache, dass mein Großvater ein echter Lord aus Fleisch und Blut ist. Offensichtlich sitzt Grandpa Cleeve im Vorstand der gleichen Wohltätigkeitsorganisationen wie Alex' Vater. Rich Withers steht auf der Liste der Persönlichkeiten, die demnächst den Ritterschlag erhalten sollen, angeblich ganz weit oben. »Meine Mutter wird stinksauer sein, dass sie die Chance vertan hat, die Übernahme eines Adelstitels im Scheidungsvertrag festzuschreiben. Lady Tigerlily Withers, das würde ihr gefallen. Aber Dad ist insgeheim schon seit ewigen Zeiten hinter seinem Ritterschlag her – die meisten seiner Freunde dürfen sich schon längst Sir nennen. Der Arme hat sogar schon angefangen, Galas im Royal Opera House zu sponsern.«

Ich dachte an Rich Withers' legendäre Sex-'n'-Drugs-'n'-Hotelzimmer-zertrümmer-Zeiten und versuchte mir dann vorzustellen, wie er und Lord Clairbrook-Cleeve zwischen zwei Akten einer Oper Smalltalk betrieben. Es gelang mir nicht. Wahrscheinlich war mir deutlich anzusehen, woran ich dachte, denn Alex fing meinen Blick auf und wir begannen beide zu lachen. Er hatte gerade an seinem Kaffee genippt und verschluckte sich beinahe bei dem Versuch, ihn nicht nach allen Seiten zu verspritzen. Es war so ein alberner, spontaner Insider-Joke, wie er normalerweise nur zwischen Leuten entsteht, die sich sehr gut kennen. Danach redeten wir über alles Mögliche und Alex ließ sich lang und breit über seine Reisen nach New York und Mustique aus, diese Privatinsel in der Karibik, wo seine Mutter jetzt lebte. Aber dazwischen schauten wir uns immer mal wieder in die Augen und mussten erneut lachen.

Zum Abendessen ging ich zu Dad und Michael, obwohl Dad erst nach neun nach Hause kommen würde und am nächsten Morgen ganz früh rausmusste, um mit seinem Cutter das Filmmaterial vom Samstag durchzusehen. Während wir auf ihn warteten, versuchte ich mich unter Michaels Aufsicht an einem Schokoladen-Kastanien-Kuchen als Nachtisch. Er war rundherum ein kleines bisschen angebrannt, aber Michael zeigte mir, wie man das mit Puderzucker kaschieren konnte. »Der Erfolg beim Kochen und Backen besteht zu neunzig Prozent aus geschickter Präsentation«, sagte er und schwenkte dabei das Sieb.

»Du klingst wie meine Mutter«, sagte ich. »Traurig, traurig, dass heutzutage sogar Kuchen kosmetische Verbesserungen brauchen.«

Er schnippte mir eine Prise Zucker auf die Nase.

»Die echte Schönheit von Schokoladenkuchen entfaltet sich sowieso erst auf den Geschmacksknospen des Essers. Sollen wir uns beherrschen und deiner Mutter die Hälfte aufheben?«

»Sie ist auf Diät.«

Beim Abendessen sprachen wir weder über die Familie Withers noch über meinen Besuch am Set, nicht einmal über den »umwerfend gut aussehenden« Drake. Stattdessen redeten wir darüber, dass das Esszimmer neu gestrichen werden sollte, und über die Pläne für Michaels Geburtstagsfeier in ein paar Wochen. Erst als wir beim Kaffee und den letzten Kuchenkrümeln angekommen waren, räusperte Dad sich auf einmal und kratzte sich in Kind-wir-müssen-uns-mal-unterhalten-Manier am Kopf.

»Und wie geht's Alex?«

»Gut, danke.«

»Wart ihr … habt ihr euch mal wieder getroffen?«

»Ja, heute. Wir waren Kaffee trinken, haben uns nett unterhalten und so. Alles ganz … entspannt.«

»Und wann seht ihr euch wieder?«

»Gleich Montag. Wir treffen uns nach der Schule bei der Plattenfirma, bei der er arbeitet.«

»Gut. Das ist gut.« Er räusperte sich wieder. Michael stand vom Tisch auf und machte sich mit einem Stapel Teller auf den Weg in die Küche. »Freut mich, dass du dich mit ihm wohl fühlst. Deine Mutter ist bestimmt ganz aus dem Häuschen. Ich natürlich auch. Und … ähm … wir wissen ja, dass du schon sehr reif bist, und wollen uns nicht einmischen … also, nicht dass du denkst, wir wollen dich bevormunden, oder so. Aber manchmal …«, er starrte in seine Kaffeetasse, »… ist man sogar ganz froh, wenn die Eltern einen ein bisschen nerven. Nur so ein kleines bisschen. Nur damit man weiß, dass die noch genauso spießig, out und paranoid sind wie immer.«

Ich musste lächeln, rutschte aber unbehaglich auf meinem Stuhl hin und her.

»Er ist etwas älter als du, nicht wahr?«, fragte Dad vorsichtig.

»Drei Jahre. Er ist achtzehn.«

»Und du warst mit ihm schon in Bars und Clubs und so weiter?«

»Ja.« Ich konnte ihm nicht in die Augen sehen.

»Du und ich, wir wissen beide nur zu gut, dass ich dich kaum davon abhalten kann, in solche Läden zu gehen, und ich habe auch nicht vor, dir einen Vortrag zum Thema ›Wie gefährlich ist Alkohol für Minderjährige‹ zu halten. Ich denke mal, das weißt du alles schon. Aber ich hoffe, dass Alex … Also ich meine, wenn du sagst, dass du in einen bestimmten Club nicht rein willst oder nichts trinken willst oder … irgendwas anderes nicht willst … also dass Alex das respektiert. Dass du deine Entscheidungen frei fällen kannst. Verstehst du?«

Ich war bestimmt puterrot vor Verlegenheit, aber ich nickte.

»Okay. Also … was meinst du, wie stehen die Chancen, dass dein paranoider und spießiger Vater ein weiteres Stück Kuchen bekommt?«

Am Sonntag erledigte ich ein paar überfällige Hausaufgaben und half dann Michael dabei, die Möbel aus dem Esszimmer auszuräumen und verschiedene Farbtöne an der Wand auszuprobieren. Am Nachmittag fuhr ich mit dem Bus zu Viv, wo mir Mrs Duckworth einen begeisterten Empfang bereitete. Sie hatte das *Prattler*-Bild von Alex und mir an den Kühlschrank geheftet. »Deine Mutter ist bestimmt stolz auf dich! Du siehst haargenau so aus wie Audrey Hepburn!«

»Na klar – wenn Audrey über eins achtzig und dauerschlecht frisiert gewesen wäre. Und wenn man mein Bild aus zehn Metern Entfernung und in einem dunklen Zimmer anschaut«, murmelte ich, nachdem wir uns in Vivs Zimmer geflüchtet hatten. »Und zwar nach einer durchzechten Nacht, in der man seine Brille verloren hat.«

»Hey, wie redest du von meiner Mutter?« Viv boxte mich lachend in den Magen. »Und jetzt erzähl – wie war's am Mittwoch? Und am Samstag? Wie läuft's mit dem Prinzen der Finsternis?«

Ich brachte sie auf den neusten Stand der Dinge. »Und jetzt hab ich«, schloss ich dann, »auf der einen Seite Dad, der mir verkappte Vorträge über das Nein-Sagen hält, und auf der anderen meine Mutter, die mich in tief ausgeschnittene Sachen steckt und sagt, ich soll mich nicht so spießig anstellen. Ist bestimmt nur noch eine Frage der Zeit, bis sie darauf besteht, dass ich mir jeden Sonntag die Augenbrauen zupfe. Und mich zwingt, vor dem Frühstück fünfzigmal ›mein Körper ist mein Tempel und mein Gesicht ist mein Kapital‹ zu sagen.«

»Also, ich hoffe, du geigst ihr deine Meinung«, sagte Viv streng. »Von der Gesellschaft oktroyierte Schönheitsideale sind Hauptbestandteil frauenverachtender Mechanismen, weißt du.«

»Ja, aber … es ist doch nichts Schlimmes dran, wenn ich das Beste aus mir mache, oder?«

»Moment mal – hast du dich nicht eben darüber beschwert, dass deine Mutter sich in eine Umkrempel-Militante verwandelt?«

»Na ja, ich hab vielleicht ein bisschen übertrieben. Sie versucht doch nur zu helfen. Und Alex scheint es zu gefallen, wenn ich mich ein bisschen aufstyle.«

Viv verdrehte die Augen. »Das kann ich mir gut vorstellen. Tiefe Ausschnitte ziehen bei Männern immer.« Dann wurde sie auf einmal fröhlicher. »Weißt du was? Jetzt, wo du so ein Partystar bist, hast du keine Ausrede mehr, nicht mit mir auszugehen. Nächsten Freitag feiert jemand aus der Schule seinen Geburtstag, und es werden garantiert jede Menge Leute kommen. Kronprinzen und Champagnerbrunnen kann ich dir nicht versprechen, aber ich bin sicher, es wird spaßig. Na, was sagst du?«

»Aber ich kenne doch da niemanden. Und ich bin gar nicht eingeladen.«

»Da gibt's keine offiziellen Einladungen. Außerdem …«, fügte sie grinsend hinzu, »… könntest du ja Alex mitbringen.«

Ich sah verlegen zu Boden.

»Okay, dachte ich mir schon. Ist wohl nicht sein Ding – Gesamtschul-Typen, hoffnungslos überholte Musik, billiges Bier, echte Herzlichkeit und so. Wie das ganze niedere Volk auf dem Dritte-Klasse-Deck der *Titanic.*«

»Nein, darum geht's nicht. Es ist nur ... wir ... ich weiß nicht ... wir sind nicht ...«

Viv erbarmte sich. »Schon gut. Ist wohl noch zu früh für so was. Aber du kommst mir nicht so leicht davon. Du kommst mit auf die Party und basta.«

Erst, als ich schon wieder zu Hause war, wurde mir klar, dass die Party am selben Freitag war wie unser Besuch am Filmset.

Brimstone Records hatte ihren Sitz in einer schmutzigen kleinen Straße in der Nähe von King's Cross und war, genau wie Darlinham House, offenbar so berühmt und begehrt, dass sie es nicht nötig hatte, ein Firmenschild an der Tür anzubringen. Nachdem ich Alex' Wegbeschreibung zum zwanzigsten Mal gecheckt hatte und etliche Male zwischen zwei gleichermaßen schmuddeligen wie anonymen Eingangstüren hin- und hergegangen war, erspähte ich plötzlich noch eine weitere Tür in der Gasse, die hinter dem Gebäude lag. Da war ein verrostetes Eisengitter zwischen Straße und Innentür, und dahinter war eine Brimstone-Visitenkarte zu sehen, aber eine Klingel konnte ich nicht entdecken. Vielleicht war das ja ein spezieller Hindernislauf für Leute mit Star-Ambitionen – jeder, der es tatsächlich bis zum Empfang der Firma schaffte, wurde mit einem millionenschweren Plattenvertrag belohnt. Oder vielleicht steckte hinter der Plattenfirma in Wirklichkeit ein Rekrutierungsbüro für den Geheimdienst? Ich wählte noch mal Alex' Handynummer – ohne Erfolg. Ich wollte schon anfangen, wild herumzufuchteln und »Sesam öffne dich!« zu schreien, da fiel mir auf einmal doch der Klingelknopf ins Auge, der schlauerweise auf Kniehöhe angebracht war. Nach einigem mit Knistergeräuschen angefüllten Warten drang schließlich ein undeutliches »'lo?« aus der Sprechanlage, sodass ich meinen Namen und mein Anliegen nennen konnte. Fünf Minuten (!) später ging die Tür mit einem Summen auf.

Der Empfang, zu dem man zwei steile Treppen hochgehen musste, war ein schmaler Raum mit einem Schreibtisch, an dem niemand saß, zwei Knautschsesseln aus braunem Leder und einer Stereoanlage, die aus der Ecke dröhnte. Die abblätternden, olivgrünen Wände waren unter einer Schicht aus Postern und signierten Fotos von haarigen, finster dreinblickenden Kerlen fast nicht zu sehen. Durch die gläserne Trennwand hinter dem Schreibtisch konnte ich ein langes, voll gestopftes Büro erkennen, in dem sich eine ganze Horde Penner-Chic-Typen in einem Nebel aus Zigarettenrauch fläzte. Von Alex keine Spur. Wahrscheinlich war er irgendwo anders am »kreativen Prozess« beteiligt.

Bei näherer Betrachtung kam ich zu dem Schluss, dass die abblätternde Wandfarbe eher von Brimstone Records' künstlerischer Ader zeugte als von finanziellen Schwierigkeiten. Die Studio-Einrichtung, zumindest soweit ich sie sehen konnte, glänzte verdächtig neu und hightechmäßig, und selbst meine Mutter hätte etliche der finsteren Poster-Typen als die millionenschweren Chart-Stürmer erkannt, die sie waren. Eine Reihe Gold- und Platin-Schallplatten blitzte aus ihren Rahmen oberhalb der Tür.

Nachdem ich weitere zehn Minuten unbeachtet herumgestanden hatte, reichte es mir schließlich. Ich stapfte durch die Öffnung in der Trennwand – was keinen Alarm auslöste – und hielt auf den nächstbesten Designer-Penner zu, aber bevor ich ihn erreichen konnte, kam Alex plötzlich durch eine andere Tür herein. Er sah ganz erhitzt und abgehetzt aus und hatte ein Tablett mit vollen Tassen in der Hand. »Okay, da hätten wir also zweimal Kaffee schwarz, einmal weiß mit Süßstoff, einmal grünen Tee und einmal Tee mit Milch und zwei Stück Zucker. Oh, und der koffeinfreie Kaffee ist alle.« Er stellte das Tablett mit einem Seufzer der Erleichterung auf dem nächstgelegenen Schreibtisch ab, dann drehte er sich herum – und sah mich. Besonders erfreut wirkte er nicht. »Octavia! Ups, ist es schon so spät?« Er griff nach meinem Arm und komplimentierte mich aus dem Büro hinaus. »Also dann … ähm … tschüss, Jungs.« Die Designer-Penner waren damit beschäftigt, sich ihre Getränke vom Tablett zu nehmen und nur ein paar winkten uns abwesend zu.

Schweigend gingen wir hinaus und die Straße entlang. Alex stapfte verlegen vor mir her. Schließlich räusperte er sich. »Das Schöne an der Arbeit in so einer Firma wie Brimstone ist, dass sich keiner um Rang und Namen schert, weißt du?« Ich nickte ermutigend. »Man sollte meinen, als Sohn von Rich Withers kriegt man 'ne Sonderbehandlung, oder so … Aber ich finde es echt lässig, dass ich genauso behandelt werde wie alle anderen.« Ich nickte wieder, hatte aber das Gefühl, dass er nicht nur mich zu überzeugen versuchte. »Es gibt nichts Ätzenderes als Leute, die sich aus lauter Ehrfurcht vor deinen Connections in die Hose machen. Okay, man gewöhnt sich dran, aber … na ja, jemand wie du kann das bestimmt kaum verstehen, wie das ist, wenn man so unter Druck steht.«

»Jemand wie ich? Du meinst, ein gewöhnlicher Sterblicher?«

»Nein, nein, du bist doch nicht *gewöhnlich*«, wiegelte er hastig ab. »Es ist nur … mein Dad ist halt … Während dein Vater …« Er spürte wohl, dass er sich immer tiefer reinritt, denn auf einmal blieb er vor dem Eingang einer Saftbar stehen und seufzte erleichtert. »Okay, da sind wir. Nicht gerade der genialste Laden der Welt, aber was Besseres hat diese heruntergekommene Gegend nicht zu bieten.«

Ich für meinen Teil hätte das schmuddelige Café zwei Häuser weiter vorgezogen, denn Weizengrassaft-Smoothies sind nicht wirklich mein Ding, aber für Alex wäre eine weitere Tasse Tee oder Kaffee vermutlich so ziemlich das Letzte gewesen, was er sehen wollte.

Als wir auf unseren Alu-Hockern saßen, eine Kanne Karotten-Papaya-Saft zwischen uns auf dem Tisch, brachte ich die Unterhaltung wieder auf etwas zurück, was mich noch immer beschäftigte.

»Alex, wäre es denn so schlimm, wenn ich … normal wäre?«

»Was meinst du damit? An dir ist doch nichts *Ab*normales. Außer, du hast irgendwie einen schuppigen Fischschwanz oder ein, zwei Zehen zu viel, von denen du mir noch nichts erzählt hast …« Auf einmal starrte er mich erschrocken an. »Hey, du hast doch nicht etwa eine Essstörung, oder so was? Ich finde dich nämlich nicht zu dick.«

»Entschuldige, ich hab mich wohl irgendwie schräg ausgedrückt. Mit normal meine ich … durchschnittlich. Gewöhnlich. Was, wenn ich nicht nach Darlinham House gehen würde? Was, wenn meine Mutter Lehrerin und mein Vater … was weiß ich … Bankangestellter wäre, oder so? Wären wir dann auch zusammen hier?«

»Aber wenn du nicht nach Darlinham House gehen würdest, wärst du nicht mit Indy befreundet und wir hätten uns nie kennen gelernt«, sagte er leicht gereizt.

»Ja, aber angenommen, wir hätten uns irgendwo anders kennen gelernt. Wäre ich dir dann trotzdem aufgefallen? Hätte ich dir gefallen?«

»Octavia, ich wollte vorhin echt nicht andeuten, dass du und deine Familie *unbedeutend* wärt oder so. Hey, das war nur das Geschwätz von einem, der heute viel zu lange in einer Kaffeedose rumgekratzt hat. Bitte vergiss es, okay?« Er griff nach meiner Hand und sah mich mit seinen dunklen Augen ernst an. »Ich finde dich nicht gewöhnlich. Ich finde, du bist was Besonderes. Und da fällt mir ein …« Er nestelte in seiner Jackentasche herum und brachte schließlich eine kleine, hellblaue Schachtel zum Vorschein. »Bitte schön. Als kleiner Glücksbringer für deine Amerikareise.«

In der Schachtel lag ein kleines Perlmuttherz an einer goldenen Kette. Mein eigenes Herz flatterte wie wild, als Alex mir sein Geschenk um den Hals legte und ich den Anhänger auf meiner Haut spürte; ich wusste auch ohne Spiegel, dass er einfach perfekt passte. Ich wollte Alex sagen, wie sehr mir die Kette gefiel und warum, aber am Ende schlang ich ihm stattdessen die Arme um den Hals und küsste ihn. Wenn ich jetzt schon auf dem besten Wege war, ein *material girl* zu werden, konnte ich genauso gut auch gleich das Beste draus machen.

»Bist du jetzt glücklich?«, fragte Alex, nur eine Spur selbstzufrieden, nachdem wir wieder zu Atem gekommen waren.

»Na ja, wenn du jetzt versuchen willst, dir meine Zuneigung zu erkaufen … nur zu, mach ruhig weiter so«, sagte ich und prostete ihm mit dem Karotten-Papaya-Saft zu.

Aber als wir uns verabschiedet hatten und ich wieder zu Hause war (wo Lady Jane angesichts meiner Beute in Verzückung geriet), war das bohrende Gefühl in meinem Bauch wieder da – Alex hatte meine Frage nicht beantwortet und wahrscheinlich nicht mal verstanden. Er hielt mich für »was Besonderes«, aber gleichzeitig war ich für ihn ein echter Darling, genau wie alle anderen. Würde er mich immer noch für was Besonderes halten, wenn er feststellte, dass ich eigentlich nur eine Hochstaplerin war und dazu noch eine halbherzige? Und würde meine Beziehung zu Alex mich in was »Echtes« verwandeln? Dieses Ich-will-alles-und-zwar-Sofort wurde langsam noch komplizierter, als ich je gedacht hätte.

Die nächsten Tage vergingen mit Vorbereitungen für unsere Reise nach L.A. zur Preisverleihung des *Joy of Laughter*, auch als *Jolly* bekannt. Der Event ist fester Bestandteil des amerikanischen Medien-Kalenders und fand vor vierzehn Jahren zum ersten Mal statt – damals noch als Spenden-Gala mit dem Ziel, Clowns mit Geschenken und lustigen Auftritten in Kinderkrankenhäuser zu schicken.

Die Veranstalter behaupten, Fröhlichkeit »in allen darstellenden Künsten« zu fördern, aber in Wirklichkeit ist der *Jolly* mittlerweile ein finanzschwerer Film- und Fernsehpreis, der in mehreren Kategorien verliehen wird: *Beste TV-Sitcom* (*Lady Jane* wurde bisher schon dreimal bedacht), *Bester Sitcom-Star* (Helena Clairbrook-Cleeve, wenn Sie bitte nach vorn kommen möchten), *Bester witziger Film*, *Beste witzige Performance* in einem Film usw., usw. Aber auch Stand-Up-Comedians kriegen eine Chance, genau wie Bühnenstücke und Musicals, und es gibt sogar einen Preis für den witzigsten Werbespot. Aber über die Kriterien zur Definition des Begriffs *witzig* ist man sich nicht immer ganz einig, und das gibt öfter mal Ärger. Vorletztes Jahr wurde zum Beispiel eine *Hamlet*-Inszenierung nominiert, mit der Begründung, es sei eigentlich eine schwarze Komödie. Die britische Presse stürzte sich auf den Vorfall, berichtete über die *Jollys* ansonsten aber nicht viel. Und da die *Jollys* nach wie vor ein Hort des sauberen, althergebrachten, eben kranke-Kinder-tauglichen Humors sein wollen, weiß man in den meisten Fällen schon vorzeitig, wer vermutlich gewinnen wird (und nein, *Hamlet* hat es damals nicht geschafft).

Meine Mutter gehörte natürlich fast schon zum *Jolly*-Inventar, und dieses Jahr würde sie den Preis für die *Herausragendste und witzigste Performance des Jahres* überreichen. Und ich würde ihr zujubeln. Ich war zwar nicht wirklich außer mir vor Begeisterung, aber spaßig würde es ganz bestimmt werden – die Verleihung findet in einem riesigen modernen Theater in Los Angeles statt, und die vielen aufgestylten Gäste sitzen an kleinen Tischen und lassen sich ein viergängiges Menü servieren, während sie von Musikern und den besten Comedians unterhalten werden. Nach dem Essen verbleibt man an seinem Tisch, und da die Gewinner ihrer Reputation als Komiker gerecht werden müssen, sind die Dankesreden (meistens) sehr witzig und tränenfrei. Danach findet in einem Protzo-Hotel die große After-Party statt.

Und so freute ich mich im Großen und Ganzen auf das Ereignis – jedenfalls so lange, bis die unausweichliche Kleiderfrage aufkam. Ich hatte gehofft, ich könnte dasselbe anziehen, was ich schon zu Indias Party getragen hatte, oder zumindest so was Ähnliches. Ich hatte den kleinen Einkaufsbummel sehr genossen und wäre gern wieder in die niedlichen kleinen Seidenslipper geschlüpft. Aber meine Mutter fand diesen Vorschlag alles andere als toll. »Schätzchen, man kann doch zu einer Preisverleihung keine *Jeans* tragen! Sind ja nicht mal Designerjeans! Außerdem bist du mit dem Top ja schon fotografiert worden!« Ich versuchte zu protestieren, aber sie blieb hart. »Sich mit seiner Garderobe Mühe zu geben, hat etwas mit Respekt zu tun, Octavia. Es zeigt, dass du dieses Ereignis ernst nimmst.«

»Und ich dachte, der Preis hat was mit Witzigsein zu tun«, grummelte ich in mich hinein.

Meine Mutter schürzte die Lippen. »In unserer Branche ist Gutaussehen eine sehr ernste Angelegenheit und nichts zum Lachen.«

Und in der Tat hatte ich bei unserem zweiten Einkaufsbummel nicht viel zu lachen. Im Nachhinein betrachtet war es wohl ein Fehler, dass ich zur Garderobenbeschaffung nur zwei Tage eingeplant hatte. Meine Mutter hatte über ihre schließlich ungefähr ein halbes Jahr nachgedacht. Aber nachdem es mit der Eintrittskarte ihrer Begleitperson zunächst mal etwas Kuddelmuddel gegeben hatte, wusste ich erst etwa eine Woche vor dem Event sicher, dass ich mitkonnte. (Zumindest würde es in der Schule kein Problem geben, wenn ich kurzfristig fehlte. Einer der Vorteile in Darlinham House ist, dass man mehr oder weniger ungestört sein Ding durchziehen kann; unsere Lehrer kehren aus Ehrfurcht vor dem Status ihrer Schüler – beziehungsweise der Eltern ihrer Schüler – nur selten ihre autoritäre Seite raus.) Wir hatten ursprünglich vorgehabt, am Wochenende auf die Jagd nach Klamotten für mich zu gehen, aber dann musste meine Mutter überraschend eine Szene ihres Krimis neu drehen und gab mir mehr als deutlich zu verstehen, dass sie mir nicht zutraute, allein das Richtige zu kaufen. Tja, da hatte ich also den Salat – ich durfte mit auf ein Promi-Gelage und hatte nur noch zwei Tage Zeit, ein Outfit zu finden, das der Welt beweisen würde, dass ich zum Star geboren war. Ja, das Leben kann schon hart sein.

Ich wusste selber, dass ich mich in der Sache lächerlich und undankbar aufführte. Und da half es auch nicht gerade, dass meine Mutter jedes Mal, wenn wir wieder einen exklusiven Bekleidungstempel betraten, ihren »Normale Leute wären froh …«-Spruch zum Besten gab. »Normale Leute« sind für meine Mutter das, was für andere die Hungernden in Afrika sind – die vielen tausend armen, vom Schicksal gebeutelten Menschen, »die alles dafür geben würden, mit dir zu tauschen«. Immer wieder beschwor sie tragische Bilder von verschwitzten Autogrammjäger-Horden herauf, die sich gegen Absperrungen drängten und verzweifelt der paar Krumen harrten, die vom Tisch der Berühmtheiten abfallen könnten.

Das letzte Mal, als sie das Thema anschnitt, war ich gerade dabei, mich in ein Kleid zu quetschen, das anscheinend aus einem Chiffon-Rüstungspanzer-Stoffgemisch geschneidert war und eine lange, gerüschte, mit orange- und silberfarbenen Pailletten besetzte Schleppe hatte. An meinem Körper wölbten sich Teile nach außen, von denen ich gar nicht gewusst hatte, dass sie sich wölben konnten, und meine Wangen – fast schon lila von der Anstrengung des Reinzwängens – bissen sich farblich total mit den extravaganten orangefarbenen Rüschen. Auf meiner Stirn glänzten Schweißtropfen. Eine Verkäuferin flötete im Hintergrund irgendwelche nichts sagenden Schmeicheleien. »Zum Sterben schön!«, trällerte sie fröhlich und die Unehrlichkeit troff ihr aus jeder Pore.

Sterben, beziehungsweise Mord, war durchaus eine Überlegung wert, fand ich. »Normale Leute! Das ist ja genau das Problem«, keuchte ich. »Ich *bin* ein normaler Mensch!«

Meine Mutter war schockiert. »Aber nein, Schätzchen, das bist du nicht!« Sie hört sich genauso an wie Alex, dachte ich, und es versetzte mir einen Stich. »*Jeder* Mensch ist etwas Besonderes«, fügte sie scheinheilig hinzu.

»Aber selbstverständlich!«, schnurrte die Verkäuferin.

In meinen Augen musste es wohl gefährlich geblitzt haben, denn auf einmal scheuchte meine Mutter Miss Zum-Sterben-Schön weg und knöpfte mein Korsagenkleid beschwichtigend wieder auf. »Schon gut, du kannst jetzt wieder ausatmen,

Schätzchen. Meine Güte, das Ding erinnert mich an meine Kostümstück-Zeiten.«

»Solltest du nicht lieber Verführungsschnulzen-Zeiten sagen?«, entgegnete ich hämisch. In Jane-Austen-Sphären hatte meine Mutter es nämlich nie geschafft. Sie ignorierte mich großmütig.

»Ich glaube, du brauchst etwas, was ein bisschen weniger … *extravagant* ist. Ich habe da neulich ein süßes kleines Organza-Kleid gesehen – in einem Laden gleich hier ein Stück weiter die Straße runter …«

Ich probierte das süße kleine Organza-Kleid an. Ich probierte Tops gleich im Dutzend an, Röcke, Kleider, Hosen. Kleider in allen möglichen Farben und Schnitten, Kleider aus Chiffon, Seide, Tüll, Samt, Wildleder, Taft, Satin, Spitze und allen denkbaren Kombinationen der genannten Stoffe. Ich probierte sogar eine Art Poncho an, der aus violettem Wildleder und mit so kleinen roten Plastiknetzen besetzt war, in denen man normalerweise Mandarinen bekommt – »Wie köstlich ironisch!«, sagte die Verkäuferin. Nach diesem Experiment, am letzten Tag unserer Kleidersuche, als schon der Abend nahte und die Verkäuferinnen ihren Eigentlich-schließen-wir-gleich-Blick aufsetzten, kam mir langsam der Gedanke, dass ich der Preisverleihung vielleicht doch nicht beiwohnen würde. Sogar Lady Jane wirkte etwas shop-müde.

»Nur noch *ein* Geschäft, Schätzchen! Es ist gleich um die Ecke.« Sie bog in eine Einbahnstraße ein, die so aussah, als gehörte sie eher in ein idyllisches Dorf als in die Großstadt. Die kleinen Häuser im viktorianischen Stil waren in hübschen Pastelltönen gestrichen, die Straße mit Kopfsteinen gepflastert, und an ihrem Ende stand eine altmodische schmiedeeiserne Laterne. Die Boutique hingegen hatte nichts Altmodisches an sich, sondern war so ein Laden, wo man erst klingeln und sich durch das Schaufenster begutachten lassen musste, bevor entschieden wurde, ob man den Standards des noblen Hauses entsprach oder nicht. Ich hielt mich wohlweislich im Hintergrund.

»Eigentlich wollen wir gleich schließen, Madam …«

Lady Jane setzte ihr aristokratischstes Lächeln auf: butterweich mit einem Schuss Eisberg darin. Das verfehlt selten seine Wirkung. »Keine Sorge. Sie erledigen einfach, was Sie erledigen müssen, und wir kommen allein zurecht. Wir werden Ihnen nicht die kleinsten Umstände machen, versprochen.«

Damit schwebte sie, mich im Schlepptau, in einen Laden, der nicht anders aussah als die vielen anderen Läden vorher – kühle weiße Wände, kühler, auf Hochglanz polierter Fußboden, kühle, auf Hochglanz polierte Geschäftsführerin. Das Einzige, was ein bisschen Wärme und Farbe ausstrahlte, waren die Regale mit den Kleidern, eine glitzernde, regenbogenüppige Vielfalt an Stoffen und Schattierungen. Ich wusste aus übler Erfahrung, dass dieser Überfluss täuschte; diese blitzenden, hauchdünnen Gewänder mussten von blitzenden, hauchdünnen Menschen getragen werden, nicht von turmhohen, wuchtigen Obelisken. Aber meine Mutter war unerbittlich. »Wie wär's zum Beispiel damit?«

Ich seufzte und wollte schon das unvermeidliche »Sehr hübsch, aber nein danke, ist nicht meine Farbe/meine Größe/mein Stil« von mir geben. Aber dann sah ich mir das Teil, das meine Mutter hochhielt, genauer an. Es war ein schlichter Hosenanzug in der schönsten Farbe, die ich je gesehen hatte: ein feudales, intensives Azurblau, durchzogen von dunkleren Blau-Nuancen und dem türkisfarbenen Schimmer von Pfauenfedern.

»Und? Was meinst du? Willst du es mal anprobieren?«

Ich drückte die Daumen. Bitte, bitte, dachte ich, mach, dass es das Richtige ist. Mach, dass es mir passt. Ein herrliches Bild schob sich vor mein inneres Auge: Ich, wie ich in einer Wolke aus Seidenpapier und Hochglanztüten aus dem Laden stürmte, mir ein Abendessen vor dem Fernseher und danach ein heißes Bad gönnte … und immer mit dem Wissen, dass dieses prächtige Outfit in meinem Kleiderschrank hing … Vielleicht würde Alex mich irgendwo im Fernsehen sehen, oder auf irgendeinem Zeitschriftenfoto, wie ich in meinem Pfauengewand über den roten Teppich schwebte …

Wie benebelt ging ich in die Umkleidekabine. Die Verkäuferin war schon weg, nur die Geschäftsführerin war noch da, trommelte ungeduldig mit den Fingern auf den Tresen und sah mit jeder Minute frostiger aus. Ich zog die Jacke ganz langsam an, ganz vorsichtig, und schlüpfte dann genauso langsam in die Hose. Unfassbar – die Hosenbeine hatten die perfekte Länge, und die Jacke schmiegte sich genau an den richtigen Stellen an. Das schimmernde Blau changierte bei jeder Bewegung ins Dunkle. Ich trat hinaus, um mich meiner Mutter zu zeigen.

»Hmmm, ja. Ja«, sagte sie und ging mit hochkonzentriertem Blick einmal um mich herum. »Wenn du sonnengebräunt wärst, würde es natürlich noch besser aussehen … Aber die Farbe ist wirklich hübsch. Und die Hose könnte nicht besser passen, wenn sie für dich maßgeschneidert wäre. Ja. Und, wie findest du es?«

Ich sah in einen der vielen Spiegel. Ich vermied es, mir ins Gesicht zu sehen, so grau und fleckig und zerzaust, wie ich bestimmt war. Ich konzentrierte mich auf das Blau. Und auf das seidene, beruhigende Gefühl der Jacke auf meinen Schultern.

»Es gefällt mir«, sagte ich schließlich.

Meine Mutter seufzte so heftig vor Erleichterung, dass die

luftig leichten Halstücher an ihrem Ständer zu flattern anfingen.

»Wundervoll!« Dann bugsierte sie mich zurück in die Umkleidekabine und zog mich praktisch selber wieder aus, um ja den Anzug zu bezahlen, bevor ich es mir anders überlegen konnte. Als die Geschäftsführerin sah, dass wir tatsächlich etwas kaufen würden, taute sie weit genug auf, um zu fragen, ob sie uns denn sonst noch behilflich sein könnte.

»Ehrlich gesagt, ja«, sagte meine Mutter. Die Frau kehrte wieder in ihren Permafrost-Zustand zurück. »Schuhe. Wir brauchen Schuhe zu dem Anzug. So was in der Art hier.« Sie deutete auf ein Paar sandalenähnliche Dinger mit hohen Absätzen. Ich setzte zum Protest an. Dann sah ich das stählerne Blitzen in Mums Augen. »*Denk* noch nicht mal dran, Octavia. Was wolltest du denn sonst zu so einem Outfit tragen? Flipflops? Turnschuhe?«

»Aber …«

»Octavia. Schätzchen. Das war ein langer Tag – für uns beide. Ich möchte, dass du jetzt einmal tief Luft holst und diese eine Sache ganz allein mir überlässt. Vertrau mir.« Sie schloss kurz die Augen und legte sich eine Hand an die Stirn. »Wir gehen zu einer Preisverleihung. Alle werden aufgestylt sein. Die Frauen werden High-Heels tragen. Hinterher wird es eine Party geben, auf der vermutlich massenweise Models und Schauspieler anzutreffen sind. Die meisten Models sind über eins achtzig. Und werden garantiert zehn Zentimeter hohe Absätze tragen. Ich selbst werde Stilettos anziehen. Also bitte vergiss jetzt – *dieses eine Mal* – deinen Größenkomplex und lass mich diese Schuhe für dich kaufen. Okay?«

Wir kauften die Schuhe.

Das war am Mittwoch. Am Donnerstag flogen wir in die Staaten und wurden am Flughafen von einer Limousine abgeholt, die die Organisatoren der *Jollys* geschickt hatten. Meine Mutter hat in L.A. eine kleine Wohnung, in der sie übernachtet, wenn sie hier drehen muss, aber da sie einen Preis überreichen würde, wurden all unsere Spesen von diesen *Joy-of-Laughter*-Leuten übernommen, und das beinhaltete natürlich auch den Aufenthalt in einem schicken Hotel in der Nähe des Veranstaltungsortes. Ich persönlich mag ja so romantische kleine Antik-Hotels am liebsten, mit roten Samtvorhängen und Marmorböden und Kronleuchtern (Dad nennt sie gern »Hotel Typ Luxus-Bordell«), aber das hier war ultramodern: überall blitzende weiße Wände und rutschige Glasfußböden und gebürsteter Stahl. Wir bekamen eine Suite mit zwei Doppelbettzimmern, einem Bad und einem Wohnzimmer, und alle waren in verschiedenen Schattierungen von Weiß gehalten (nein, nein, Weiß ist nicht einfach nur Weiß). India hätte die Farbgestaltung sicherlich gefallen, ich dagegen hatte ständig das Gefühl, überall Flecken zu hinterlassen.

Das Beste an solchen Nobelhotels sind die Badezimmer. Unseres war fast so groß wie unser Wohnzimmer zu Hause, hatte einen Whirlpool und eine Dusche, die genug Power hatte, um einem kleine Löcher in die Haut zu brennen. Die Badetücher waren so dick und flauschig, dass man das Gefühl bekam, man würde sich in eine Wolke hüllen. Man hatte die Wahl zwischen einem aufreizenden seidenen Morgenmantel und einem bodenlangen aus Samt, in dem man wie ein Eisbär aussah. Außerdem hatte man uns netterweise je einen Korb mit teuren Körperlotions, Cremes und Püderchen hingestellt, den ich gleich mal in meine Tasche leerte – als Mitbringsel für Viv.

Ich tapste in einer Wolke Duftschaum aus dem Badezimmer und schleifte dabei mein Eisbären-Plüschfell durch die diversen Pfützen, die ich erzeugt hatte. Meine Mutter saß im Wohnzimmer gurrend vor einem riesigen Strauß goldener Rosen, der gerade abgegeben worden war. Nicht besonders originell, aber zumindest war das mal eine andere Farbe. Das Hotel hatte uns mit einer Vase voll weißer Orchideen begrüßt, die so perfekt und so absolut gefroren aussahen, dass man kaum glauben konnte, dass sie echt waren. Die *Jolly*-Organisatoren hatten einen knallbunten Korb voller exotischer Früchte geschickt. Und dann waren da noch etliche andere Sträuße und Grußkarten und teure Pralinen von amerikanischen Freunden meiner Mutter oder von Leuten, die in ihrer Serie mitwirkten.

Sobald meine Mutter Richtung Badezimmer entschwebt war, warf ich einen Blick auf die Karte, die an den goldenen Rosen hing: *Schön, dass du wieder in Amerika bist, Prinzessin! Freue mich auf Samstagabend, Kuss, Bud.* Bud hatte zwar einen Namen wie ein Bier (oder vielleicht wie ein Labradorwelpe), war aber ein ziemlich großes Tier bei der Tempest Television Company und die zweite Begleitperson, die meine Mutter zur Preisverleihung mitbringen durfte. Ich erinnerte mich, dass Vivs Mutter mir vor nicht allzu langer Zeit einen Zeitungsschnipsel in die Hand gedrückt hatte, in dem stand, dass Budwin Carnaby meine Mutter zu einem in den USA stattfindenden Medien-Großereignis »geleiten« würde – als wäre sie ein mittelalterliches Burgfräulein oder so. Würde je in einer Zeitung stehen, dass Alex mich irgendwohin »geleitete«? Würde er mich, wenn ich wieder nach England kam, mit Blumensträußen oder Obstkörben willkommen heißen? Ich tastete nach meinem Perlmuttherz und lächelte. Dann erblickte ich mein Spiegelbild – sehr viel rührseliger hätte eine Rührschüssel voll Teig auch nicht aussehen können.

Am liebsten wäre ich den ganzen Abend auf dem Sofa liegen geblieben und hätte mich durch die Pralinen und Fernsehkanäle gefressen. Aber leider hatte meine Mutter ganz andere Pläne – sie erwartete ein paar ihrer »allerallerliebsten« Freunde aus L.A. zu einer kleinen informellen *Soiree.* Sobald wir gelandet waren, hatte sie gleich so einen widerlich khakifarbenen Vitamindrink gekippt, der angeblich verhindert, dass man einen Jetlag bekommt, und jetzt konnte sie es kaum erwarten, sich ins schampusschwangere Getuschel zu stürzen.

Nicht einmal eine Stunde, nachdem wir unsere Suite bezogen hatten, wurde ich in mein Schlafgemach geschickt, um meine Partymanieren aufzupolieren und mich in einen anthrazitgrauen Seidenrock sowie das Spitzentop zu schmeißen, das ich in der Rah Bar angehabt hatte. Um dann noch den erwünschten Grad an Munterkeit zu erreichen, nahm ich sogar einen Schluck von dem Vitamindrink, musste davon aber gleich würgen.

Unsere Gäste trudelten mit weiteren Blumensträußen, Pralinenschachteln und einem Megawatt-Lächeln ein. Einige kannte ich nicht, aber die meisten Gesichter waren mir von früheren ähnlichen Veranstaltungen im Gedächtnis: Quentin Braithwaite, einer der Co-Stars meiner Mutter in *Lady Jane,* Frisbee, Mums Agentin, eine in Amerika lebende Engländerin (und waschechte Adelige) namens Harmonia und die Chat-Show-Moderatorin Suzi Sanmartini. Und zwar samt ihrem aktuellen Lover – nicht umsonst wird sie in der Branche »Suzi das Flittchen« genannt. Ich versuchte so zu tun, als würden mich meine Pflichten als selbst ernannte Bedienung voll in Anspruch nehmen, aber der echte Ober, der es gar nicht witzig fand, dass ich mit seinem Tablett voller Kanapees abrauschen wollte, funkte mir dazwischen. Nach einem kleinen verbalen Schlagabtausch hinter dem Klavier musste ich meine Niederlage eingestehen und mich wieder unter das Partyvolk mischen.

»Da bist du ja, Schätzchen!«, trällerte meine Mutter. »Komm her, du musst unsere Gäste begrüßen! Suzi, du erinnerst dich doch an Octavia?«

»Na so was!«, zwitscherte Suzi. »Deine Tochter hat sich ja richtig gemausert! Bist still und heimlich erwachsen geworden, was, Süße?« Ihr Mund sah genauso lackglänzend aus wie ihre Haare, und sie trug ein lachsfarbenes Kostüm, das so eng war, dass es bei jeder Bewegung einschnitt. Offenbar erwartete sie keine Reaktion von mir, denn sie drehte mir schon eine Sekunde später den Rücken zu und widmete sich wieder ihrer Unterhaltung mit ihrem aktuellen Lebensabschnittsbegleiter. Ich glaube, der Mann hieß Ralph, aber da er den ganzen Abend zu niemandem außer Suzi ein Wort sagte, konnte man sich nicht sicher sein. Er sah mindestens zehn Jahre jünger aus als sie und irgendwie belämmert.

Aber noch durfte ich nicht aus dem Scheinwerferlicht treten. Harmonia wehte auf mich zu und wir tauschten ein paar Luftküsse aus.

Ich weiß nie, wie das richtig funktioniert – muss man links herum auf die rechte Wange zusteuern oder rechts herum auf die linke? Ein Kuss oder zwei? Aber zum Glück gehörte Harmonia, obwohl sie mindestens so zart wirkte wie die weißen Orchideen, zu der Sorte Frauen, die gleich das Heft in die Hand nehmen. Und so wurde es mehr ein forsch-kurzes »Peckpeck« als ein schmatzendes »Muah-muah«. Dann wandte sie sich meiner Mutter zu.

»Meinen Glückwunsch, Helena. Sie wird bald eine echte Clairbrook-Cleeve abgeben.« Weder meine Mutter noch ich wussten, was genau sie damit meinte, aber Lady Jane beschloss offenbar, es als Kompliment aufzufassen.

»Sehr liebenswürdig von dir«, sagte sie. »Ihr ... ähm ... Großvater ist sehr stolz auf sie.«

»Ja, Bescheidenheit war noch nie seine Stärke. Das Leben ist halt auch nicht mehr das, was es mal war – in den guten alten Zeiten, als das niedere Volk den Aristokraten noch den nötigen Respekt entgegengebracht hat«, fügte ich unwillkürlich hinzu. Meine Mutter warf mir einen tödlichen Blick zu, aber bevor sie etwas sagen konnte, ging Quentin dazwischen.

»Ah, Bescheidenheit! Nicht gerade die größte Tugend dieser Stadt«, schniefte er. »Man könnte sogar sagen, die gesamte Nation krankt an einem Mangel an Bescheidenheit.« Quentin war vor beinahe dreißig Jahren nach Amerika gekommen und hatte große Hoffnungen gehegt, als schneidiger englischer Gentleman Karriere zu machen – nur um bald herauszufinden, dass sein steifer Akzent ihn in Verbindung mit seinen geschwungenen Augenbrauen und seinen geschürzten Lippen zu einer Kleinbühnen-Karriere in Butler- und Bösewicht-Rollen verdammte.

Er ist ein verbitterter alter Mann, aber ein ziemlich guter Komiker, und seine Darstellung des versnobten, aber weichherzigen Butlers ist mit das Beste an *Lady Jane*. Hunderte amerikanischer Hausfrauen schicken ihm jedes Jahr ihre Unterhöschen mit der Post, hat meine Mutter mal erzählt.

»Wo wir gerade von Krankheiten sprechen«, sagte jemand, obwohl wir genau genommen gar nicht davon geredet hatten. »Habt ihr schon mal Bambi Luxmoores neue Quiz-Sendung gesehen? Wo sie sich beliebige Leute von der Straße ins Studio holt, die dann um eine Schönheits-OP spielen? Ich habe neulich die Vorher- und Nachher-Interviews mit dem dicken mexikanischen Mädchen gesehen, das eine Nasen-Korrektur gewonnen hatte, und das hat mich so berührt, dass ich wirklich weinen musste!«

»Ja, stimmt«, sagte jemand anderes. »Bambi ist wirklich ein Schatz. Ich durfte neulich ihre Tochter kennen lernen – die ist genauso reizend! Sie ist zwar erst siebzehn, aber absolut dazu prädestiniert, in die Fußstapfen ihrer Mutter zu treten.«

»Sie hat sogar schon eine eigene Zeitungskolumne – über ihr Leben als Glamour-Girl in Lametta-L.A. Angeblich soll sie mit einem Kennedy zusammen sein«, warf Frisbee ein. Ein männlicher Kennedy-Spross ist anscheinend das amerikanische Pendant zu Prinz Richard, denn als der Name fiel, ging ein ehrfürchtiges Raunen durch den Raum. Sogar der Ober wirkte beeindruckt.

»Soll ich euch etwas verraten?«, sagte meine Mutter und streckte den Rücken durch. »Octavia ist mit dem Sohn von Rich Withers zusammen! Ihr wisst schon, Rich Withers von *Spilt Milk.*« Sie strahlte triumphierend in die Runde. Woraufhin sich alle zu mir umdrehten und ich auf der Stelle rot anlief.

»Oha«, sagte Suzi schließlich und widmete mir einen zweiten, diesmal eindringlicheren Blick. »Ich kann nur hoffen, dass der Sohn kein solcher Schlingel ist wie sein Daddy. An deiner Stelle würde ich den schön an der kurzen Leine halten, Süße.« Sie lächelte mir verschwörerisch zu. »Oder stehst du etwa auf schlimme Jungs?«

Erwartungsvolle Pause. »Alex ist kein … Ich bin nicht … Also, manchmal überfordert mich das Ganze ein bisschen, ehrlich gesagt«, murmelte ich.

»Jetzt mach dich nicht lächerlich, Schätzchen«, sagte meine Mutter mit einem starren Lächeln. »Du weißt doch, dass Alex ganz verrückt nach dir ist. Er hat dir doch diese bezaubernde Halskette geschenkt, die du gerade trägst. Als kleines Reiseandenken – kurz vor unserem Abflug«, erklärte sie den anderen.

»Du Glückliche«, sagte Frisbee bewundernd.

»Hübscher Fang«, murmelte eine andere Stimme. Quentin schniefte bloß.

»Ich weiß noch genau«, setzte Harmonia an, »wie ich einmal die Schule geschwänzt und auf dem Bürgersteig übernachtet habe – vor dem Hotel, in dem *Spilt Milk* abgestiegen war … Muss während ihrer *Arsenic-Angel*-Tour gewesen sein. Als sie dann abreisten, bin ich hinter ihnen hergerannt und hab's geschafft, dass Rich mir mit rotem Lippenstift ein Autogramm auf den Busen gab. Das wurde von allen Zeitungen gemeldet, und meine arme Mutter bekam einen richtigen *Anfall.*«

Nach dieser Enthüllung wanderte das Gespräch, zu meiner (wenngleich nicht Quentins) großen Erleichterung, zu Erzählungen von abgedrehten Groupies und seltsamer Fanpost ab. Aber als die Gäste sich schließlich langsam verabschiedeten, hörte ich Frisbee zu meiner Mutter sagen: »Soso, Octavia ist also mit Alexis Withers zusammen? Hat sie gut gemacht! Aber sie ist auch wirklich so viel reifer geworden, seit ich sie zuletzt gesehen habe – jetzt sieht sie richtig reizend aus!«

»Ach, ich wusste schon immer, dass es so kommen würde«, meldete sich meine Mutter wieder zu Wort. »Irgendwann würde sie ihre *merkwürdige* Phase schon überwinden. Und wenn sie jetzt noch ein bisschen selbstbewusster wird …«

Was dann? Dann würde ich meine eigene Glamour-Girl-Kolumne kriegen und damit wäre mein Leben perfekt? Irgendwie fand ich es beleidigend, dass alle *mich* als den Glückspilz und Alex als den großen Preis, die großartige Partie sahen. Niemand, meine Mutter eingeschlossen, schien einen Gedanken daran zu verschwenden, dass Alex vielleicht dafür beglückwünscht werden sollte, dass er mit *mir* zusammen war. Auf einmal wünschte ich mir, Zuckerrosen und Perlmuttherz hin oder her, Alex Withers wäre einfach nur ein schlichter Alex Smith von nebenan.

Am Freitag war meine Mutter viel unterwegs – erst auf einem Treffen mit den *Lady-Jane*-Leuten und dann auf einer Probe für die Preisverleihung –, sodass ich den ganzen Tag zur freien Verfügung hatte. Der – absolut ernst gemeinte – Vorschlag meiner Mutter dazu lautete, ich sollte mir bei der Hotelleitung einen Fahrer bestellen und eine kleine Shoppingtour unternehmen.

Der Jetlag steckte mir noch ziemlich in den Knochen und mir war nicht danach, die L.A.-Touristenrunde allein zu drehen, und so beschränkte ich meine Erkundungen auf das Hotel. Erst warf ich einen Blick in den Fitnessraum und die Sauna, dann hüpfte ich in den beheizten Swimmingpool und schließlich wanderte ich die ellenlangen, stummen Flure entlang, auf denen meine Füße in dem schneeweichen Teppich versanken und ich außer Zimmermädchen und Kofferträgern kaum jemanden zu Gesicht bekam. Das Mittagessen ließ ich mir vom Zimmerservice liefern, und ich hätte es garantiert mehr genossen, wenn ich mir nicht schon vorher so viel Schokolade und exotisches Obst aus den Präsentkörben einverleibt hätte. Ich überlegte, ob ich den Hosenanzug noch mal anprobieren sollte, war aber doch zu abergläubisch – vielleicht brachte es ja Unglück, ihn vor dem eigentlichen Event anzuziehen. Nach dem Essen fuhr ich ein paarmal mit dem Aufzug in der Haupthalle rauf und runter – er war verglast, sodass man freien Blick hatte auf die irre Architektur aus Glas und Stahl und glänzenden weißen Oberflächen, und er katapultierte einen mit Schwindel erregender Geschwindigkeit die scheinbar zahllosen Stockwerke hinauf. Ich kam mir vor wie in einer Notfallkapsel oder einem Spaceshuttle am Set eines Science-Fiction-Films – vielleicht so ähnlich wie Drake Montague in *Psychlone,* kurz bevor er sich daran machte, jemandem mit der vernichtenden Kraft seiner Gedanken das Gehirn zu zerschmelzen … Später trieb ich mich in der Hotellobby herum und tat so, als würde ich in den Boutiquen stöbern. Hört sich vielleicht paranoid an, aber ich hatte das Gefühl, dass die Verkäuferinnen und Sicherheitsleute mich irgendwie merkwürdig anstarrten. Vielleicht hätte ich doch nicht so oft mit dem Fahrstuhl rauf- und runterfahren sollen.

Zurück in unserer Suite, rief ich Viv an. In England war es schon halb elf abends, aber immerhin war Freitag.

»Na, wie läuft's im Land der unbegrenzten Möglichkeiten?«, fragte sie.

»Voll der Luxus hier – aber der wird von der Preisverleihungsfirma gesponsert. Die Hotelleute halten mich trotzdem für eine Irre. Eine Irre, die von Aufzügen besessen ist.«

»Hört sich so an, als wärst du nicht ganz glücklich im Luxusland.«

Das liebe ich so an Viv. Sie sagt mir nie, was ich doch für ein Glückspilz bin, und sie liefert mir auch nie die Otto-Normalverbraucher-Version des »Normale Leute wären froh …«-Spiels von Lady Jane.

»Doch, doch, mir geht's gut. Ich … ich wünschte nur, Alex hätte angerufen.«

»Dann wird's mal Zeit, dass du das einundzwanzigste Jahrhundert betrittst, Octavia. Komm schon, du bist doch kein schüchternes Pflänzchen, das darauf warten muss, dass der Herr ihres Herzens sich bei ihr meldet. Vielleicht wartet *er* ja auch auf *deinen* Anruf.«

Das liebe ich *nicht* an Viv. Sie hat so eine Art, mich gnadenlos mit der Nase auf unangenehme Wahrheiten zu stoßen. Zum Beispiel darauf, dass ich im Grunde meines Herzens ein altmodisches schüchternes Pflänzchen bin, das vom Herrn ihres Herzens erobert werden möchte. Ich seufzte.

»Du hast Recht. Ich ruf ihn an.«

»Aber nicht mit *dieser* Stimme, hoffe ich. Der wird denken, du rufst nur an, um ihm mitzuteilen, dass in deiner Familie jemand das Zeitliche gesegnet hat.«

Nachdem wir uns verabschiedet hatten, tippte ich Alex' Handynummer ein. Und bekam nur die Mailbox zu hören. Immer wieder. Also stapfte ich ein zweites Mal zum Swimmingpool runter und blieb so lange im Wasser, bis ich ganz weich und schlabberig war wie eine gepulte Garnele. Vermutlich war das ein bisschen *zu* lange, denn als ich schließlich Wasser wegblinzelnd aus den Fluten stieg, waren meine Fingerkuppen ganz schrumpelig und ich fühlte mich wie angeduselt. Ich gönnte mir eine Stunde in einem der hoteleigenen Cafés und grübelte bei einem Toffee-Pecannuss-Mokka-Schaumcappuccino darüber, warum ich nicht zu Alex durchgekommen war. Kein Empfang? War er schon schlafen gegangen? Oder war er unterwegs und zu beschäftigt, um ans Handy zu gehen?

Plötzlich tauchte ein Bild vor meinem inneren Auge auf: Alex, wie er in der Rah Bar über einem Wodka Tonic Trübsal bläst, und PeePee, wie sie sich zärtlich an ihn schmiegt: »Sei nicht traurig, Lex Darling, *ich* werde dich nie verlassen …« Dann sieht er sie an, ganz verloren und verletzlich, und …

Nein. Ich würde mir so was *nicht* einreden. Ich war absolut, komplett, völlig, hundertprozentig und zweifelsfrei davon überzeugt, dass Alex längst in seinem Bettchen schlummerte. Allein. Und von meiner Rückkehr träumte.

Am Samstag starteten wir gleich nach einem extrafettarmen und energiereichen Mittagessen mit den kosmetischen Vorbereitungen für die *Jolly*-Verleihung. Meine Mutter hatte eine Stylistin kommen lassen, die ihr die Haare und das Make-up machen und ihr ins Kleid helfen sollte, aber bevor sie das alles in Angriff nahm, wurden wir beide noch mit einer Gesichtsbehandlung sowie einer Mani- plus Pediküre bedacht. Über die Gesichtsbehandlung war ich sogar froh, denn ausgerechnet heute hatte ich nach dem Aufstehen einen Pickel entdeckt. Seitlich unten an der Wange. Besser als mitten auf der Nase oder auf dem Kinn, aber leider auch nicht an einer Stelle, wo man ihn unter der Frisur verstecken konnte.

Unwillkürlich empfand ich den Pickel als schlechtes Omen. Störrisch und rot prangte er in meinem Gesicht und würde sich auch von keiner Armada teurer Cremes und Wässerchen vertreiben lassen. Meine Mutter sah natürlich wunderschön aus wie immer – makellose Haut, strahlende Augen – und das schon bevor sie gepudert und gesalbt und parfümiert und mithilfe einer gigantischen Sammlung diverser Töpfchen und Tübchen dezent geschminkt wurde. Es dauerte lange, bis sie endlich in ihrem Kleid steckte, und die Stylistin samt Assistentin wuselten und flatterten dabei emsig um sie herum und zupften hier ein bisschen und da ein bisschen an dem Stoff herum, bis er schließlich in perfekten Falten herabfiel.

Ich zog mich ganz alleine um im Badezimmer, weitab von dem Trubel. Den ganzen Vormittag hatte ich beim Gedanken an den Hosenanzug schon so ein komisches Gefühl gehabt, es aber verdrängt – oder war ich nur unglücklich wegen des Pickels? Es machte mir Sorgen, dass ich das Outfit erst einmal angehabt hatte, und das auch nur kurz und am Ende eines langen, anstrengenden Tages. Immer wieder war ich zum Schrank gegangen und hatte mich vergewissert, dass das Blau einfach umwerfend war, aber irgendwie … stimmte etwas nicht. Nervös schob ich meine Bedenken beiseite und knöpfte das Jackett zu.

Es war immer noch wunderschön. Ein wunderschöner Hosenanzug. Die azurblaue Seide schimmerte genauso üppig und pfauenfedrig, wie ich es in Erinnerung hatte. Jacke und Hose waren genauso perfekt geschnitten und passten mir genauso gut wie seinerzeit in der Boutique. Das Problem war – ich. Ich hatte mir damals kaum ins Gesicht gesehen, weil ich so müde und aufgelöst gewesen war, und jetzt, wo ich ausgeruht und frisiert und aufgezwirbelt und perfekt geschminkt war, erkannte ich, was da nicht stimmte. Mein schmales Gesicht wirkte verunsichert, verloren ... von diesem glänzenden Blau überwältigt. Ich sah einfach zu jung aus. Als hätte ich mich mit Sachen verkleidet, die eigentlich für einen Erwachsenen gemacht waren. Der nicht unbedingt älter sein musste als ich, aber auf jeden Fall selbstsicherer und cooler, einen festen Blick und rasiermesserscharfe Wangenknochen hatte, die zum rasiermesserscharfen Schnitt des Anzugs passten. Das Teil war einfach nicht für jemanden gemacht, der immer ein bisschen gebückt lief, um seine Größe zu überspielen, und steif in Schuhen steckte, in denen er kaum laufen konnte.

Ich stakste ins Wohnzimmer. Mit jeder Sekunde fühlte ich mich mehr wie der umgekehrt proportionale Fall einer alten Frau, die auf jugendlich macht. Die Stylistin und ihre Assistentin waren mittlerweile gegangen, meine Mutter stand vor dem Spiegel und legte letzte Hand an ihren Lippenstift. Sie trug ein hellseegrün-silbernes Kleid mit tiefem Rückenausschnitt und einer Schleppe aus luftiger Gaze. Ich musste an das Bilderbuch von einer Meerjungfrau denken, das meine Mutter mir immer vorgelesen hatte, als ich klein war.

»Du siehst wunderschön aus.«

»Nicht wahr? Wie eine echte Prinzessin.« Die Stimme gehörte einem großen blonden Mann, der eben aus seinem Sessel aufgestanden war und nun mit ausgestreckter Hand auf mich zukam. »Ich bin Bud. Schön, dich kennen zu lernen, Octavia.« Er hatte ein sonnengebräuntes, freundliches Gesicht, und sah auf eine absolut symmetrische, wangenkantige, kinnmarkante Comic-Held-Art ziemlich gut aus. »Wow – ich bin echt ein Glückspilz, dass ich zwei so wunderhübsche, waschechte englische Schönheiten begleiten darf.« Er schüttelte bewundernd den Kopf. Ich war versucht, ihn zu fragen, ob er vielleicht schon einmal schlechte Erfahrungen mit Hochstaplerinnen beziehungsweise mit unehrlichen Schönheiten gemacht hatte, aber da rauschte schon Prinzessin Helena herbei, um ihre töchterliche Lieferung zu inspizieren.

»Bezaubernd, Schätzchen. Das steht dir ausgezeichnet.« Dann nahm sie mich zur Seite und raunte mir zu: »Und den Pickel sieht man wirklich *kaum*!«

Aber der Abend wurde besser. Sobald wir im Theater waren, konnte ich mich auf meinem Platz zurücklehnen und das Ganze genießen, ohne darüber nachdenken zu müssen, was ich zu tun hatte oder wie ich aussah. Am allerschlimmsten war für mich gewesen, als wir aus der Limousine ausgestiegen und an den aneinander gedrängten Journalisten und aufgeregten Fans vorbei über den roten Teppich gestakst waren. Während unserer unglückseligen Shoppingtour hatte ich meine Mutter immer wieder zähneknirschend daran erinnert, dass wir nicht zur Oscar-Verleihung wollten – aber selbst für Oscars Vetter dritten Grades war das hier immer noch verdammt viel Tamtam und Blitzlichtgewitter. Wahrscheinlich hätte ich das Ganze mehr würdigen können, wenn ich mich in Anzug und hochhackigen Schuhen nicht so komisch gefühlt hätte. Mit gesenktem Kopf schlich ich voran und versuchte mich dabei so gut wie möglich hinter Bud zu verstecken. Zum Glück war der baldachinüberdachte Rote-Teppich-Parcour seitlich am Gebäude entlang aufgebaut, sodass die Pressemeute uns nur von einer

Seite auflauern konnte, und trotz meiner High-Heels war Bud immer noch groß genug, um mir genug Deckung zu bieten. Aber sobald wir das Theaterfoyer betreten hatten und meine Mutter ein letztes Mal in die Kameras gewunken hatte, drehte sie sich zu mir um und zischte mir ins Ohr: »Um Himmels willen, Octavia, hör auf, so herumzuhuschen! Du machst mich total nervös!«

Die Preisverleihung selber war wirklich witzig, obwohl sie sich ewig in die Länge zog. Das blitzneue Theater, in dem sie stattfand, verfügte über einen neuartigen Zuschauerraum, der so eingerichtet werden konnte, dass vor der Bühne jede Menge kleiner Tische Platz hatten. Meine Mutter und ich saßen zusammen mit Bud sowie dem Regisseur von *Lady Jane* und seiner Frau an einem Tisch, bekamen ein Menü serviert, das aus etlichen sehr dekorativ angerichteten und höchst raffinierten Gängen bestand, und wurden währenddessen von Stand-Up-Comedians und einer Band unterhalten. Danach gab es die Alibi-Ansprache der Veranstalter, in der die Bitte um Spenden für *Joy of Laughter* so unauffällig und höflich wie möglich ausgesprochen wurde. Nachdem die Tische abgeräumt und die Bilder kranker Kinder, die über einen Clown lachten, von den Monitoren verschwunden waren, ging der eigentliche Abend los. Jede Menge Reden, jede Menge Lichteffekte, Fanfarenstöße, Applauswogen, Ausschnitte aus Filmen und Sendungen, von denen ich größtenteils noch nie was gehört hatte.

Meine Mutter kam als Letzte dran, weil sie den Preis für die beste Performance überreichte. Komischerweise war ich ein bisschen aufgeregt, als es so weit war, aber sie machte natürlich alles wie ein Profi: riss den Umschlag mit atemloser Spannung auf und gab den Namen des Gewinners mit einer Stimme bekannt, als würde sie die Entdeckung eines bahnbrechenden Aids-Heilmittels verkünden. Als der glückliche Gewinner auf die Bühne ging, um seine Laughing-Fat-Man-Statue in Empfang zu nehmen, herzte und küsste sie ihn und schlug so entzückt die Hände zusammen, als hätte nichts auf der Welt sie glücklicher und stolzer machen können.

Natürlich jubelten und klatschten wir alle auch wie verrückt. Bud drehte sich, immer noch mit handflächenvernichtendem Eifer applaudierend, zu mir um. »Deine Mom«, sagte er feierlich, »ist eine unglaublich anmutige, wunderbare Frau.«

Ich hätte schwören können, dass er dabei Tränen in den Augen hatte.

Die After-Party fand in genau so einem Hotel statt, wie ich es mir gewünscht hatte – roter Samt, Marmor, Kronleuchter und Champagner im Überfluss. Ein paar richtig berühmte Leute waren auch dabei, aber die meisten anderen waren so Medien-Persönlichkeiten, die man von irgendwoher kennt, aber nicht genau weiß, woher. Meine Mutter war schnell von einer Horde wiehernd lachender Leute umgeben, von denen einige schon auf unserer Soiree gewesen waren und die ich vermutlich hätte begrüßen sollen, aber meine elenden High-Heels brachten mich echt um, sodass ich beschloss, mich für eine Weile auf die Damentoilette zu verziehen. Der arme Bud tat mir schon ein bisschen Leid, wie er mit traurigen Hundeaugen hinter meiner Mutter herblickte, aber mir war beim besten Willen nicht danach, mit ihm eine zweistimmige Version der Helena-Clairbrook-Cleeve-Bewunderungs-Hymne anzustimmen.

Erst als ich mir im marmornen Waschbecken die Hände wusch, bemerkte ich, dass ich mir beim Essen vorne auf die Jacke gekleckert hatte. Auch wenn ich das teure Teil nie wieder anziehen würde – ich wäre mir blöd vorgekommen, den Rest des Abends in einem Kleidungsstück zu stecken, das aussah, als hätte ein Vogel etwas darauf fallen lassen. Aus irgendeinem völlig bekloppten Grund versuchte ich den Fleck mit einem Stück Klopapier wegzuwischen statt mit den Leinentüchern, die im Waschraum gestapelt waren. Mit dem Ergebnis, dass mein Jackett jetzt nicht mehr nur fleckig war, sondern auch voller schmieriger Klopapierfusseln. Na Klasse, sehr elegant gemacht, Octavia. Ein Glück, dass Alex nicht da war.

»Jim? Oder wie war das ... George?«

Es dauerte eine Sekunde, bis mir klar wurde, dass da jemand mit mir sprach.

»Oh, jetzt weiß ich's wieder! Dave, nicht wahr?« Wie aus dem Nichts war PeePees Gesicht neben meinem im Spiegel aufgetaucht. Als hätte der Gedanke an Alex sie heraufbeschworen wie eine böse Hexe. Sie lächelte.

Ich war sprachlos, konnte sie nur bestürzt anstarren. Mir war schon vor dem Blick in den Spiegel klar gewesen, dass meine Haare zu diesem Zeitpunkt des Abends längst in alle Richtungen außer der gewünschten abstehen würden und mein Make-up so fleckig und speckig sein würde, wie es gegen Ende einer Party nun mal wird. Der Pickel in meinem Gesicht war mir nur zu schmerzlich bewusst, der Fleck auf meiner Jacke noch viel mehr. PeePee sah dagegen so makellos aus, als wäre sie eben einem Hochglanz-Magazin entsprungen. Sie trug ein goldenes, trägerloses Kleid, das ihre von der Sonne geküsste Haut bestens zur Geltung brachte, ihr kastanienbraunes Haar war zu einem komplizierten Knoten geschlungen, aus dem nur einzelne, sorgfältig ausgesuchte Strähnchen herausragten, und auf ihren Lippen glänzte goldpudriger Lippenstift.

»W-w-was machst du denn hier?«, brachte ich schließlich hervor und das nicht besonders liebenswürdig. Unter normalen Umständen wäre ich begeistert gewesen, weil sie ein ganzer Kontinent von Alex trennte, aber ich war bisher davon ausgegangen, dass auch zwischen ihr und mir ein ganzer Kontinent lag.

»Ich bin ein Face of Joy.« Besonders glückselig sah sie für mich allerdings nicht aus. Selbstgefällig schon eher.

Ich griff zu meiner Beruhigung nach dem Perlmuttanhänger, aber dann fiel mir ein, dass ich die Kette im Hotel gelassen hatte, weil sie nicht zum Anzug passte. Tja – vielleicht war's beim nächsten Treffen mit PeePee sowieso wirkungsvoller, ihr ein Kruzifix entgegenzustrecken.

»Du weißt schon, der Sponsor.«

Ich kapierte immer noch nicht. »Sponsor?«

»Jep. Joy. Wir lancieren heute ein neues Parfäääng auf den Markt ... Hübsches Outfit, übrigens. Erstaunlich, wie gut es zu deinem androgynen Look passt – so etwas können die wenigsten Mädchen tragen.« Sie überprüfte ihr Spiegelbild, dann wandte sie sich zum Gehen. »Hat mich wirklich sääähr gefreut, dich zu sehen, Joe. Lex wird *solche* Augen machen, wenn ich ihm davon erzähle.«

Ich schlich ein paar Minuten nach ihr aus der Damentoilette. Und tatsächlich, da hing ein großes goldenes Transparent in der Eingangshalle, auf dem in verschlungenen Lettern »Joy!« stand. Ich war bisher gar nicht auf die Idee gekommen, dass es für irgendwas anderes außer die Preisverleihung selber Werbung machen könnte, aber jetzt schaute ich mir das Foto doch genauer an. Es zeigte zwei Mädchen und einen Typ, die in die Luft sprangen – einfach so, weil sie so happy waren, attraktiv und jung zu sein und für ihr pures gutes Aussehen Unmengen von Geld zu bekommen. Eine der ausgelassenen Hüpferinnen hatte fließendes kastanienbraunes Haar und goldpudrige Lippen, die zu einem ekstatischen Grinsen verzogen waren. Auf einmal fiel mir etwas ein. Ich suchte in meiner

Handtasche nach dem kleinen Samtbeutel, der als Geschenk für die Gäste der Preisverleihung auf meinem Teller gelegen hatte. Es befanden sich zwei Dinge darin: ein silberner Talisman in Form einer lachenden Maske und – ein kleiner Parfümflakon. Eau de PeePee.

Der Ärger begann, als meine Mutter mich dabei erwischte, wie ich nach der Party mein Fläschchen Joy! mit einem grimmigen Grinsen in die Hoteltoilette kippte.

»Ich verstehe dich einfach nicht, Octavia.«

»Ja, das ist mir schon aufgefallen.« Ich rieb mir die Hände ab, um auch noch den letzten Dufthauch von der Haut abzubekommen.

»Nein, ich meine, ich verstehe dich wirklich nicht. Das Parfüm war doch ein *zauberhafter* Einfall der Organisatoren. Ein süßes kleines Andenken an den Abend. Und du schleuderst es ihnen praktisch gleich wieder ins Gesicht!« Sie war ziemlich sauer.

»Nein, ich schleudere es ins Klo. Würde mir im Traum nicht einfallen, es jemandem ins Gesicht zu schleudern – am Ende wird derjenige blind davon.« Ich wischte mir die Hände ab und versenkte die leere Flasche im Abfalleimer. »Außerdem ist das kein zauberhafter Einfall der Organisatoren, sondern ein zynischer Marketing-Trick, der sich an die gute Wohltätigkeitssache dranhängt.«

Meine Mutter richtete sich auf und sah mich streng an. Doch dann wurde ihre Miene plötzlich wieder weicher und sie sah mich unendlich weise und geduldig an.

»Schon gut, Schätzchen. Jetzt weiß ich, was mit dir los ist – es geht um Bud, nicht wahr?« Ihre Stimme war leise und süßlich, als würde sie zu einer Kranken sprechen.

»Bud?« Ich starrte sie an. »Was hat der denn damit zu tun?«

»Ist gut, Octavia. Ich weiß, dass so etwas nicht einfach ist. Aber ich möchte, dass du weißt, dass meine Liebe zu dir …«

»Halt! Augenblick mal.« Ein Bild machte sich in all seiner schrecklichen Klarheit in meinem Kopf breit – Bud mit seinen edlen Augenbrauen und dem männlichen Grienen, wie er meine Mutter über den Frühstückstisch hinweg anstrahlte … »Hier geht es nicht um Bud. Echt nicht. Obwohl es mit den Nachnamen schon ein bisschen kompliziert werden könnte … Wie willst du denn heißen? Helena Carnaby-Clairbrook-Cleeve? Oder Helena Clairbrook-Cleeve-Carnaby?"

»Octavia …«

»Oder vielleicht Helena Clairbrook-Carnaby-Cleeve«, fuhr ich fort. »Wird im Abspann wahrscheinlich ein bisschen eng mit dem Platz, aber du könntest ja …«

»Octavia! Ich habe keine Ahnung, was heute in dich gefahren ist, aber auf jeden Fall gefällt es mir nicht.« Sie holte tief Luft. »Also. Uns steht morgen ein langer Flug bevor. Ich glaube, wir sind beide müde und sollten jetzt ins Bett gehen, bevor wir diesen bisher wundervollen, ganz besonderen Abend zerstören. Ein Abend, für den wir wirklich dankbar sein sollten. Normale Leute wären f…«

»JA, NORMALE LEUTE WÄREN FROH, ICH WEISS!« Wir standen nur da und starrten einander an. Dann fügte ich ganz leise hinzu: »Ich weiß nur nicht, was am Normalsein so schlimm sein soll. Es gibt bestimmt Leute, denen das Normalsein … sehr gut gefällt.«

»Natürlich ist da überhaupt nichts Schlimmes dran. Auf jeden Fall ist es einfacher.« Meine Mutter klang gereizt. Aber dann seufzte sie und fuhr etwas milder fort: »Offenbar hast du die vergangenen Tage, aus welchem Grund auch immer, anstrengend gefunden. Okay, jetzt weißt du, dass es viel Zeit und

Mühe kostet, etwas Besonderes zu sein, und manchmal kann man so viel Zeit und Mühe investieren, wie man möchte, und es klappt trotzdem nicht. Und du hast mehr zu verlieren, weil mehr auf dem Spiel steht. Okay, das gefällt dir nicht. Aber sieh es mal so: Du magst Alex und er mag dich, oder nicht?«

»Ja, aber er …« *Er weiß nicht, wie ich wirklich bin,* dachte ich, während meine Mutter weiterschwadronierte, *und wenn ich mit ihm zusammen bin, weiß ich das selber auch nicht so genau.*

»Du willst doch, dass das mit ihm klappt, oder nicht? Ja? Tja, dann musst du dich wohl oder übel daran gewöhnen, an ausgefallenen Orten zu sein und mit Menschen zusammenzukommen, die eben nicht *normal* sind. Vielleicht führt er dich mal zu einem großen Event wie dem heutigen aus. Du willst dich in seiner Begleitung doch sicher fühlen, oder nicht? Du willst das Gefühl haben, dazuzugehören.« Sie lächelte mich an und wirkte dabei ein bisschen traurig. »Ich verstehe gut, dass das nicht leicht ist. Es braucht Zeit, Kraft und *Übung*. Aber das gilt für jede Beziehung, für jede auf ihre Art, und es wird mit jedem Mal einfacher werden, versprochen.«

Sie hatte Recht. Ich gab es nur ungern zu, aber sie hatte Recht. Wenn ich mich für Alex entschied, dann entschied ich mich gleichzeitig auch für rote Teppiche, Rampenlicht und Champagner-Cocktails. Für gruselige Boutiquen und Begrüßungssträuße und Schuhe mit ekelhaft fußfolternden Absätzen. Und für Leute wie India und Suzi und PeePee. Echt tolle Aussichten!

Wir kamen am Montagmorgen gegen halb vier Uhr früh zu Hause an. Und schon am selben Nachmittag war ich wieder in der Schule – ich litt zwar noch extrem unter dem Jetlag, aber ich dachte, mein Name sollte doch mal wieder in der Anwesenheitsliste auftauchen. Nach der Schule gönnte ich mir ein Nickerchen, danach eine Jumbotasse Espresso, und schon war ich bereit, mit Alex auszugehen. Am liebsten wäre ich natürlich ins Bett gefallen, aber ich hatte einen Entschluss gefasst: Zähne zusammenbeißen, Stilettos umschnallen und dann ab zum Partylächeln-Training. Der Willkommensstrauß aus exotischen Treibhausblüten, der mir am Morgen geliefert wurde und meiner Meinung nach den fehlenden Telefonkontakt während der vergangenen Woche mehr als wettmachte, bestärkte mich noch in diesem Entschluss. Lady Jane gab keinen Kommentar dazu ab, bedachte die Blumen nur mit einem vielsagenden Blick.

Alex wollte mich auf die Eröffnungsparty einer neuen Bar in Hoxton ausführen, die gleichzeitig auch als Galerie für die Werke zeitgenössischer Konzeptkünstler fungieren sollte. Seine Mutter sponserte wohl den Laden oder hatte einen Anteil Aktien daran oder so. Alex hatte mir am Telefon gesagt, dass Tigerlily, die »der britischen Kunstszene leidenschaftlich verbunden« war, die Vernissage leider verpassen würde, weil sie diese Woche in Monaco weilte – »auf Boo Swartzburgers Frack-und-Diadem-Ball, du weißt schon«. Ich wusste nicht, sagte aber: »Ah ja, natürlich«. Eigentlich war ich ganz erleichtert, dass ich die Ex-Mrs Withers nicht würde kennen lernen müssen, die bestimmt eine ältere Version von India war, nur noch gruseliger.

Nachdem ich lange in mich (und in meinen Kleiderschrank) gegangen war, beschloss ich, dass die Hose des unglückseligen *Jolly*-Anzugs eine zweite Chance verdient hatte, sofern sich ein dazu passendes Top finden ließ. Schließlich entschied ich mich für ein schlichtes schwarzes Oberteil, dessen Träger im Nacken zusammengebunden wurden. Der Pickel war zu meiner großen Freude fast völlig verschwunden. Ich schlüpfte zweimal in jedes einzelne Paar meiner Schuhe, bevor ich mich geschlagen gab: Meine Mutter hatte Recht, zu der Hose musste ich hohe Absätze tragen. Zumindest konnte ich mittlerweile einigermaßen darin gehen, und solange ich mich nicht allzu weit von Alex entfernte, würde ich damit auch nicht so lachhaft riesig aussehen. Hoffte ich jedenfalls.

Als Alex dann anrief, um zu sagen, dass er draußen auf mich wartete, bekam ich einen letzten Nervenzusammenbruch – was, wenn die Galerie so trendy war, dass man da bewusst nur underdressed hingehen konnte? Was, wenn alle ihren Kaviar in ausgefransten Jeans, speckigen Turnschuhen und Shirts aus der Altkleidertonne schlürften?

Ich sollte es jedoch nie herausfinden. Denn wie der Zufall es wollte – wir verfuhren uns. Diesmal saß Alex eben nicht in einem Taxi, sondern am Steuer des schnittigen schwarzen Cabrios, in dem ich ihn mir schon immer vorgestellt hatte. Aber obwohl der Wagen das absolut topaktuellste Model war und über die absolut topaktuellste Ausstattung verfügte, schloss diese keinen Stadtplan von London ein. Offenbar hatte Alex auch noch die Adresse der Galerie sowie die Einladung mit der Wegbeschreibung zu Hause vergessen und die falsche Nummer auf dem Handy gespeichert. Also kurvten wir etwa anderthalb Stunden kreuz und quer durch Shoreditch und hielten immer wieder an, um Passanten zu fragen, ob sie wüssten, wo *The Hole* war. Der Name der Kneipe machte uns nicht gerade viele Freunde. Das große glänzende Auto auch nicht. Auf jeden Fall ernteten wir jede Menge böser Blicke und Flüche nach dem Muster: »Du suchst ein Loch? Ich geb dir gleich Loch, du XXX!«

Selbst nach dem Getränke-Zwischenfall bei Brimstone Records fiel es mir schwer, mir Alex anders als cool und lässig vorzustellen, aber als wir unsere Suche schließlich erfolglos abbrechen mussten, glänzte Schweiß auf seiner Stirn, und in seinen Augen war ein zorniges Funkeln. Wir fanden durch Zufall wieder auf eine Straße, die wir schon kannten, und Alex stellte den Wagen nicht weit von einem Fastfood-Laden im Halteverbot ab.

Wir waren mittlerweile beide hungrig wie die Wölfe und gleichzeitig schweinemüde (ich) beziehungsweise wütend (Alex). Er gab sich netterweise Mühe, das nicht an mir auszulassen. Das Mädchen am Verkaufstresen hatte nicht so viel Glück. »Was meinst du, ist die Legasthenikerin oder versteht sie nur einfach kein Englisch?«, raunte er mir deutlich hörbar zu, nachdem er unsere Bestellung hatte wiederholen müssen. Der Laden war ziemlich voll, aber wir ergatterten trotzdem im ersten Stock einen Tisch in einer ruhigen Ecke und ließen uns mit unseren Super-Deluxe-Mega-Bonanza-Burgern nieder. Alex brütete erst eine Weile über seinem Milchshake, dann fuhr er sich durchs Haar und lachte verlegen.

»Was denn?«

»Ach, ich weiß auch nicht. Wir. Hier. Aufgemotzt bis in die Haarspitzen, und wissen nicht wohin.« Wir sahen schon ziemlich deplatziert aus in dieser gelben Kunststoffnische, ich mit meiner Seidenhose und Alex in seinem teuren schwarzen Outfit. »Mann, den Abend hab ich ja richtig gründlich in den Sand gesetzt. Ich Volltrottel. Tut mir Leid, Octavia.«

»Ach was. Mir gefällt's hier.« Mein Bonanza-Burger schmeckte überraschend gut. Ich kickte meine Schuhe weg. Langsam wurde mir schön warm, ich war schläfrig und fühlte mich so sehr mit mir und meiner Umgebung im Reinen wie schon lange nicht mehr. Würde Alex es verstehen, wenn ich ihm sagte, dass ich auf die Eröffnungsparty sowieso nicht besonders scharf gewesen war? Ich schleckte mir einen Senfklecks von den Fingern. »Willkommen im Leben der normalen Leute. Betrachten wir es doch als Crash-Kurs im Fach *Gesellschaftlicher Realismus*.«

Alex spielte stirnrunzelnd mit seinem Strohhalm herum. »Dafür hältst du mich also? Für irgend so einen reichen, verzogenen Sprössling? Ehrlich gesagt, manchmal halte ich mich selber dafür.«

Zu meiner Überraschung stellte ich fest, dass er mich verunsichert anschaute. Alex, der unverzagt selbstbewusste, immer selbstsichere Alex, war auf einmal verunsichert? Ich war irgendwie erleichtert, und eine Welle fast schon mütterlicher Zuneigung erfasste mich. »Wenn ich dich nur so sehen würde, wäre ich wohl kaum hier.«

»Ehrlich? Ich meine, die Leute, die ich bisher so kannte … Mädchen, mit denen ich mal zusammen war … sogar meine Eltern … irgendwie hab ich das Gefühl, dass alles, was ihnen megawichtig ist, eigentlich total … banal ist. Wahrscheinlich würden mich die meisten Leute auch sofort als oberflächlich einstufen. Früher hat mir das nichts ausgemacht – oberflächlich sein kann ja auch total Spaß machen, weißt du? Und ich dachte immer, tief in mir drin, da wo es wirklich wichtig ist, da bin ich ja nicht so. Jetzt allerdings … Vielleicht bin ich doch genau wie alle anderen. Aber du bist anders.«

Ha! Ich wusste es! Alex war nicht nur ein heißblütiger Sexgott mit schicken schwarzen Leinen-Shirts – er verfügte auch über Selbsterkenntnis und Tiefe. *Und* er mochte mich, weil ich anders war! *Und* er wollte nicht oberflächlich sein! Er wollte sich *ändern*! Wir waren an einem Wendepunkt unserer Beziehung angelangt. Nicht mehr lange, sagte ich mir triumphierend, und wir würden India und Jools und PeePee und Suzi und die ganzen anderen Glamour-Junkies los sein. Endlich, endlich würden wir in Ruhe unser eigenes Ding machen, endlich ein ganz normales Teenager-Paar sein können, das in einem Burgerlokal einen Milchshake trank. Ich strahlte Alex über den Tisch hinweg an.

»Und, soll ich dir ein Bewerbungsformular vom Bonanza-Burger-Büro holen? Es ist nie zu spät für die Universität des wahren Lebens. Und nachdem wir unsere Kreditkarten zerschnippelt haben, können wir dein hübsches kleines Autochen gegen einen hübschen kleinen U-Bahn-Fahrausweis eintauschen.«

»Also, wenn dir so eine Umerziehung vorschwebt, dann bleibe ich lieber bei meinem märchenhaften Leben als internationaler Playboy, vielen Dank.« Er grinste mich mit hochgezogenen Augenbrauen an. »Zurück zu den Banalitäten – erzähl mir von deinem Trip nach L.A. Wie war die Preisverleihung? Ich hab dich nirgendwo in der Presse gesehen.«

»Du hast wohl die *Stellar!* nicht gelesen, was? Seite vier – die ›Das sollte man auf keinen Fall anziehen‹-Kolumne. Haha, war natürlich ein Witz.«

»Ach so.« Besonders lustig schien er ihn nicht gefunden zu haben. Aber zumindest erwähnte er auch nicht, dass er *solche* Augen gemacht hätte, als PeePee ihm von unserer Begegnung in L.A. erzählte. Dann teilte er mir mit (wo wir gerade von internationalen Playboys sprechen), dass er am Vormittag einen Anruf von einem alten Freund aus Rom bekommen und beschlossen habe, noch diese Woche für ein paar Tage hinzufliegen. Ich fragte mich unwillkürlich, ob der alte Freund womöglich eine alte Freund*in* war, versuchte mir aber nichts anmerken zu lassen und mich für ihn zu freuen. »Ich hab übrigens über das nachgedacht, was du neulich gesagt hast – von wegen allein sein in der Menge und so. Ich glaube, du hattest Recht.«

»Womit jetzt?«

»Also, du hast das nicht genau so gesagt, aber ich weiß, dass du das so gemeint hast. Dass es besser ist, nur ein paar Leute zu kennen, die aber richtig. Dass man vielleicht zu viele Leute kennen kann. Dann wird man … träge, gibt sich nicht mehr so Mühe, jemanden kennen zu lernen. Oder lieben zu lernen.«

Das schien mir ziemlich offensichtlich zu sein, Alex aber verkündete es, als hätte er eine bahnbrechende Entdeckung in Sachen Gesellschaftswissenschaften gemacht. Er wirkte irgendwie schüchtern. Ich hatte dasselbe Gefühl wie damals angesichts seiner Begeisterung beim Konzert – ich war überrascht und merkwürdig gerührt. »Und jetzt bist du auf der Suche nach ein paar ausgewählten Kumpels, mit denen du dich über deine Leichen im Keller austauschen kannst, in allen schmutzigen Details?«

»Och, schmutzige Details können ja ganz reizvoll sein – Leichen dagegen … urgs!«

Auf der Heimfahrt holte mich der Jetlag endgültig ein, sodass ich im Auto einschlief. Als ich aufwachte, beugte sich Alex gerade über mich. »Wir sind schon vor deinem Haus, aber ich wollte dich nicht wecken. Du hast so friedlich ausgesehen.« Ich lächelte ihn verschlafen an, dann schloss ich die Augen wieder. Es war so schön gemütlich in seinem Auto …

»Na komm, Dornröschen, du musst nach Hause. Ich kann ja mal versuchen, ob ich dich ins Haus tragen kann«, fügte er skeptisch hinzu.

Die Vorstellung, dass er auf dem Bürgersteig unter meinem Gewicht zusammenklappte und wir beide jede Menge gebrochener Knochen davontrugen, weckte mich dann doch auf. »Wenn ich mich recht entsinne, musste Dornröschen wach*geküsst* werden.«

Ich hörte ihn in der Dunkelheit leise lachen. »Ich dachte schon, du würdest das nie mehr ansprechen.«

Als er mich küsste, ganz sacht, rieselte mir ein warmer Schauer über den Rücken. »Ich ruf dich aus Rom an, okay? Und jetzt musst du schleunigst ins Bett … Träum was Schönes!«

Die nächsten Tage ging ich India möglichst aus dem Weg und versuchte nicht daran zu denken, was Freitag auf unserem Ausflug zum Filmset alles Schreckliches passieren konnte. Ich war mittlerweile überzeugt, dass India auf Alex nicht halb so viel Einfluss hatte, wie sie behauptete, aber ich wusste, dass sie mir das Leben trotzdem ziemlich schwer machen konnte, wenn sie wollte. Jedes Mal, wenn ich ihr am liebsten entgegengeschleudert hätte, was ich von ihrem bescheuerten Plan hielt, fiel mir ein, was Alex während unserer Irrfahrt durch Shoreditch nebenbei gesagt hatte: »Meine kleine Schwester ist total aus dem Häuschen, weil du sie mit Drake bekannt machen willst. Ich finde das super, dass ihr beide gut miteinander auskommt – mit zwei Ex-Freundinnen von mir konnte sie nicht so gut, und am Ende stellte sich raus, dass sie absolut Recht damit hatte, sie nicht zu mögen. Indy hat echt ein Näschen für Leute, weißt du …«

Ich machte mir, was Indias feine Wahrnehmung sowie ihre guten Absichten anging, keineswegs Illusionen. Es hatte keine drei Minuten gedauert, bis ihr meine neue Halskette aufgefallen war, und keine zwanzig Sekunden, bis sie sie schlecht gemacht hatte: »Oh, schaut mal, der Obelisk hat auch so ein süßes kleines Anhängerdings gekriegt. Ich hab zu Lex schon gesagt, es wäre sicher günstiger, die gleich im Dutzend zu kaufen, so verschwenderisch, wie er sie nach allen Seiten verteilt!« Ich glaubte ihr kein Wort, und trotzdem raubte das dem Geschenk ihres Bruders ein bisschen von seinem Glanz.

Dad hatte megaviel zu tun, rief aber gegen Ende der Woche an, um mir zu sagen, dass sie am Freitag nicht im Studio drehen, sondern Außenaufnahmen machen würden. Es ging um eine Szene, die im Park spielte, also hatten sie außerhalb von London ein großes viktorianisches Anwesen angemietet, dessen Haupthaus sie gleichzeitig für ein paar Innenaufnahmen nutzen konnten. Drake sollte in zwei Szenen zum Einsatz kommen, einmal am Vormittag und einmal am Nachmittag, sodass es dazwischen genug Zeit für eine Kennenlernrunde geben würde.

Das wäre mir recht, sagte ich zu Dad, und gab dann die Informationen mitsamt der Wegbeschreibung an India weiter. Sie tat so, als würde das Ganze sie tödlich langweilen. Als hätte ich sie quasi bequatscht mitzukommen und sie täte mir damit einen Riesengefallen. Als ich erwähnte, dass Jess auch mit von der Partie sein würde, kippte sie gleich ihr Füllhorn nützlicher Tipps über ihr aus: »Oh, das ist aber großzügig von Dave! Mach dir keine Sorgen, Jess, Drake ist es bestimmt gewohnt, Leute zu treffen, denen das Showbiz ein paar Nummern zu groß ist. Denk positiv. Rede dir immer ein, dass du ganz bestimmt nicht so deplatziert wirken wirst, wie du dich fühlst.«

Ein normaler Drehtag beginnt um acht Uhr morgens und zieht sich seine zehn bis elf Stunden hin, aber wir sollten erst am späten Vormittag dazustoßen. Jemand vom Catering-Service nahm Jess und mich mit, als er zum Set fuhr.

Als wir ankamen, wimmelte es auf der Zufahrt des noblen Herrenhauses nur so von Lkw und Wohnmobilen. Es gab auch einen Sanitätswagen und einen Speisebus für Schauspieler und Crew – ein Doppeldecker, der gleichzeitig als Aufenthaltsraum diente. Außerdem stand da noch ein kleines Festzelt, in dem die Statisten (offiziell »Nebendarsteller« genannt) mit Kaffeepappbechern in der Hand und einem gelangweilten

Ausdruck im Gesicht herumhingen. Dort gingen wir zuerst hin, um die Regieassistentin kennen zu lernen – sie hieß Pip, gab uns abwesend die Hand, warf uns ein paar Besucher-Plaketten zu, deutete auf Dad und rauschte auch schon wieder davon, das Handy am Ohr. Offenbar waren wir auf uns selbst gestellt.

Nun war ich zwar schon oft hinter den Kulissen diverser Theater gewesen und hatte den amerikanischen Studios, in denen *Lady Jane* gedreht wurde, etliche Besuche abgestattet, aber Dad hatte ich schon sehr lange nicht mehr bei der Arbeit zugesehen. Außenaufnahmen sind etwas ganz anderes als die Arbeit im Studio, genauso wie das Filmemachen etwas ganz anderes ist als das Drehen einer Sitcom wie *Lady Jane*. Bei *Lady Jane* wird das meiste vor einem Live-Publikum aufgezeichnet, und so gut wie alle Szenen finden innerhalb speziell gebauter Kulissen statt – Lady Janes Wohnung oder ihr Schönheitssalon oder das Café, in dem sie (in der Folge, in der ihr Ex-Mann sie auf miese Weise um ihr Treuhandvermögen bringt) einen katastrophenträchtigen Job als Kellnerin annehmen muss. Solche Studio-Sets können wie Puppenstuben nebeneinander aufgebaut werden, und sie haben bewegliche Wände und Decken, damit das Kamerateam aus allen Winkeln filmen kann. An echten Schauplätzen zu filmen ist zwar authentischer, kann aber oft teurer und schwieriger sein. Und Außenaufnahmen sind am aufwändigsten, wegen der Unberechenbarkeit des Wetters.

Aber an diesem Freitagvormittag war es sonnig und für die Jahreszeit ungewöhnlich warm, und als ich so inmitten des ganzen Filmgewusels stand, war ich trotz aller Bedenken auf einmal ganz aufgeregt und optimistisch. Ein Blick auf Jess sagte mir, dass es ihr genauso ging. Wir machten uns auf den Weg zu der Rasenfläche, wo gerade ein Vieraugen-Gespräch gefilmt wurde – zwischen Luke (der von Drake gespielten Figur) und einer seiner vermeintlichen Verwandten, die an Lukes Herkunft zweifelte. Nur dass außer den vier Augen auch noch der Produzent, der Regisseur, ihre Assistentinnen, die Technik-Crew sowie etliche Fotografen und Publicity-Berater da waren und die zwei Schauspieler aus wenigen Metern Entfernung beobachteten. Der Rasen sollte nach »Londoner Park im Winter« aussehen, also hatte das Requisiten-Team die ganze Ecke mit unechtem Reif überzogen (Papierstaub, mit Wasser gemischt), eine Bank und einen Abfalleimer aufgestellt und im Hintergrund einige Statisten postiert, die vorbeispazieren, mit ihrem Hund spielen oder einen Kinderwagen durchs Bild schieben sollten. Ich erzählte Jess gerade, dass Dads allererster Film komplett in einem Park gespielt hatte, da kam India über die Auffahrt auf uns zugeschlendert.

»Na so was. Der reinste Sonntagsschul-Ausflug, was?«, sagte sie statt einer Begrüßung. »Das wird ja ein gemütlicher Tag zu dritt!« Es hätte mich nicht gewundert, wenn India in einem Glamouratrix-Outfit aufgekreuzt wäre – turmhohe Absätze, turmhohe Frisur, turmhoch herausragender Busen –, aber für so etwas allzu Eindeutiges war sie dann doch zu schlau. Sie trug ein figurbetontes schwarzes Strickkleid und darüber eine zerschlissene Jacke aus rotem Leder; ihre goldenen Locken schlängelten sich zwanglos um ihr makelloses Porzellanteint-Gesicht, ihre dunkelblauen Augen (Alex' Augen, dachte ich, und es versetzte mir einen Stich) blickten uns unter ihren langen, rußschwarzen Wimpern unschuldig entgegen. An ihrem Hals funkelte ein einzelner Diamant an einer dünnen Goldkette. Mir wurde sofort bewusst, wie abgewrackt und schäbig ich dagegen aussehen musste, und ich spürte, wie Jess in ihrer Jeans und ihrem Baumwollpullover unbehaglich von einem Bein aufs andere tänzelte. India lächelte verschlagen und hakte sich bei uns beiden ein. »Tja, dann wollen wir uns das Ganze mal aus der Nähe angucken, was? Übrigens, Jess, ich hatte fast vergessen, wie *rotblond* deine Haare sind. In der Sonne leuchten die karottenroten Partikel ja fast wie Neonröhren!«

Auf dem Weg zu den Kameras waren Jess und ich schon wesentlich weniger enthusiastisch als zuvor. Filmen ist in den meisten Fällen eine mühselige Puzzlearbeit, und manchmal muss man eine Stunde lang einen Take nach dem anderen drehen, um am Ende fünf Sekunden Film zu bekommen. Es gibt jede Menge verschiedener Techniken und Gerätschaften, die eingesetzt werden, aber für die Szene verwendeten sie eine fahrbare Kamera, die über extra gelegte Schienen glitt, um so die Schauspieler verfolgen zu können. Ein Ausleger-Mikro mit langer Bedienstange nahm jedes Wort der Dialoge auf. Dad ging mit Drake und Polly (der misstrauischen Verwandten) die Szene durch, während der erste Kameraassistent das Gerät auf die richtige Entfernung einstellte. Dann legte der zweite Kameraassistent den Film ein, klebte Markierungen auf den Boden, damit die Schauspieler in jeder Sekunde an genau der richtigen Stelle standen, und verkündete, als die Kamera angefahren war, die Szene und die Nummer der Aufnahme, indem er die Klappe zuschnappen ließ, damit später Ton und Bild synchronisiert werden konnten. Doch selbst die grandiosesten Schauspieler und das spannendste Drehbuch der Welt können nicht verhindern, dass einen dieser ewig gleiche Ablauf irgendwann ermüdet. Aber wie es aussah, kam das Team gut voran, und die Mittagspause kam lange, bevor wir uns langweilen konnten.

Nachdem ich das *Venus*-Interview gelesen hatte, versprach ich mir, ehrlich gesagt, nicht viel von Drake. Keine Ahnung, was genau ich erwartete, aber wenn ich nicht gewusst hätte, dass wir hier Drake Montague höchstpersönlich vor uns hatten, hätte ich ihn vermutlich gar nicht wieder erkannt. Nicht, dass er in natura schlechter ausgesehen hätte – nein, er sah sogar besser aus. Viel besser. Was ziemlich merkwürdig war, weil er ohne die schmeichelnde Weichzeichnerfunktion der Fotokameras nicht annähernd so makellos wirkte: Seine Haut strahlte nicht so, seine Nase war nicht ganz so gerade, seine Schultern nicht ganz so breit. Außerdem sah er müde aus, hatte dunkle Augenringe und war schmaler, irgendwie angespannter, als ich gedacht hatte, mit seinen kantigen Wangenknochen und dem hellbraunen Haar. Aber was mich am meisten verblüffte: Er sah irgendwie intelligent aus durch seine wachsam dreinblickenden berühmten rauchgrauen Augen. Schwer zu glauben, dass er noch nicht einmal zwanzig war. Und noch schwerer zu glauben, dass er derselbe Mensch war wie der schmollmundige Typ aus den Hochglanzmagazinen.

Die Szene, die gerade abgedreht wurde, war ziemlich raffiniert: Die beiden Figuren umkreisten einander, stellten einander auf die Probe, um herauszufinden, was der jeweils andere im Schilde führte; in der einen Sekunde wirkten sie gelöst, flirteten fast miteinander, und schon in der nächsten waren sie wieder abweisend und aggressiv und nur einen Schritt von einem offenen Schlagabtausch entfernt. Als Dad den Schauspielern erklärte, was er von ihnen erwartete, hörte Drake aufmerksam zu. Die wenigen Male, wo er einen Einwurf machte, tat er es leise und mit Bedacht, und sobald er einmal in seine Rolle geschlüpft war, schien es, als hätte er alle Leute und Kameras und das ganze Gewusel um sich herum völlig vergessen. Ich erkannte die dunkelhaarige, eindringlich dreinblickende Frau Ende zwanzig wieder, die die Polly spielte – sie war eine von Dads Lieblingsschauspielerinnen, er hatte sie schon in etlichen seiner Theater-Inszenierungen eingesetzt. Ich sah, wie

India mit einem verächtlich zufriedenen Blick zu ihr hinüberschaute – offenbar dachte sie, eine alte Frau (von immerhin fast dreißig Jahren) sei keine Konkurrenz für sie.

Als die Kameracrew langsam ihre Sachen packte und sich auf den Weg zum Catering-Bus machte, kam Dad mit Drake im Schlepptau auf uns zu. Dad sah müde, aber gut gelaunt aus. »Hi, Mädels, schön, euch zu sehen. Ich hoffe, ihr habt euch bisher nicht allzu sehr gelangweilt – der Film strotzt nicht gerade vor Stunts und Special Effects. Drake, darf ich dir meine Tochter Octavia vorstellen? Und das sind zwei Freundinnen aus der Schule, Jezabel und India.«

»Ihr habt ja ziemlich ausgefallene Namen. Werden alle Mädchen in England so exotisch getauft, oder gilt das nur für euch drei?« Trotz seiner Augenringe klang Drakes Stimme kräftig und warm, und er grinste, während er uns die Hand schüttelte.

India lächelte gekünstelt und warf den Kopf zurück. »Mein Vater hat in Indien seine spirituelle Erleuchtung erfahren, daher mein Name. Rich Withers, du weißt schon.«

»Na dann hast du ja Glück gehabt, dass er die göttliche Erfahrung nicht in irgendeinem Kaff namens Poopsy oder so gemacht hat«, sagte Drake. Ich versuchte verzweifelt, mein Kichern hustenderweise zu übertünchen. »Aber wer bin ich, dass ich mich darüber lustig mache? Mein Name wurde mir von meiner Agentin ausgesucht – sie fand, er klingt irgendwie nobel, und im zarten Alter von dreizehn Jahren wusste ich es nicht besser.« Wir schlenderten auf den Catering-Bus zu. »Ich wollte einfach nur so schnell wie möglich diesen schrecklichen Dwight Simpson loswerden.«

»Du heißt in Wirklichkeit Dwight Simpson?«

»Jep. Ist fast so lächerlich wie Drake, was?«

Es war mittlerweile so unerwartet warm geworden, dass wir beschlossen, das Mittagessen als Picknick zu gestalten. Dad hat am Set am liebsten eine disziplinierte, aber lockere Atmosphäre, in der Hierarchien möglichst keine Rolle spielen sollten, und so saßen in den Pausen alle zusammen, ob Schauspieler, Statisten oder Crewmitglieder. Drake hatte ein eigenes Wohnmobil, setzte sich aber trotzdem lieber zu Dad, Polly und uns. Kurze Zeit später klingelte Pollys Handy und sie entschuldigte sich, und gleich danach musste Dad zum Aufnahmeleiter, um irgendwelche Fragen zu klären. Es war echt seltsam, so in der Oktobersonne auf dem Rasen zu sitzen, Suppe zu löffeln und Sandwiches zu essen, während sich nur wenige Meter von uns entfernt eine auf winterlich getrimmte, frostüberzogene Landschaft erstreckte. Das noch seltsamere Gefühl, sich die Sandwiches mit einem Hollywood-Star zu teilen, löste sich dagegen bald in Nichts auf, denn Drake war einer der umgänglichsten Menschen, die mir je begegnet waren. Wirklich merkwürdig: Er war attraktiver, reicher und tausendmal berühmter als Alex, und trotzdem fühlte ich mich in seiner Gegenwart kein einziges Mal so eingeschüchtert wie manchmal, wenn ich mit Alex zusammen war.

Und offenbar war Drake ein großer Fan meines Vaters. »Ich hab mir echt Sorgen gemacht, ob ich der Rolle gerecht werden könnte. Am Anfang war es mehr so eine Eitelkeitskiste, klar – ich wollte den Leuten beweisen, dass ich was draufhatte, ich wollte keine Schlagzeilen wie ›Montague, bleib bei deinem Leisten‹ lesen müssen. Aber sobald ich anfing, mit deinem Dad zu arbeiten, waren mir die Kritiker und die ganzen Klatschkolumnen auf einmal völlig schnuppe. Ich meine, klar will ich nach wie vor schlechte Kritiken vermeiden – das würde sich ja auf Hector und die ganze Crew hier auswirken. Er hat schließlich ganz schön was riskiert, als er mich besetzt hat. Okay, er kriegt die ganze Publicity frei Haus, aber es gibt auch jede Menge Leute, die nur darauf warten, dass wir beide gnadenlos baden gehen.«

So langsam wurde mir klar, dass Drake der Herzensbrecher und Drake der Schauspieler zwei verschiedene Menschen waren. Jetzt begriff ich auch, wie clever seine Antworten im *Venus*-Interview gewesen waren – er hatte bewusst das gesagt, was die Leute hören wollten, aber nichts wirklich Privates preisgegeben. »Irgendwann«, sagte er, »muss man sich eben entscheiden: Will man sich von der Meute und dem Blitzlichtgewitter absetzen und sein eigenes Ding machen oder will man weiter im Rampenlicht stehen und das Spielchen mitspielen? Wer klug ist, eine *starke* Persönlichkeit, der schafft vielleicht beides. Ich weiß, dass ich das nicht kann. Wenn ich mich von diesem ganzen Superstar-Quatsch freimachen will, dann muss ich das jetzt tun. Sonst ist es zu spät und man hat gar nicht gemerkt, wie das passiert ist.«

Wir schwiegen alle. Ich fragte mich vor allem, wann es eigentlich zu spät war in diesem Geschäft – nach der ersten Entziehungskur oder nach der zehnten? Oder ging es einfach nur darum, nicht berühmt sein zu wollen, das aber zu *brauchen*? Auf jeden Fall, das wusste ich, redete Drake hier von echtem Vierundzwanzig-Karat-rund-um-den-Globus-Ruhm, nicht davon, dass man ab und zu in einer schicken Bar feiert, nachdem man seine Mutter zu einer drittklassigen Preisverleihung begleitet hat. Aber wie auch immer – ich war anders als diese ganzen Glamour-Junkies, das hatte Alex auch gesagt. Und Alex selber würde auch bald anders sein.

India hatte offenbar genug von unseren Gesprächen über lebensverändernde Entscheidungen und Hector Cleeve als Inspirationsquelle. Sie saß Drake genau gegenüber und hatte sich so positioniert, dass ihr enges Kleid ein gutes Stück weit hochgerutscht war. Immer wieder fuhr sie sich lässig durch die Lockenpracht und bog dann den Hals nach hinten, um ihre Mähne auszuschütteln. Auf einmal drehte sie Jess und mir den Rücken zu, beugte sich zu Drake hinüber und sah ihm direkt in die Augen. »Ja, oh ja, ich weiß. Die Erwartungen des Publikums können einen Künstler regelrecht *erdrücken*. Mein Vater sagt immer, die gesellschaftliche Aufgabe eines Künstlers besteht im Wesentlichen darin, als Prophet zu fungieren, als Weiser … damit man eine Art … eine Art *göttlicher Geist* für die Massen wird. Und dann gibt es Leute, die nicht verstehen, die sich *weigern* zu verstehen und die versuchen ihre eigene Unzulänglichkeit … die *Leere* in ihnen … dadurch auszugleichen, dass sie dem wahren Künstler das *Leben aus den Adern saugen*.«

Drake blinzelte. »Na ja, Blutsauger gibt es in Hollywood jedenfalls genug.« Indias Wangen glühten vor leidenschaftlicher Anteilnahme. Dann schlug sie plötzlich einen anderen Kurs ein. Ihre Stimme wurde ganz tief und vibrierend, sie biss sich auf die Unterlippe und senkte schüchtern den Blick.

»Drake, ich weiß, dass du das Buch, auf dem der Film basiert, aus tiefster Seele liebst. Ich habe *Gatherings* erst neulich gelesen, und da ist mir aufgefallen, wie sehr deine Figur an die Werke von Murdoch erinnert … Die rätselhafte Figur, die in der Lage zu sein scheint, die Wege des Schicksals zu lenken … Ich bin *dermaßen* gespannt, inwieweit der Film die metaphysische Dimension des Buches ausloten wird! Und natürlich hängt es von deiner Interpretation der Rolle ab, inwiefern das Rätsel um Luke aufgeklärt wird. Ich … ich meine, ich verstehe wirklich nicht viel davon, aber mir scheint, dass Lukes Lebensweg eine … *platonische* Reise in Richtung Erleuchtung darstellt. Von der materiellen Illusion hin zur spirituellen Wahrheit.«

Drake kratzte sich am Kopf. »Hm … interessante Theorie. Aber was ist mit Kapitel dreizehn? Das ist eindeutig der Wendepunkt des Buches, und ich finde, es stellt deine Theorie ziemlich infrage. Ich meine, was sagst du dazu, wie Luke sich hier Laura gegenüber verhält?«

Es folgte eine erwartungsvolle Pause. Und ich erlebte zum allerallerersten Mal eine unsichere, ja fast schon ängstliche India. Sie lief rot an. »Ja, also … ich … ich finde …« Wir warteten, aber da kam nichts mehr. Und obwohl Drake höflich schwieg, meinte ich ein winziges Zucken seiner Mundwinkel zu sehen. Die Art Zucken, die nur entsteht, wenn man verzweifelt versucht, ernst zu bleiben. Und dann traf mich die glorreiche Erkenntnis: *Sie hat das Buch überhaupt nicht gelesen!* Sie hatte offenbar nur das zitiert, was sie in irgendeiner Rezension oder so gelesen hatte. Sie hat null Ahnung – und Drake wusste das.

Merkwürdigerweise war es Jess, die India zu Hilfe kam. Sie hatte während des Picknicks kaum etwas gesagt und sich, das Gesicht der Sonne zugewandt, ein bisschen abseits gehalten, als wäre sie in Gedanken versunken. Aber mir war nicht entgangen, dass Drake ein paarmal zu ihr rübergeschaut hatte. Jetzt hatte sie sich uns zugewandt und strich sich eine rote Haarsträhne aus dem Gesicht. »Hast du eben gesagt, Luke erinnert dich an Murdochs Werke?«

»Ja«, erwiderte India gereizt. India wäre nicht India gewesen, wenn sie sich von so einer Peinlichkeit nicht schnell wieder erholt hätte. Jetzt war sie offensichtlich beleidigt, und ihre Augen blitzten aggressiv. »Na und?«

»Ich meine ja nur … Ich habe neulich zufällig ein Murdoch-Buch gelesen … Das philosophische Zeug hab ich mal wieder nur zur Hälfte verstanden, aber das Buch war wirklich sehr gut.«

»Ich fand schon immer, dass er ziemlich überschätzt wird«, keifte India.

Drake drehte sich sofort zu Jess um. »Du magst Iris Murdoch also auch? Ist das dein erstes Buch von ihr? Welches ist es denn?«

India klappte die Kinnlade herunter. Der Groschen fiel so peinlich laut, dass man es beinahe wirklich hören konnte. Hastig schloss sie den Mund wieder.

Jess setzte sich bequemer hin. »Eins ihrer späteren Werke – *The Green Knight*. Angefangen habe ich mit *The Flight from the Enchanter*, weil ich den Titel gut fand, und dann hab ich *Bruno's Dream* gelesen, das mir allerdings nicht ganz so gut gefallen hat. Und jetzt wird der Autor von *Gatherings* als ›neuer, männlicher Murdoch‹ gehandelt. Aber ehrlich gesagt möchte ich mich mit dem neuen Murdoch gar nicht beschäftigen, bevor ich die alte Murdoch nicht besser kenne, verstehst du.«

Sie lächelte sanft in die Runde. Die schwache Spätherbstsonne ließ ihre Haarfarbe, genau wie India betont hatte, noch intensiver leuchten. Aber es war ein echtes, üppiges Rotgold, das nichts Karottiges an sich hatte. Sie hatte es beinahe nachlässig hochgesteckt und mit einem türkisfarbenen Tuch zusammengebunden. Mir war bislang noch nie aufgefallen, wie grün ihre Augen waren. Und ich hatte auch keine Ahnung gehabt, dass sie so belesen war. Dann dachte ich daran, wie oft ich sie schon mit der Nase in einem Buch gesehen hatte – sie erzählte nie, was sie gerade las, und ich hatte sie auch nie danach gefragt, fiel mir beschämenderweise ein.

Jetzt waren sie und Drake voll in Fahrt – und da ging es nicht mehr nur um Iris Murdoch. Offenbar hatten sie beide noch mehr gemeinsame Lieblingsschriftsteller.

»Hast du auch das Buch gelesen von …«

»Was hältst du von …«

»In den Rezensionen hieß es …«

»Die Schlusspointe ist doch …«

»Ja, aber findest du nicht auch, dass …«

Sie brachen ihre Unterhaltung erst ab, als Drake zum nächsten Dreh gerufen wurde. Jess sah ihm stirnrunzelnd nach. Dann wanderte ihr Blick zu mir und sie zog verschmitzt die Augenbrauen hoch. Das Blitzen in ihren Augen war nicht zu übersehen, und ich grinste unwillkürlich zurück. India war schon zu Beginn der »Hast du schon … gelesen?«-Unterhaltung abgerauscht. Selbst aus dieser Entfernung konnte ich erkennen, dass sie auf Teufel komm raus mit dem Publicity-Manager, dem Sanitäter und einem Lichttechniker flirtete.

Es war mittlerweile später Nachmittag und lange Schatten krochen über den Rasen. Jess und ich schlenderten wieder zum Drehort – es war eine andere Szene als die vom Vormittag und sie spielte in einer anderen Ecke des Parks. Im Hintergrund war ein sorgfältig choreografiertes Fußballspiel im Gange, und Drake sowie die anderen Figuren sahen ihm zu. Diesmal bedeckte kein Reif den Rasen, und die Schauspieler trugen keine Wollmäntel, denn die Handlung sollte etwas früher im Jahr stattfinden.

Jess und ich sahen eine Weile schweigend zu, jede von uns in ihre eigene Gedankenwelt versunken. Ich wollte gerade verkünden, dass ich jetzt langsam nach Hause wollte, und sie fragen, ob sie mitkommen würde, da löste sich Drake plötzlich aus der Schauspielergruppe und eilte auf uns zu.

»Hector meinte, ihr geht wahrscheinlich gleich, und da wollte ich mich unbedingt verabschieden. War wirklich schön, dass ihr da wart.«

Wir gaben die üblichen Höflichkeitsfloskeln von uns. Drake zögerte. »Also, ich meine … jetzt wo wir uns so gut über Iris

Murdoch und so weiter unterhalten haben … Demnächst findet eine Literaturlesung statt, und da möchte ich unbedingt hin, wenn ich es irgendwie schaffe. Der Autor von *Gatherings* liest aus seinem neuesten Buch, aber es geht da auch um andere Werke und um die Ideen und philosophischen Studien anderer Leute. Für mich wäre das also so was wie Recherchearbeit. Wie wär's – habt ihr Lust, auch zu kommen?«

Die Einladung war an uns beide gerichtet, aber Drake sah dabei nur Jess an. Ich sagte sofort heldenhaft mit der Begründung ab, ich würde es vermutlich zeitlich nicht schaffen. Jess sagte nur auf ihre übliche ruhige Art: »Ja, das hört sich gut an«, aber sie lächelte fröhlich, und Drake auch.

»Schön! Wir bleiben in Verbindung. Ich muss jetzt leider los – tschüss, Jess, tschüss, Octavia, tschüss … äh … India.« Damit war er verschwunden.

Als wir uns umdrehten, stand India hinter uns, ein höhnisches Lächeln im Gesicht. Aber sie sagte kein Wort, starrte uns nur lange an, schleuderte ihre Locken nach hinten, wirbelte dann auf dem Absatz herum und stolzierte die Zufahrt hinunter. Jess sah auf einmal total bestürzt aus.

»Oh Gott. Das hätte ich mir eigentlich denken können. Jetzt hab ich's mir mit India komplett versaut, was? Dabei sollte ich doch mit hierher kommen, um die Sache leichter zu machen, nicht schwieriger. Es ist nur … Drake … er … ich wollte nicht …«

»Mach dir deswegen keinen Kopf – ich mach mir jedenfalls keinen«, versicherte ich ihr, obwohl ich selbst nicht ganz so überzeugt war. »Die Einzige, die heute irgendwas versaut hat, ist India selber. Und ehrlich gesagt war es mir die Sache absolut wert. Wie sie geguckt hat, als Drake sie nach dem dreizehnten Kapitel gefragt hat – göttlich! Davon werde ich bis an mein Lebensende zehren.«

»Ja, das war wirklich hübsch«, sagte Jess kichernd. Dann verzog sie das Gesicht. »Ich wünschte allerdings, sie wäre nicht gerade zu dem Zeitpunkt wieder aufgetaucht, als Drake uns zu der Lesung eingeladen hat. Ich fand es echt lustig, und es geschieht ihr nur recht, aber jetzt wird sie garantiert *richtig* sauer sein. Und das auf uns beide.« Ich neigte dazu, ihr Recht zu geben – Martin Craddock, Desdemona Hughes und all die anderen India-Opfer zogen vor meinem geistigen Auge vorbei. Aber darüber würde ich mir ein andermal Gedanken machen. Im Moment genoss ich das glückliche Funkeln in Jess' Augen.

»Keine Sorge. India hat sich heute richtig schön zum Affen gemacht, während du den ganzen Ruhm eingesackt hast – und nur das zählt. Es war doch mehr als eindeutig, dass Drake nicht *uns* zu der Lesung eingeladen hat, sondern *dich.*«

Ich an ihrer Stelle wäre vermutlich vor Freude wie eine Irre herumgehüpft und hätte hysterisch gekreischt, aber das war nicht Jess' Art. Und das hatte nichts mit der Darling-Attitüde zu tun. Jess war einfach so – bedächtig, ruhig, immer schön einen Schritt nach dem anderen. Sie traf ihre Entscheidungen bewusst und sorgfältig.

»Drake Montague«, sagte sie nachdenklich, als würde sie ein neues Wort ausprobieren. Dann schüttelte sie lächelnd den Kopf. »Wow!«

Zu Hause angekommen, blieb mir nicht viel Zeit, um mich für die Party mit Viv fertig zu machen. Nach den ganzen Irrungen und Wirrungen des Tages war ein großes gesellschaftliches Event, auf dem ich kaum jemanden kannte, so ziemlich das Letzte, was ich mir wünschte, aber ich wusste, Viv würde mich umbringen, wenn ich jetzt noch einen Rückzieher machte. Ich sah aufs Handy in der Hoffnung auf eine aufmunternde Nachricht von Alex, aber vergeblich; er hatte sich seit seiner Abreise nach Rom am Dienstag nicht mehr gemeldet. Wahrscheinlich war er mit den ganzen heißblütigen Italo-Schönheiten zu beschäftigt, um an mich zu denken, überlegte ich grummelnd, während ich mir Badewasser einließ und mich auf die Suche nach etwas zu essen machte.

Lady J. stieß zu mir in der Küche, als ich mir gerade den letzten Bissen meines Käsetoasts in den Mund schob. Sie war eindeutig hin und her gerissen zwischen ihrem Desinteresse an allem, was mit dem »armen Hector« zu tun hatte, und ihrer brennenden Neugier in Sachen Drake-Montague-Klatsch. Sie versuchte sich an ein paar einleitenden Fragen (»Und, wie war dein Tag, Schätzchen?«), aber so leicht wollte ich es ihr nicht machen, also hielt ich meine Antworten so schlicht und nichts sagend wie möglich. Schließlich siegte ihre Neugier und sie fragte mich geradeheraus.

»Willst du mir denn gar nicht erzählen, wie Drake so ist?«

Ich dachte einen Moment nach. »Schlau. Still. Nett ... und so gar nicht protzig. Ich glaube, Dad hat da aufs richtige Pferd gesetzt.«

Meine Mutter schürzte die Lippen. »Hmpf. Bestimmt sieht er umwerfend gut aus, nicht wahr? So gut wie auf der Leinwand?«

»Ehrlich gesagt, sogar noch besser.«

»Ahh.« Jetzt war meine Mutter zufrieden. »Und hatten India und deine andere Freundin ... äh ... Jessica ... auch einen schönen Tag?«

»Jess ganz bestimmt. Sie geht demnächst mit Drake zu einer Literaturlesung. Wusstest du eigentlich, dass er in Wirklichkeit Dwight Simpson heißt?«

Aber meine Mutter hatte kein Interesse an Dwight Simpson. Sie runzelte die Stirn. »Er nimmt Jess mit? Die Rothaarige? Nicht India? Seltsam. Und dann auch noch eine Literaturlesung! Obwohl …«, sagte sie und streckte den Rücken durch, »… eigentlich sollte er eher *dich* ausführen. Schließlich hast *du* die Connection.«

»Aber da hätte Alex vielleicht was dagegen«, erwiderte ich, wobei ich mir ein Lächeln nur schwer verkneifen konnte.

Doch Lady Jane entging der ironische Unterton in meiner Stimme. Sie blickte nachdenklich drein und nickte dann verständnisvoll. »Ja, du hast wahrscheinlich Recht. Männer können in solchen Sachen furchtbar empfindlich sein. Aber eigentlich … Ich meine, Alexis ist natürlich wunderbar, aber wenn Drake … also … Jess *ist* doch die Rothaarige, oder nicht?«

Ich traf Viv vor der U-Bahn-Station. Sie hatte einen langweiligen Tag in der Bank, in der ihr Vater arbeitete, hinter sich, und konnte es kaum erwarten, auf die Party zu kommen. »Na dann erzähl, schnell, bevor wir da sind. Wie war's?«

»Katastrophal. Genial.« Ich wusste es selbst nicht so genau. Ich schilderte ihr in knappen Worten, was heute passiert war, aber Viv schien am meisten davon beeindruckt, dass Drake sich als Bücherwurm entpuppt hatte. Sie runzelte misstrauisch die Stirn.

»Bist du *sicher*, dass das derselbe Typ ist wie in *Psychlone*? Der ständig alles kaputtgeschlagen und gegrunzt hat?« Ich versicherte ihr, dass es sich um ein und denselben Menschen handelte. »Wow!«, staunte sie. »Drake Montague kann *lesen*! Das ist genau so, als würde man rausfinden, dass Rich Withers in seiner Freizeit Topflappen häkelt!«

Kaum hatte sie das gesagt, standen wir schon vor dem Haus, in dem die Party stattfinden sollte. Ich wollte mich schon hinter Viv verstecken, da fiel mir ein, dass ich ja jetzt nicht mehr Dave, der Obelisk, war, sondern Octavia, Gemahlin des Prinzen aller A-Liga-Männer, Begleiterin von Filmstars und außerdem diejenige, die PeePee ausgestochen und Nick beeindruckt hatte. Also folgte ich Viv in die Eingangshalle, als wäre es mein verbrieftes Recht, hier zu sein und einen lustigen Abend zu erwarten. Ein merkwürdiges Gefühl. Seit ich mit Alex zusammen war, war ich viel selbstbewusster geworden. Und die Gewissheit, dass der Abend eine darling-freie Zone sein würde, befreite mich von dem Druck, den ich fast schon als Bestandteil des normalen sozialen Lebens akzeptiert hatte.

Und es wurde wirklich ein toller Abend. Ich klebte weder die ganze noch die meiste Zeit an Viv, sondern unterhielt mich mit vielen Leuten, tanzte mit einigen und amüsierte mich blendend. Es war supereinfach, India zu vergessen, wenn man von Menschen umgeben war, die keine Ahnung hatten, wer sie war, und denen das auch völlig egal war.

Nach der Party, als wir draußen auf den Nachtbus warteten, erzählte ich Viv, wie Klasse ich den Abend gefunden hatte, und bedankte mich dafür, dass sie mich mitgeschleift hatte. Sie lächelte zufrieden. »Du hast echt Glück, Viv. Deine Freunde … die Leute aus deiner Schule … die sind so … na ja, so normal eben. Lustig und interessant, und sie labern nicht ständig irgendwas über ihre letzte Psychiater-Sitzung oder ihren Model-Vertrag oder wie oft sie letzten Monat im *Prattler* waren … Die sind echt cool. Nicht so aufgeblasen.«

»Ja, da hast du Recht«, sagte Viv gedehnt. »Wir – *sie* – sind echt ein netter Haufen. Im Großen und Ganzen jedenfalls. Das heißt aber noch lange nicht, dass es bei uns an der Schule nicht auch Idioten gibt. Wir haben auch unsere zickigen Möchtegern-Schönheiten wie India und schäbigen Schleimer wie Zack und hirnlosen Mitläufer wie China und die ganzen anderen. Solche Leute trifft man überall. Und *die* sind auch normal.«

Einerseits hatte Viv bestimmt Recht, aber andererseits dachte ich nach wie vor, dass Darlinham House besonders viele und besonders ätzende Exemplare der aufgezählten Gattungen beherbergte. Aber als ich das zu Viv sagte, sah sie mich auf einmal sehr eindringlich an.

»Jetzt mal ganz ehrlich. Glaubst du wirklich, dass Alex sooo anders ist als die restlichen Darlings?«

»Ja, allerdings«, antwortete ich trotzig. »Er *respektiert* mich gerade deswegen, weil ich nicht so oberflächlich und etepetete bin wie alle anderen. Und er will auch nicht, dass die Leute *ihn* so abstempeln. Er hat gesagt, er will sich ändern.« Na ja, genau so hatte er es nicht gesagt, aber ich wusste, dass er es so gemeint hatte.

»Er *will sich ändern*? Ach komm schon, Süße – das ist doch der abgelutschteste Spruch überhaupt. Auf den fallen unterdrückte Frauen schon seit Jahrzehnten immer wieder rein.«

»Alex ist weder ein Frauenverachter noch ein Frauenunterdrücker, also echt!« Langsam wurde ich etwas säuerlich.

»Nein, er ist nur ein armer kleiner reicher Junge, der ernst genommen werden will.«

»Und was ist daran so schlimm? Hör zu, ich weiß, dass er nicht perfekt ist, das hab ich auch nie erwartet. Aber du kennst ihn noch gar nicht und verurteilst ihn schon. Überleg doch mal, was er bisher für ein Leben hatte: ein superzickiges Supermodel als Mutter, einen durchgeknallten Rockstar als Vater, Exfreundinnen aus der Designerhölle, ein Schickimicki-Internat … Eigentlich ein Wunder, dass Alex nicht genauso ein Monster geworden ist wie seine Schwester. Aber jemand wie du kann natürlich überhaupt nicht nachvollziehen, unter was für einem Druck er da steht!«

Viv starrte mich an. »*Jemand wie ich*? Soll heißen, jemand aus der stinknormalen Feld-Wald-Wiesen-Unterklasse?«

»Oh Gott, Viv, nein … das habe ich nicht gemeint. Tut mir Leid, aber du weißt doch, dass ich das nicht …«

»Du brauchst dich nicht zu entschuldigen. Du hast ja irgendwie Recht – ich kann mir unmöglich vorstellen, wie traumatisch es sein muss, eine Kindheit durchzustehen, in der einem alles in den Hintern geblasen wird.«

Die nächsten Minuten vergingen in völligem Schweigen. Ich hätte mich selber dafür ohrfeigen können, dass ich den Abend versaut hatte, aber ich wusste nicht, wie ich das jetzt wieder gerade biegen sollte. Und als der Bus schließlich in Sicht kam, war es Viv, die den ersten Schritt machte.

»Weißt du was? Wenn du sagst, Alex gehört zu den Guten, dann glaub ich dir das jetzt einfach mal. Du hast Recht, es ist ungerecht, ihn schon zu verurteilen, noch bevor ich ihn kennen gelernt habe.«

»Trotzdem – ich hätte vorhin nicht so einen Lady-Jane-Mist von mir geben sollen. Keine Ahnung, was da in mich gefahren ist.«

»Schon gut, vergiss es«, sagte sie, während sie in den Bus stieg. »Halten wir einfach mal fest, dass Alex den ersten Schritt auf dem steinigen Weg zur sozialen Rehabilitation gemacht hat. Aber ich finde nach wie vor, dass du ein bisschen … vorsichtig sein solltest. Nur zur Sicherheit.«

Am Montag war Jess nicht in der Schule. India schon – und als ich ankam, schwang sie gerade große Reden im Aufenthaltsraum, während die anderen Darlings auf den schwarzen Ledersofas fläzten und sich die ersten Espressi und Zigaretten des Tages gönnten.

»… was für eine Enttäuschung! Tja, man sollte den ganzen Hype, der um solche Leute gemacht wird, nie zu ernst nehmen. Drake Montague und ein Intellektueller – ha! Keine Ahnung, wessen Idee es war, ihn als Muskelprotz mit Grips zu promoten, aber auf jeden Fall ist das Ding so was von nach hinten losgegangen! So ist das eben mit billigen Tricks. Und wisst ihr was – in Wirklichkeit sieht er gar nicht so gut aus. Jedenfalls nicht, wenn man ganz nah rangeht. Ehrlich gesagt«, sie senkte verschwörerisch die Stimme, »war es fast schon peinlich, wie er sich krampfhaft angestrengt hat, zu wirken, zu beeindrucken. Hat mir richtig Leid getan. Und der arme Hector Cleeve auch. Die sind beide anscheinend ziemlich *überfordert.*«

Es fiel mir schwer, angesichts solcher Sprüche ruhig zu bleiben, aber ich wusste, dass meine einzige Chance auf einen friedlichen Start in die Woche darin bestand, India aus dem Weg zu gehen. Nur blöd, dass India mir dazu, von der Sekunde an, in der sie mich erblickte, keine Möglichkeit gab.

»Oh, schau an, der Obelisk ist wieder da. Hattest du ein schönes Wochenende, Davy? Lex ist aus Rom zurück, aber das weißt du bestimmt längst. Er hat dich doch sicher sofort nach seiner Landung angerufen, oder? Nein? Komisch ... Na ja, jedenfalls war es wohl ganz großartig in Rom. Raffaella und er sind schon seit Jahren *richtig eng* befreundet, und sie ist immer gut drauf – ein richtiges Partygirl, die Gute. Und stell dir vor, so ein Zufall – LeeLee musste genau zur gleichen Zeit für ein Fotoshooting nach Rom ... Dave, stimmt was nicht? Du siehst irgendwie blass aus ...« Die gespielte schwesterliche Besorgnis troff ihr aus jeder Pore. »Nein, du musst dir aber wirklich keine Sorgen machen! Ich bin sicher, dass das Verhältnis zwischen Lex und LeeLee rein platonisch ist.«

Das Stichwort konnte ich mir unmöglich entgehen lassen. Ich riss in gespielter Unschuld die Augen weit auf. »Platonisch? Du meinst, in der Bedeutung von Nur-gute-Freunde? Oder eher … wie war das? Ah ja. ›Eine platonische Reise in Richtung Erleuchtung. Von der materiellen Illusion hin zur spirituellen Wirklichkeit.‹ Hast du das nicht neulich so formuliert?«

China, Asia, Zack und die anderen blickten verwirrt drein. Und India wurde tatsächlich ein bisschen rot. Diesmal, dieses eine einzige Mal, hatte ich es geschafft, sie mundtot zu machen.

Am Dienstag kreuzten weder Jess noch India in der Schule auf. Ich führte das auf ein verschwommenes Foto zurück, das auf Seite zwei des *Daily Bellower* erschienen war – unter der Überschrift »Montague in Begleitung einer geheimnisvollen rothaarigen Schönheit gesichtet«. Und der *People's Snitch* verkündete auf Seite vier: »Drake Montague, glutäugiger Held aus *High School Romeo* und dem Kinohit des Sommers, *Psychlone*, wurde neulich dabei beobachtet, wie er einen nächtlichen Stadtbummel in Gesellschaft einer unbekannten Schönen mit flammend rotem Haar genoss.« Außerdem stand da, Drake sei derzeit in London, um einen »hippen britischen Film« zu drehen, bei dem »Hester Clive« Regie führte.

Drake war auf dem Foto gut zu erkennen, aber die Gesichtszüge der unbekannten rothaarigen Schönheit waren ziemlich verschwommen, vermutlich weil sie sich gerade bewegt hatte, als das Bild geschossen worden war. Im Hintergrund meinte ich einen Mann an einem Lesepult zu erkennen. Offenbar beinhaltete ein »nächtlicher Stadtbummel« in der Definition der Boulevardpresse durchaus auch eine Literaturlesung.

Jess kam insgesamt recht glimpflich davon; Prinz Richards Herumpoussiererei mit einer libanesischen Bauchtänzerin nahm in den Klatschkolumnen den meisten Raum ein. Merkwürdigerweise war die Identität der rothaarigen Unbekannten in Darlinham House jedem sofort bekannt. Darlings behaupten, sie würden niemals Zeitung lesen (und ahmen damit die Haltung ihrer Eltern der Presse gegenüber nach – eine seltsame Mischung aus Angst, Respekt und Verachtung), aber komischerweise kennen sie die neuesten Klatsch-und-Tratsch-Schlagzeilen immer in- und auswendig. Offenbar beschlossen alle, die Mädchen ganz besonders, sich von den Drake-News nicht beeindrucken zu lassen, aber da India in dem Fall in eine andere Richtung tendierte, fiel ihnen das nicht so ganz leicht.

»*Flammend rot*! Ha! Weiß doch jeder, dass das nur eine nette Umschreibung für karottig ist!«

»Vielleicht hat Drake ja eine Schwäche für Rothaarige. So eine Art perverse sexuelle Neigung.«

»Echt merkwürdig … Wo waren die denn? Also ich kenne die Bar jedenfalls nicht.«

»Der Obelisk wird's vermutlich wissen«, sagte jemand. »Immerhin hat sie Jess und India am Freitag mitgenommen.«

Ich zuckte mit den Schultern. »Keine Ahnung.«

»Na ja«, sagte Asia von oben herab. »Mir tut Jess ehrlich gesagt Leid. India hat doch gesagt, dass Drake der totale Versager ist. Und dazu auch noch potthässlich.«

Aber davon schien nicht jeder überzeugt zu sein. Tallulah starrte wehmütig ins Leere. »Trotzdem … Ich weiß nicht … Ich glaube, ich würde ihn trotzdem nicht von der Bettkante schubsen.«

»Wisst ihr, ich hab schon immer vermutet, dass Jess eine richtige Schlange ist«, gestand Seth. »Sie hat so was … Hinterfotziges.«

»Ja, stille Wasser sind tief«, sagte Zack und grinste anzüglich zu mir herüber.

Ich empfand es als Erlösung, Darlinham House am Mittag entfliehen zu können, um mit Alex essen zu gehen (Indias Andeutungen zum Trotz hatte er am Montagabend angerufen und sich entschuldigt, weil er sich nicht schon früher gemeldet hatte). Unser letztes Treffen war schon über eine Woche her, und trotz der Ereignisse vom Freitag freute ich mich darauf. Das Lokal lag in Bloomsbury, in den Räumlichkeiten eines exklusiven Clubs, und hatte einen sonnendurchfluteten Speiseraum mit deckenhohen Fenstern und Schwarz-Weiß-Fotos von Stil-Ikonen der 60er an den Wänden. Aber das Mittagessen begann nicht gerade gut. Alex schien die Feierei der vergangenen Woche noch in den Knochen zu stecken, außerdem hatte er sich eine Erkältung eingefangen und war daher ziemlich gereizt.

»Früher waren die aber viel wählerischer, was das Publikum angeht«, raunte er mir mit Blick auf zwei Frauen, die gerade gingen, deutlich vernehmbar zu. Die beiden waren mollig und unterhielten sich gut gelaunt über die Vorzüge und Nachteile verschiedener Hundeshampoos. Wir mussten kurz warten, bis man uns zu unserem Tisch führte, was Alex regelrecht als persönlichen Affront auffasste. »Und das Personal wird wohl auf der Bonanza-Burger-Restaurantfachschule ausgebildet. Hey, Sie. Ja, Sie. Wir warten hier schon seit zehn Minuten.«

»Tut mir ausgesprochen Leid, Sir, aber wir haben im Moment einen kleinen Personalengpass …«

»Ich will keine Ausreden. Ich will *Service*. Wäre vielleicht besser, Sie würden sich am Abwasch beteiligen statt untätig in der Gegend herumzustehen, dann ginge alles vielleicht ein bisschen schneller. Besteht die Aussicht, dass wir innerhalb der nächsten Stunde endlich unseren Tisch bekommen, oder was?«

»Sehr wohl, Sir. Wenn Sie mir jetzt bitte folgen würden …« Der Ober stakste, den Rücken steif vor Abneigung, vor uns her durch den Raum. Ich dankte ihm, merkte aber, dass sich das auch herablassend anhörte.

»Indy ist von dir zurzeit ja nicht gerade begeistert«, sagte Alex, als wir endlich an einem Tisch Platz genommen hatten, der seine Zustimmung fand.

»Aha? Wieso, was hat sie gesagt?« Da *ich* im Moment von *ihm* auch nicht gerade begeistert war, fiel es mir schwer, meiner Stimme den nötigen besorgten Klang zu verleihen. Im Gegenteil, ich hörte mich absolut frostig an, aber Alex fiel die eisige Atmosphäre, die sich über unsere Nische gesenkt hatte, offenbar gar nicht auf.

»Ach, nichts Besonderes ... Du kennst sie doch ... wahrscheinlich kriegt sie nur ihre Tage ... Verdammt, das Glas hier ist *warm*! Wahrscheinlich kommt es direkt aus dem Geschirrspüler! Hier, fühl mal.« Ich fühlte – ja, das Glas war warm, ganz leicht lauwarm. »Die Idioten erwarten doch nicht allen Ernstes von mir, dass ich aus diesem Ding Wein trinke!« Er beorderte unseren gebeutelten Ober an den Tisch und forderte ein neues, gekühltes Weinglas. Und eine andere Einstellung der Jalousien, da das einfallende Licht ihm in die Augen scheine. Und ein anderes Mineralwasser, da diese Marke einen schlechten Nachgeschmack hinterlasse.

Die anderen Gäste des Lokals signalisierten längst durch hochgezogene Augenbrauen und vielsagende Blicke ihre Missbilligung. Ich spürte, wie meine Wangen vor Peinlichkeit ganz heiß wurden, dachte aber, dass ein Streit zwischen Alex und mir die Situation bestimmt nicht gerade verbessern würde. Und wenn ich ihm unter dem Tisch leicht ans Schienbein trat, würde er sich ganz bestimmt über heimtückische Tischbeine beschweren und das Restaurant auf Schmerzensgeld verklagen.

»Unternimmst du eigentlich viel mit India?«, fragte er.

»Hm, na ja, unsere Klasse ist nicht so groß. Wir hängen irgendwie alle ziemlich viel zusammen herum«, antwortete ich ausweichend.

»Ja, aber mit wem verbringst du *besonders* viel Zeit? Mit wem möchtest du gesehen werden?« Er beugte sich über den Tisch zu mir herüber.

»Mit wem ich *gesehen werden möchte*?« Ich starrte ihn an. »Was ist denn aus deinem Vorsatz geworden, nur noch mit Leuten zusammen sein zu wollen, die du magst? Die du näher kennen lernen willst? Du weißt schon, Leichen im Keller und so weiter ...«

»Oh ... ach ja.« Er runzelte die Stirn, dann verzog er das Gesicht und lächelte schräg. »Tut mir echt Leid, Octavia. Ich kann manchmal echt ein Kotzbrocken sein, das weiß ich selber. Alles nur 'ne Masche, die große Klappe und alles. Wahrscheinlich will ich damit nur von irgendeinem Minderwertigkeitskomplex ablenken oder so.« Er drückte meine Hand und sah mich besorgt an. »Ich komme mir vor wie der letzte Idiot, aber das ist auch keine Entschuldigung.«

Danach wurde es besser. Das Essen schmeckte ausgezeichnet. Alex stocherte nur in seinem Salat herum, während ich mir ein geniales Wild-Frikassee einverleibte, gefolgt von einem flambierten Käsekuchen mit Aprikosen. Alex sah mir fasziniert beim Essen zu.

»Du bist meine erste Freundin, die so isst.«

»Wie – so?«, fragte ich misstrauisch, die mit Käsekuchen beladene Gabel in der Luft.

»Na ja, wie ein Kerl. Nein, nein, keine Sorge«, fügte er hastig hinzu, »ich finde das echt süß. Eigentlich kenne ich noch ein Mädchen, das so isst wie du – Raffaella. Aber die geht hinterher aufs Klo, steckt sich den Finger in den Hals und kotzt alles wieder aus.« Ich sah ihn an, weil ich dachte, das muss ein Witz sein, aber sicher war ich mir nicht. Aber die Erwähnung des Namens Raffaella erinnerte mich an etwas, was die ganze Zeit an mir genagt hatte.

»Hat es Pee … LeeLee in Rom gefallen?«

»Was?« Bildete ich mir das nur ein oder war Alex plötzlich total erschrocken?

»LeeLee. India hat erzählt, sie wäre auch in Italien gewesen. Zur gleichen Zeit wie du.« Ich gab mir alle Mühe, sorglos zu klingen. Freundliches Interesse heucheln, mehr nicht.

»Ach so, ja. LeeLee … geht's gut. Sie arbeitet ziemlich viel.«

Ach die Arme, dachte ich … Dieses langweilige Abhängen in Rom und dann diese ganzen ätzenden Designer-Klamotten anziehen und sich von allen Leuten sagen lassen müssen, wie göttlich man aussah … Musste echt hart sein.

Ich beschloss das Thema zu wechseln, und wir brachten die Mahlzeit wesentlich fröhlicher zu Ende, als wir sie begonnen hatten. Zum Schluss verkündete Alex, er würde jetzt nach Hause fahren und sich ein paar Tage richtig auskurieren, würde sich aber so bald wie möglich melden. »Du hättest wirklich mitkommen sollen nach Rom«, sagte er beim Abschied. »Das wäre echt wild geworden.« Ich erinnerte ihn nicht daran, dass er mich gar nicht eingeladen hatte, mitzukommen.

Obwohl ich das Essen unterm Strich schön gefunden hatte, hinterließ es doch einen schalen Nachgeschmack. Zum einen wegen Alex' Reaktion auf meine Erwähnung von PeePee, zum anderen aber auch wegen des Blickes, mit dem uns der Ober zum Schluss bedacht hatte – *schon wieder zwei so verzogene reiche Kids,* war ihm bestimmt durch den Kopf gegangen. Klar, Alex hatte sich bei mir dafür entschuldigt, dass er so ein »Kotzbrocken« gewesen war, und ich nahm es ihm ab, dass er es ehrlich gemeint hatte. Im Verlauf des Mittagessens hatte er auch immer mal wieder eine selbstironische Bemerkung fallen lassen, als blitzte ab und zu ein Funken Selbsterkenntnis auf, und jedes Mal empfand ich dabei ein warmes, zärtliches Gefühl für ihn. Aber das änderte nichts daran, dass er den Restaurantangestellten gegenüber schrecklich unhöflich gewesen war, und er hatte es nicht einmal richtig bemerkt. Ich dachte an das Picknick mit Drake Montague, wie wir da auf dem Rasen gesessen und Sandwiches vertilgt hatten. *Früher oder später,* hatte er gesagt, *muss man eine Entscheidung treffen.*

Ich hätte gern mit Viv über das alles gesprochen, aber ich wusste schon von vornherein, was sie sagen würde. Hatte ich was anderes erwartet? Alex war eben ein unreifer, arroganter Chauvi, der mich überhaupt nicht verdiente. Oder überhaupt irgendeine Frau verdiente. Die Kommentare meiner Mutter waren gleichermaßen vorhersehbar – jeder wusste doch, was Alexis für ein charmanter, gut aussehender junger Mann war, und als Sohn von Rich Withers war es doch nur logisch, dass er vielleicht ein bisschen … stürmisch war, aber wenn er zu brav wäre, wäre es doch auch wiederum irgendwie … langweilig. Was Dad anging – seit Freitag hatte er nur Zeit für ein Drei-Minuten-Telefonat gehabt, bei dem ich mich dafür bedankt hatte, dass wir den Drehtag hatten miterleben dürfen. Natürlich hätte ich Jess anrufen können … Aber ihr Erscheinen in den Klatschkolumnen war noch nicht lange her, und ich wollte nicht, dass sie dachte, ich würde ihr Drake schlecht reden wollen. Kein Wunder, dass sie sich nicht blicken ließ – ich an ihrer Stelle wäre dem Rachefeldzug von India & Co auch so lange wie nur möglich ausgewichen. Aber gerade als ich beschlossen hatte, Michael anzurufen, um mich über angenehme, belanglose Sachen wie die Farbgebung des Esszimmers zu unterhalten, rief Jess selber an. Offiziell, um mich zu fragen, was sie in der Schule verpasst hatte – aber dann kam sie sehr schnell zur Sache.

Nachdem ich ihr versichert hatte, dass die großen Tiere in Darlinham House ihre Abwesenheit noch nicht kommentiert (und auch noch gar nicht zur Kenntnis genommen) hatten, fragte sie, ob India denn zur Schule gekommen sei. Ich sagte, India hätte sich bestimmt zu Hause vergraben, um über die Zeitungsfotos zu schmollen. Jess schwieg daraufhin. Ich war mir nicht sicher, ob sie nach Drake gefragt werden wollte. »Aha. Ich gehe davon aus, dass die anderen Darlings die Bilder auch gesehen haben?«, fragte sie schließlich.

»Jep. Asia, China und Cleopatra bedauern dich zutiefst. Twinkle und Tallulah haben sich noch keine eigene Meinung gebildet. Ach, und Seth sagt, er hätte ja schon immer geahnt, dass du insgeheim eine hinterfotzige Schlange bist.«

Jess lachte. »Fein, dann kann ich mich also darauf verlassen, dass man mich ignoriert, wenn ich zurückkomme?« Ich versicherte ihr, dass niemand sich die Blöße geben würde, sich auch nur den Hauch eines Interesses an ihrem oder Drakes Privatleben anmerken zu lassen.

»Wie war's denn überhaupt bei der Lesung?«, fragte ich schließlich doch.

»Oh, richtig nett. Der Autor … du weißt schon, der *Gatherings* geschrieben hat … na ja, am Anfang waren wir etwas irritiert, weil er ziemlich nervös und nuschelig klang. Aber als er einmal in Fahrt gekommen war, wurde es richtig toll! Am Ende hat er Fragen beantwortet und so. Drake kannte ihn schon, deswegen hat er ein signiertes Exemplar für mich organisiert. Hinterher sind wir dann Pizza essen gegangen. Da musste Drake sich mit so einer komischen zotteligen Perücke verkleiden.«

»Also war Drake … freundlich?«

»Du weißt doch, wie er ist. Total nett.«

»Nur nett?«, rutschte es mir heraus.

»Ja, einfach nur nett.« Jess hörte sich gleichermaßen entspannt wie belustigt an. »Wir haben festgestellt, dass wir ganz viel gemeinsam haben – also in Sachen Vorlieben und Abneigungen, meine ich. Natürlich unterscheidet sich sein Lebensstil komplett von meinem. Also haben wir da gesessen und geredet und geredet ... Drake hat nicht besonders viel Freizeit, und bald fliegt er natürlich zurück in die Staaten. Aber wir wollen irgendwann nächste Woche zusammen ins Theater, wenn's klappt.«

»Klasse«, sagte ich matt. Wie konnte Jess bloß so lässig mit dem Thema umgehen? So völlig locker? Vielleicht war ich ja bloß die totale Neurotikerin und sah überall Komplikationen und Probleme, wo es überhaupt keine gab.

»Übrigens wollte ich mich noch mal bei dir bedanken. Für Freitag, und überhaupt. Ich weiß, dass du das alles nicht ganz so geplant hattest ... Wie läuft's eigentlich mit dir und Alex?«

»Oh, bestens«, antwortete ich leichthin, hatte dabei aber ein schlechtes Gewissen. »Alles bestens.«

Nachdem ich die ganze Woche ausgiebig in Selbstmitleid gebadet hatte, wollte ich mir am Freitag nach der Schule einen faulen Abend gönnen, mit Fernsehen und Fußnägel lackieren und der Wahl zwischen einer Packung Essig-Chips und einer Tüte Bananenscheiben in Jogurt-Schoko-Mantel. Die ultimative Fauler-Sack-Therapie. Aber gerade als ich es mir vor einer Zeichentrick-Sendung gemütlich gemacht hatte, klingelte es an der Tür – typisch. Es war Alex.

»Hi.«

»Hi.«

Wir waren wohl beide etwas erschrocken – ich, weil Alex so ziemlich der letzte Mensch war, mit dem ich zu Beginn eines Couch-und-Chips-Abends gerechnet hätte (oder den ich hätte sehen wollen), und Alex, weil der Anblick von mir in Uralt-T-Shirt und ausgebeulter Hose und mit Bananenchipskrümeln im Mundwinkel für ihn bestimmt eine Überraschung darstellte. Bisher hatte er mich ja nur gesehen, wenn ich schon eine stundenlange Schönmach-Session hinter mir hatte, inklusive Lipgloss, gestylten Haaren und Lady-Janes-Kleiderschrank-einmal-auf-den-Kopf-Stellen.

»Jemand hat mich unten reingelassen«, erklärte er mit hochgezogenen Augenbrauen. »Du siehst sehr … relaxed aus. Komme ich ungünstig?«

»Tja, den Dreierabend mit Scooby Doo und dem süßen Moderator vom Disney-Club muss ich jetzt wohl absagen. Aber macht ja nichts, komm rein.« Ich ging voraus ins Wohnzimmer, wischte mir dabei Krümel vom T-Shirt und war heilfroh, dass ich keine Gelegenheit mehr gehabt hatte, auch noch in meine lilafarbene Trainingshose und meine verrückten Pudel-Puschen zu schlüpfen. »Wie geht's eigentlich deiner Erkältung?«

»Ist fast weg. Ehrlich gesagt ist mir zu Hause die Decke auf den Kopf gefallen – außer mir waren nur die ganzen Philippinas da. Also dachte ich, ich komm dich mal besuchen.« Er sah sich neugierig um. »Die letzten Male, als ich in der Gegend war, war's mitten in der Nacht … Dad hat früher mal in der Nähe gewohnt, weißt du. Ich meine, er hatte natürlich ein richtiges Haus, keine Wohnung.«

»*Natürlich*«, murmelte ich. Wie hatte ich bloß annehmen können, der große Rockstar würde sich mit etwas Geringerem als einem Acht-Schlafzimmer-Anwesen und einer Armada philippinischer Zimmermädchen begnügen?

Alex stapfte durchs Zimmer, sah sich die Bilder an, fuhr mit dem Finger über die Möbel, musterte Lady J.s Blumenarrangement. Besonders geräumig ist unsere Wohnung nicht, aber sie liegt in einer großen Stadtvilla aus dem neunzehnten Jahrhundert, und meine Mutter achtet natürlich darauf, ihr »die richtige Note« zu verleihen. Die Einrichtung ist sehr plüschig feudal, sehr geschmackvoll, sehr Lady Jane, würde ich sagen. Alex nahm eine kleine Porzellanfigur in Form einer Schäferin in die Hand und drehte sie hin und her, ohne sie wirklich anzuschauen. Dann wischte er ihr einen Staubfussel vom Rock und stellte sie zurück auf den Kamin, wo er sie etwas hin und her schob, bis er mit ihrer neuen Position zufrieden war.

Ich weiß genau, wie die Schäferin sich jetzt fühlt, dachte ich auf einmal. Man wird gedreht und geputzt und sinnlos hin und her geschoben. Aber dann wurde mir bewusst, dass ich ungerecht war – ich hatte doch immer mitentscheiden dürfen, ob ich an meinem früheren Leben etwas änderte, oder nicht? *Ich* war dabei, mich in den Menschen zu verwandeln, als den mich alle haben wollten. Es hatte mich niemand mit vorgehaltener Pistole gezwungen, Lipgloss aufzulegen.

Alex war mittlerweile zu unseren gerahmten Fotos übergegangen. Er nahm eines in die Hand. »Ich wusste gar nicht, dass du eine ältere Schwester hast. Süßes Ding.«

»Das ist meine Mutter«, sagte ich eisig. Ich mag das Bild nicht, obwohl es erst letztes Jahr aufgenommen wurde. Es zeigt meine Mutter und mich am Strand, eine leichte Brise weht, und meine Mutter fasst mich um die Taille. Ihre Haare flattern im Wind und sie lacht. Ich lächle in die Kamera, aber ganz wohl fühle ich mich nicht. Ich mach mir nicht so viel aus Strand. Meine Mutter schon.

»Ach ja, richtig«, sagte Alex. »Sie spielt in so einer Sitcom mit, nicht wahr?«

Aus irgendeinem Grund hatte ich plötzlich das Gefühl, sie verteidigen zu müssen. »Sie spielt die Hauptrolle, um genau zu sein. Ist eine amerikanische Serie. Und sie läuft seit Jahren ziemlich erfolgreich.«

»So ein Zufall – ich bin nämlich auch ein Clairbrook-Cleeve-Fan.« Er lächelte mich so an, dass ich zurücklächeln musste.

»Echt? Und worauf beruht diese Anziehungskraft?«

»Vielleicht kommst du mal her und hilfst meinem Gedächtnis auf die Sprünge?«

Ich lehnte mich zu ihm hin und küsste ihn. »Hmmm. Ja, das ist bestimmt Teil der Anziehungskraft … Aber ich glaube, ich muss da weitere Nachforschungen anstellen. Eine eingehende Untersuchung starten. Nicht dass du denkst, ich bin auch nur so ein hirnloser Groupie wie alle anderen.«

Seine eingehende Untersuchung war für alle Beteiligten so befriedigend, dass wir zur Couch hinüberwechselten. Kurze Zeit später rutschte Alex auf einmal hin und her, zog ein Kissen unter sich hervor – und entdeckte darunter einen meiner rosafarbenen Pudel-Puschen. Ehrlich gesagt sind die Dinger eher grau als rosa, und an dem, den Alex in der Hand hielt, fehlte ein Ohr. Und wenn ich mich nicht irrte, klebte auch noch ein Bananenchip an der Sohle.

»Sind das deine?«

»Neiiin, die gehören natürlich dem Butler.« Ich steckte mir den Hausschuh und seinen Bruder an die Füße und wackelte damit in der Luft herum. Alex sah belustigt zwischen den Puschen und mir hin und her.

»Hast du vielleicht noch mehr Garderoben-Geheimnisse, die ich kennen sollte?«

»Nö, nur einen ganzen Keller voller Leichen«, antwortete ich säuerlich. »Aber keine Sorge, die sind alle tadellos elegant und nach der neuesten Mode angezogen.«

Alex schwieg eine Weile, bevor er weitersprach. »Ich würde sagen, Pudel-Puschen sind style-technisch um Längen origineller als Leichen.« Er griff nach meiner Hand. »Weißt du, Octavia, irgendwie kann ich nie so richtig nachvollziehen, wie du denkst. Manchmal weiß ich nicht mal, wie viel … also, ich meine, was du von mir denkst.« Wenn ich das selber bloß wüsste, dachte ich und lächelte wehmütig.

Alex schüttelte lächelnd den Kopf. »Siehst du, genau das meine ich, Mystery Girl. Komm her …« Er küsste mich sanft, und ich verspürte wieder diese vertraute Mischung aus Sehnsucht und Unsicherheit. »Gib mich nicht auf, okay?« Ich schmiegte den Kopf an seine Schulter. So saßen wir eine Weile schweigend da, und Alex strich mir zärtlich über die Haare.

»Octavia?«

»Mmmmm?«

»Hast du schon mal dran gedacht, dir die Haare blond zu färben?«

Ich erstarrte. Ungefähr hundert mögliche Antworten schossen mir durch den Kopf, und keine davon war jugendfrei. »*Was* …«

Dann hörte ich, wie sich ein Schlüssel im Schloss drehte.

»Oh Gott! Ähm … ich hoffe, ich störe euch nicht …«, stammelte meine Mutter an der Tür zum Wohnzimmer. »Tut mir Leid, Octavia, ich wusste nicht, dass du Besuch hast.« Sie strich sich übers Haar und lächelte verlegen – Moment mal, sollte in so einer Situation nicht *ich* die Verlegene sein? Alex sprang auf und streckte meiner Mutter die Hand entgegen – jede Faser der pure Märchenprinz.

»Ich bin wohl derjenige, der sich hier zu entschuldigen hat, Mrs Clairbrook-Cleeve. Ich bin hier hereingeplatzt, ohne mich vorher anzukündigen. Ich bin Alex. Freut mich sehr, Sie kennen zu lernen.«

»Oh, nennen Sie mich ruhig Helena.« Meine Mutter wurde doch tatsächlich rot. »Ich freue mich immer, wenn ich Octavias Freunde kennen lernen darf. Wir leben ja alle in so stressigen Zeiten ... Nie kommt man dazu, sich richtig bekannt zu machen. Aber vielleicht bin ich nur altmodisch, was das angeht.«

»Ganz bestimmt nicht.« Dass er vor meiner Mutter nicht noch auf die Knie fiel, war alles. Ich dachte daran, wie India innerhalb von Sekunden von ätzend auf liebreizend umschalten konnte. Lady Janes Wangen glühten immer noch ein bisschen.

»Nun, ich hoffe, Sie bleiben wenigstens noch auf einen Drink? Wie Sie sehen, ist das heute ein sehr *zwangloser* Abend ...« Sie warf mir einen vielsagenden Blick zu. Ich stopfte trotzig die Hände in die Taschen meiner ausgebeulten Hose. Im Gegensatz zu mir sah meine Mutter in ihrem eng anliegenden rosa Wickelkleid tadellos aus wie immer.

Und schon rauschte sie davon, um die Getränke zu holen. Zu meinem Ärger wirkte Alex extrem entspannt, fläzte sich in die Chaiselongue und grinste vor sich hin wie über einen Witz, den nur er kannte. Ich hätte ihn am liebsten auf der Stelle gefragt, was er mit der Bemerkung über das Blondfärben gemeint hatte, aber jetzt, wo Lady Jane hier herumschwebte, ging das natürlich nicht. »Worüber amüsierst du dich denn so?«, fragte ich.

»Über dich«, lautete die unliebsame Antwort. »Wie du da stehst in deinen lustigen Klamotten und finster dreinschaust. Während deine Mutter ...« Aber ich sollte nie erfahren, was an meiner Mutter so amüsant/interessant war, denn in diesem Augenblick kam sie mit einem Tablett herein, auf dem sich Gläser und Eiswürfel türmten.

Es dauerte nicht lange und die beiden saßen sich gegenüber und unterhielten sich äußerst angeregt. Alex buddelte verschwommene und vermutlich erfundene Erinnerungen an die Zeit in unserer Straße aus und meine Mutter erging sich in Erzählungen darüber, wie Tigerlily Clements einmal fast als Gaststar bei *Lady Jane* mitgespielt hätte. Mir wurde klar, dass ich, wenn ich nicht völlig ausgeklammert werden wollte, sehr bald mit dem Schmollen aufhören und damit anfangen musste, an den richtigen Stellen zu nicken und zu lächeln. Ich ging erst einmal raus, um eine neue Flasche Tonic zu holen, und bei dieser Gelegenheit in eine einigermaßen ansehnliche schwarze Hose zu schlüpfen. Als ich zurückkam, beugte sich meine Mutter, mit strahlenden Augen und aufgeregt plappernd, gerade über den Wohnzimmertisch, um Alex' Glas aufzufüllen. Und Alex glotzte ihr in den mehr als tiefen Ausschnitt.

Lady Jane entging die Richtung, in die Alex starrte, aber dem Glas zerschneidenden Blick, den ich ihr zuwarf, konnte sie dafür nicht entkommen. Nur gut, dass sie ihn als Wink mit dem Zaunpfahl auffasste.

»Also, ich will dann nicht länger stören«, sagte sie und lächelte uns beide liebreizend an. Dann sah sie auf ihre Uhr. »Oh mein Gott, so spät ist das schon …? Ich hätte schon vor zwanzig Minuten bei Toto und Tiara sein sollen! Octavia Schätzchen, wir sehen uns dann morgen Früh. Auf Wiedersehen, Alexis … ich meine, Alex.« Küsschen, Küsschen. »Ich habe unser kleines Plauderstündchen sehr genossen!«

Alex, ganz Gentleman, hielt ihr zuvorkommend die Wohnzimmertür auf. »Süß«, lautete sein einziger Kommentar, nachdem Lady Jane weg war.

Ich hatte in der Zwischenzeit damit angefangen, tief ein- und auszuatmen und bis zehn zu zählen. Alles ist gut, redete ich mir selber beruhigend zu, es hat nichts zu bedeuten. Männer sind nun mal busenfixiert. Ich setzte mich neben Alex und zwang mich normal zu sprechen, obwohl ich das Gefühl hatte, dass meine Stimme gleich in tausend Scherben zerspringen würde. »Alex, findest du, dass ich meiner Mutter ähnlich bin? In irgendeiner Hinsicht?«

Sollte ihn meine Frage überrascht haben, ließ er es sich jedenfalls nicht anmerken. »Ein bisschen Ähnlichkeit ist da schon«, sagte er nachdenklich. »Das Kinn vielleicht. Und der entschlossene Blick. Und eure Lippen haben die gleiche Form.«

Warum hatte er sich die Lippen meiner Mutter angeguckt? Ich wurde von Eifersucht und Übelkeit geschüttelt.

»Octavia, alles klar mit dir? Ich hab dich doch nicht etwa mit meiner Erkältung angesteckt, oder? Du wirkst heute irgendwie nicht ganz fit.« Er klang besorgt, gleichzeitig aber auch gereizt. Wie war es möglich, dass er nicht schnallte, was mit mir los war? Am liebsten hätte ich ihn getreten, richtig heftig, aber andererseits auch geküsst. Ich wollte, dass er mich in seine muskulösen Arme schloss und mir ins Ohr raunte: »Du bist die Einzige für mich, meine wunderbare, einzigartige, unvergleichliche Octavia.« Aber am allermeisten sehnte ich mich danach, allein zu sein. Ich wollte sie los sein, alle beide. Ich bohrte mir die Fingernägel in die Handflächen, und der Schmerz beruhigte mich.

»Sorry.« Ich rang mir ein Lächeln ab. »Vielleicht hast du Recht. Ich fühle mich schon den ganzen Tag ziemlich daneben. Wahrscheinlich brüte ich wirklich eine Erkältung aus.«

»Hmm, du siehst auch ziemlich blass aus. Armes Mädchen. Okay, ich geh dann mal, damit du dich auskurieren kannst – ich weiß, wie das ist, wenn man sich so eklig fühlt. Schlaf dich gesund, wir sehen uns morgen. Und sag deiner Mutter noch mal Danke für die Drinks, okay?«

Er küsste mich auf die Wange und spazierte pfeifend durch die Tür.

In dieser Nacht tat ich kaum ein Auge zu. Gleich nachdem Alex gegangen war, ärgerte ich mich darüber, dass ich nicht den Mumm gehabt hatte, ihn sofort zur Rede zu stellen. Immer wieder ging ich in Gedanken jeden Augenblick seines Besuchs durch, jede Bemerkung, jeden Blick, jede empörende Andeutung. Dieser blöde, oberflächliche, taktlose Idiot! Aber auf wen war ich eigentlich saurer – auf Alex oder meine Mutter? Ich dachte darüber nach, wach zu bleiben, bis Lady Jane zurückkam, um die Sache mit *ihr* auszufechten statt mit Alex, aber ich wusste nicht genau, welchen Vergehens ich sie eigentlich beschuldigen konnte. Dass meine Mutter meinen Freund zu verführen versuchte, glaubte ich nicht wirklich; schließlich benahm sie sich ihm gegenüber nicht anders als allen anderen Leuten gegenüber – sie war immer und überall die reizende Glitziflitzi-Helena. Meine Mutter, die Abschlussballkönigin. Die sich jetzt wahrscheinlich selber dafür beglückwünschte, wie großartig sie alles eingefädelt hatte. Meine Mutter, die formvollendete Gastgeberin. Ich knirschte mit den Zähnen.

Und dann überlegte ich, ob ich am Ende nur paranoid und hysterisch war. Vielleicht sollte ich über Alex' Lady-Jane-Angaffen einfach lachen. Vielleicht war alles nur auf das zurückzuführen, was Viv mitleidig das Lüsterner-Affenmann-Gen nannte. Ist doch okay, wenn Alex lüstern ist, sagte ich mir und vergrub den Kopf tief unter meinem Kissen. Ich will nur, dass er seine Lüsternheit für *mich* reserviert – auch wenn ich nie eine Zwergblondine sein werde und man mich sicher nie bitten wird, einen Preis zu überreichen oder ein Parfüm zu lancieren. Und auch wenn mir schmuddelige Puschen immer lieber sein werden als funkelnde High-Heels. Ich spürte, wie Tränen des Selbstmitleids in meinen Augen brannten, und warf mich zum bestimmt hundertfünfzigsten Mal in dieser Nacht auf die andere Seite.

Wie das so ist – am nächsten Morgen ging es mir besser. Ich hob die Herz-Halskette vom Fußboden auf, wohin ich sie am Abend geschleudert hatte, und drehte sie eine Weile in der Hand hin und her. *Gib mich nicht auf*, hatte Alex gesagt. Ich war jetzt nicht mehr ganz so sauer auf ihn, aber auch nicht mehr ganz so sicher, was ich für ihn empfand. Worum ging es hier eigentlich – um Alex und meine Mutter oder um Alex und mich? War das einfach nur ein Fall von verletzter Eitelkeit, weil er eine Vorliebe für Blondinen hatte? Oder war das Problem ein ganz anderes? Etwas, was sich im Laufe der Zeit aufgebaut hatte und was ich mir nicht eingestehen wollte – etwas, was mit der Porzellan-Schäferin zu tun hatte und mit LeeLee und meiner Mutter und Drake? In meinem Kopf wirbelte alles durcheinander – nicht nur der vergangene Abend, sondern alles, was seit der Einladung zu Indias Party passiert war.

Ich musste unbedingt mit Viv sprechen. Sollte sie mir ruhig ein »Hab ich's dir nicht gesagt?« entgegenschleudern – ich wusste, dass sie nicht allzu sehr darauf herumreiten würde. Ich brauchte jetzt jemanden, der mir half, ein für alle Mal herauszufinden, was ich wollte und warum.

Aber gerade als ich aus dem Haus trat und mich auf den Weg zu Viv machen wollte, fuhr Alex mit seinem schicken schwarzen Cabrio vor. Obwohl es schon November war und nicht gerade sonnig, hatte er das Verdeck offen und trug eine Sonnenbrille. Er hielt schräg auf dem Bürgersteig an und ließ den Motor laufen – er wollte gerade zu einem gemeinsamen Mittagessen mit seiner Mutter und war jetzt schon spät dran.

»Wie geht's dir?«

»Besser, danke, aber ich …«

»Super. Wollen wir heute Abend ausgehen, zur Feier des Tages? Hey, ich hab's eilig, aber ich wollte dir noch wegen Freitag Bescheid sagen, bevor ich's vergesse.«

»Wegen Freitag?«

»Ja. Ich werde diese Woche nicht so viel im Lande sein. Mum ist in der Stadt – einmal im Jahr kriegt sie den Drang, etwas für die Mutter-Sohn-Bindung tun zu wollen. Aber für Freitagabend hab ich für uns beide eine Einladung zur Verleihung des *Quicksilver Global Music Awards*. Hinterher steigt garantiert die Megaparty, also kauf dir ein hübsches Kleid, ja?« Er machte Anstalten, wieder wegzufahren.

Ich holte einmal tief Luft und ballte in den Taschen die Hände zu Fäusten. »Alex, warte – ich muss mit dir reden. Es ist wichtig.«

»Mensch, Octavia, hat das nicht Zeit? Ich bin doch sowieso schon spät dran. Also, wenn es darum geht, dass du dir Sorgen machst wegen des richtigen Outfits, dann bitte doch Indy um Hilfe. Sie ist doch der totale Shopping-Profi.«

Ich hätte trotz der ernsten Lage fast gelacht. »So was hältst du also für wichtig? Dass ich das richtige Outfit für eine Party finde? Dass ich mir die Haare blond färbe?«

»Moment, was ist hier eigentlich los?« Endlich stellte er den Motor ab und sah mich – wenn auch gereizt – an.

»Erstens – du hast mich gar nicht gefragt, ob ich am Freitag Zeit habe.«

Er seufzte übertrieben. »Okay, und – hast du am Freitag Zeit?«

»Nein, hab ich nicht«, sagte ich kühl. »Michael hat am Freitag Geburtstag, und wir gehen aus. Das haben wir schon vor Ewigkeiten ausgemacht.«

»Michael?« Alex runzelte die Stirn.

»Dads Lebensgefährte.«

»Oh. Na, *das* kannst du natürlich auf keinen Fall verpassen.«

»In der Tat, kann ich nicht.«

»Aber klar kannst du.« Er trommelte ungeduldig mit den Fingern aufs Armaturenbrett. »Hör zu, Octavia, versteh mich nicht falsch, aber manchmal sind deine Prioritäten echt ein bisschen verschoben. Dieser Freitag ist echt *wichtig* und die Leute, die damit zusammenhängen, auch. Mann, das ist ein *internationaler Event*! Da werden massenweise Presseleute anwesend sein und so.«

»Darum geht's nicht«, sagte ich, ganz leise.

»Worum dann? Indy hat neulich schon gesagt, dass du in solchen Sachen etwas … komisch bist … so impulsiv … Klar, es gibt nichts Schlimmeres, als wenn man einem ansieht, dass man sich zu viel Mühe gibt. Da bin ich absolut deiner Meinung. Du bleibst immer etwas auf Abstand, und das ist einer der Gründe, warum ich dich mag, das hab ich dir auch gesagt. Aber trotzdem, du musst …«, er rang nach den richtigen Worten, »… drauf achten, wie die Szene so funktioniert. Wie du am besten im Rennen bleibst. Okay, deine Eltern spielen nicht in der obersten Liga mit – was sich allerdings noch ändern kann, wenn dieses Drake-Montague-Projekt richtig einschlägt –, aber die Connections habt ihr auf jeden Fall schon mal. Du bist Teil dieser Welt. Du musst nur lernen, damit umzugehen.«

Ich wich einen Schritt vom Wagen zurück. Irgendwie fühlte ich mich, als hätte mir jemand eine Last vom Herzen genommen. Ich brauchte doch weder Viv noch jemand anderen, der mir sagte, was ich wollte und was ich tun sollte – es war so einfach, und wahrscheinlich hatte ich die Antworten auf meine Fragen schon die ganze Zeit gewusst. Alex wollte ernst genommen werden, aber er wollte sich nicht wirklich ändern. Er wollte den ganzen Glitzer und Glamour nämlich nicht – er *brauchte* ihn. Er brauchte die Aufmerksamkeit, aber auch die Sicherheit, die ihm diese Welt vermittelte, die Bestätigung.

»Ich verstehe. Aber ich kann Freitag trotzdem nicht.«

»Mann, Octavia ... Ich muss jetzt wirklich los. Wir unterhalten uns heute Abend darüber, okay?«

»Heute Abend kann ich auch nicht.«

»*Was?*«

»Tut mir Leid, Alex. Ich kann das einfach nicht.« Ich wich noch einen Schritt zurück, und mir war klar, dass wir beide wussten, was ich damit meinte. Noch gestern Abend hatte ich gedacht, dass diese Situation mit ganz viel Dramatik, Streit, Tränen und Anschuldigungen verbunden sein würde. Da war das alles nur eine Alternative gewesen, eine unwirkliche, übertriebene Szene wie aus einer schlechten Seifenoper. Wahrscheinlich hatte ein Teil von mir insgeheim gehofft, dass Alex über Nacht eine wundersame Wandlung durchmachen würde, dass er in unsere Wohnung stürmen, sich mir zu Füßen werfen und mich anflehen würde, ihm eine letzte Chance zu geben, jetzt, wo ihm klar geworden wäre, wie egoistisch und oberflächlich er sich bisher verhalten habe. Aber jetzt war die ganze Wut von gestern verschwunden und der ganze Schmerz auch, und eine seltsame Ruhe kam über mich. Die Sehnsucht und die Unsicherheit – alles weg. »Weißt du, ich glaube, wir werden nie die gleichen Ziele und Wünsche haben«, sagte ich, und es tat mir nur ein klitzekleines bisschen Leid.

Wir sahen einander lange an. Alex wirkte verwirrt und irgendwie verwundert, und damit erinnerte er mich an unsere allererste Begegnung – wie er mich angeschaut hatte, so durchdringend. Fast meinte ich, einen Funken Neid in seinen Augen zu sehen. Dann schnaubte er, und mit einem Mal sah er India verdammt ähnlich.

»Na fein. Okay. *Wie du meinst,* Octavia.« Und damit brauste er mit quietschenden Reifen in seinem dicken schwarzen Cabrio davon. Exit Mr Wrong. Tja, am Ende war also doch alles wie der Höhepunkt einer schlechten Seifenoper.

Ich drehte mich um, ging ganz langsam wieder ins Haus und ganz langsam die Treppe zu unserer Wohnung hoch. Lady Jane empfing mich an der Tür. Sie hatte fast den ganzen Vormittag im Bett verbracht und war gerade erst – perfekt gekleidet und geschminkt – aus dem Badezimmer gekommen. Selbst die Luft, die sie umgab, duftete teuer.

»Schätzchen! War das eben Alexis? Oh, der ist aber rasant um die Ecke gebogen! Hatte er es so eilig? Sonst hättest du ihn wirklich hereinbitten sollen. Es ist doch gleich Zeit fürs Mittagessen.«

»Er hatte keinen Hunger.« Ich versuchte mich an ihr vorbei in mein Zimmer zu schieben.

»Hast du ihn überhaupt gefragt, ob er reinkommen will?«

»Es war nicht der richtige Zeitpunkt dafür.«

»Also wirklich! Ihn so auf der Straße stehen zu lassen! Ich weiß, es geht mich nichts an, aber du könntest wenigstens ein bisschen *liebenswürdig* zu ihm sein, das wäre doch nicht zu viel verlangt. Gestern Abend warst du wirklich ziemlich daneben. Schon allein diese Klamotten ... Ich dachte, die wären längst zum Roten Kreuz gewandert. Und Alexis ist so ein charmanter junger Mann! Vor allem wenn man bedenkt, wie sein Vater in seinem Alter war.« Sie holte Luft – oha, schon wieder ein Vortrag. »Was soll denn dieses finstere Stirnrunzeln, Schätzchen? Manchmal glaube ich, du verstehst nicht, wie wichtig es ist, dir in solchen Angelegenheiten Mühe zu geben. Du musst *darauf achten,* wie du dich Leuten gegenüber verhältst. Du kannst nicht erwarten, dass dir alles in den Schoß fällt. Du musst daran arbeiten ...«

Da riss mir der Geduldsfaden.

»Siehst du? Siehst du?«, schrie ich. »Genau das meine ich! Ihr seid beide gleich! Einer schlimmer als der andere!«

»Schätzchen! Was soll das heißen?«

»Du kapierst es einfach nicht, was?«

Meine Mutter wirkte tödlich getroffen. »Ist zwischen euch etwas vorgefallen? Oh Darling, hat Alex etwa beschlossen …«

»*Alex* hat gar nichts beschlossen! Ich weiß, du denkst, dass er sowieso in einer höheren Liga spielt als ich und dass ich mir vor Ärger in den Hintern beiße, weil ich einfach nicht in die A-Liga aufsteigen kann. Tja, ich kann es eben nicht. Aber ist dir vielleicht schon mal der Gedanke gekommen, dass ich es auch gar nicht *will*?«

»Aber ich dachte … du … willst … Wir haben uns doch neulich darüber unterhalten. Nach der Preisverleihung. Ich dachte, du hättest dich entschieden … sonst hätte ich doch nie, nie versucht … also …« Sie wirkte völlig geschockt. »Ich weiß, dass das alles nicht einfach ist für dich, aber …«

»Einfach? Für dich ist das alles offenbar extrem einfach. Enge Kleider tragen, mit den Wimpern klimpern, Schampusgläser schwenken … Vielleicht solltest *du* dich mit Alex zusammentun. Ihr zwei würdet echt ein wunderschönes Pärchen abgeben. Der *Stellar!* würde sicher einen doppelseitigen Promi-Artikel über euch bringen, garantiert.«

Lady Janes Gesicht war aschfahl. »Ich wollte … ich wollte dir doch nur helfen. Dich unterstützen. Glaub mir. Bitte.«

Auf einmal waren der ganze Frust und der ganze Schmerz von gestern Abend wieder da. »Nein. Du wolltest *dir* helfen. Du wolltest *deine* Ziele erreichen, nicht meine. Und ich hasse deine Ziele.« Meine Stimme war jetzt lauter und irgendwie brüchig. »Das ist so ein *Beschiss*! Das richtige Aussehen haben, die richtigen Sachen sagen, die richtigen Leute kennen – alles nur Fake! Die ganzen Leute, die du ach-so-großartig findest, die kriechen sich doch die ganze Zeit nur gegenseitig in den Hintern, während sie den Rest der Welt verspotten – das ist doch so was von schäbig! Der totale, aufgeblasene, jämmerliche Beschiss!« Ich stürzte in mein Zimmer und knallte die Tür so dramatisch zu wie jemand, der weiß, dass er, sobald er aufhört zu schreien, gleich anfangen wird zu weinen.

Die nächsten paar Tage gingen meine Mutter und ich uns nach Möglichkeit aus dem Weg, und wenn wir uns doch mal in die Arme liefen, waren wir ausgesprochen höflich zueinander. Sie war viel stiller als sonst, und manchmal ertappte ich sie dabei, wie sie mich besorgt ansah, als wollte sie mir etwas sagen, aber keine von uns verlor ein Wort über meinen Gefühlsausbruch; stattdessen beschränkten wir uns auf einen gespannt formellen Umgang miteinander. Nachdem ich Viv angerufen und ziemlich Dampf abgelassen hatte, war ich wieder so weit ruhig geworden, dass ich mir eingestehen konnte, dass ein großer Teil meiner Wut und meines Verletztseins in Sachen Alex auf meine Mutter zurückzuführen war. Mir war nicht wohl, wenn ich daran dachte, wie schockiert und bleich sie ausgesehen hatte, bevor ich davongestürmt war und die Tür hinter mir zugeknallt hatte. Aber ich war ihr immer noch böse dafür, dass sie die Dinge nicht so sah, wie sie waren, dass sie *mich* nicht sah, dass sie versucht hatte, mich in die Sorte Mädchen zu verwandeln, die zu Alex passt. Die Sorte Tochter, die sie haben wollte. Eine perverse Tammy-India-Mischung … Fast hätte ich ihr geglaubt, dass ich so tun konnte, als gehörte ich zu dieser Sorte Mädchen, und trotzdem ich selbst bleiben konnte. Ein Teil von mir wollte ihr das immer noch glauben, auch jetzt noch, und das konnte ich ihr einfach nicht verzeihen.

Ich dachte, Viv würde meine Trennung von Alex eher als Grund zum Feiern als zum Bedauern sehen, aber sie spürte wohl, dass ich nicht groß darüber reden wollte, und sagte nur, es tue ihr Leid. »Vielleicht muss er erst noch erwachsen werden. Vielleicht hat er eines Tages die Nase voll von einem Leben als internationaler Playboy«, fügte sie halb im Scherz hinzu, »und nächtigt dann wochenlang vor deiner Tür, in der Hoffnung, dass du ihm eine letzte Chance auf soziale Rehabilitation gibst.«

Was er natürlich nicht tat. Aber zum Glück erzählte er auch India nichts davon, dass wir nicht mehr zusammen waren.

Als ich am Montag elend zur Schule schlich, rechnete ich fest damit, dass sie gleich zum Schadenfreudenfest anheben würde. »Aaaarme Davy«, würde sie gurren. »Ich hoffe, er hat es dir *schonend* beigebracht ...« Am liebsten wäre ich an dem Tag zu Hause geblieben. Oder besser gesagt: den Rest des Jahres. Aber ich wusste, dass sie mein Fehlen darauf zurückführen würde, dass ich gramgebeugt daniederlag, weil ihr attraktiver, unwiderstehlicher Herzensbrecher von Bruder mit mir Schluss gemacht hatte. Die Wahrscheinlichkeit, dass er ihr die Wahrheit gesagt hatte (nämlich dass *ich* Schluss gemacht hatte) oder dass sie ihm das abkaufen würde, war ungefähr genauso groß wie die Wahrscheinlichkeit, dass Rich Withers auf seiner nächsten Tibet-Reise zum Dalai-Lama erwählt wurde.

Aber India schien die frohe Kunde tatsächlich noch nicht bekommen zu haben und ignorierte mich wie eh und je. Mehr noch – sie wirkte irgendwie abgelenkt, verschwand stundenlang aus der Schule und tat ansonsten ganz geheimnisvoll. Außerdem flirtete und kicherte und flüsterte sie ziemlich viel mit Cosmo herum, während Calypso gekränkt und eisig wirkte. Da war wohl eine amouröse Dreiecksgeschichte im Gange, nahm ich an und hoffte, dass diese India so lange beschäftigen würde, bis über meine Trennung von Alex einigermaßen Gras gewachsen war. Jess erzählte ich davon, aber eher nebenbei, als sei es keine große Sache. Irgendwie war ich Jess gegenüber derzeit etwas gehemmt. Ihr Ausflug ins Theater mit Drake war wohl ein voller Erfolg gewesen, und obwohl ich wusste, dass sie mir auf Nachfrage mehr darüber erzählen würde, gab sie sich insgesamt etwas bedeckt, und ich hatte das Gefühl, das war ihr lieber so. Sie war still und zurückhaltend wie immer, aber der leicht glasige, verschwommene Blick, den sie früher gehabt hatte, war verschwunden. Da war ein gewisser Zug um ihren Mund, ein gewisses Strahlen in ihren Augen, das die Zwergblondinen auf Abstand hielt.

Nun war mir zwar Indias Triumphgeheul erspart geblieben, aber ich wusste, dass das nur ein kurzfristiger Strafaufschub sein konnte. Womöglich war das Ganze auch nur ein Trick, um mich in Sicherheit zu wiegen, bis sie sich überlegt hatte, wie sie mich für die Demütigung in Sachen Drake am wirkungsvollsten bestrafen konnte. Jetzt, wo Alex nicht mehr da war, um mich davon abzulenken, ließ mir der Gedanke an unseren kleinen Ausflug in die Welt des Films keine Ruhe mehr. Vielleicht war es da gar nicht verkehrt, wenn India dachte, ihr kostbarer Lex hätte mich abserviert. Vielleicht, so hoffte ich insgeheim, war sie nun der Meinung, der Status quo sei wieder hergestellt und die Familienehre wieder fleckenfrei.

Alles in allem war es eine schreckliche Woche. Unter normalen Umständen hätte ich mich auf Michaels Geburtstag sehr gefreut, aber als ich mich am Freitag dafür fertig machte, musste ich unwillkürlich daran denken, wie es gewesen wäre, ein glitzerndes Abendkleid anzuziehen und mich an Alex' Arm in die Welt der A-Liga-Promis und ihrer Wodka Martinis zu stürzen. Jetzt, wo ich der Welt des Glamours und der roten Teppiche den Rücken zugekehrt hatte, erschien mir das alles auf einmal verlockender als vorher. Wen würde Alex statt mir ausführen – PeePee? Raffaella? Und dachte er überhaupt noch an mich?

Auf dem Weg zu dem Restaurant, in dem das Geburtstagsessen stattfinden sollte, tat ich mein Bestes, diese nutzlosen und selbstmitleidigen Gedanken abzuschütteln. Die Runde bestand aus wenigen, ausgesuchten Freunden, von denen ich die meisten schon kannte. Es wurde viel gelacht und diskutiert und hemmungslos über die Theater- und Juristenbranche getratscht. Das Essen war grandios, und Michael sah in seinem neuen jadegrünen Hemd aus Seide, das Dad ihm geschenkt hatte, strahlend und glücklich aus. Ich dachte schon, es wäre mir gelungen, so zu tun, als wäre ich genauso fröhlich wie alle anderen, aber als wir gegen Mitternacht einen kleinen Spaziergang am Uferdamm entlang unternahmen, löste sich Dad aus der vorderen Gruppe und kam zu mir nach hinten, um zu fragen, was mit mir los sei.

»Deine Mutter hat mich gestern Abend angerufen«, sagte er. Dann war die Lage ernst: Lady Jane ging nach Möglichkeit jedem Gespräch mit dem »armen Hector« aus dem Weg. »Sie macht sich Sorgen um dich.«

»Mir geht's gut.«

»Ach ja? Hör mal, sie hat gesagt, du und dieser Junge, mit dem du zusammen warst, hättet euch getrennt. Alex. Ich hab ja keine Ahnung, was zwischen euch vorgefallen ist und wer was falsch gemacht hat oder so, aber es ist dein gutes Recht, in so einer Situation mit dem Fuß aufzustampfen und dir die Haare auszureißen. Weder ich noch deine Mutter erwarten von dir, dass du das alles stoisch hinnimmst …«

»Es geht nicht nur um Alex«, unterbrach ich ihn. »Und ob ihr's glaubt oder nicht – *ich* habe Schluss gemacht. Meine Mutter wird sich daran gewöhnen müssen, dass ich nie die Tochter sein werde, die schick gekleidet in den angesagten Bars herumhängt und sich von den Söhnen irgendwelcher Superstars ansprechen lässt. Tut mir Leid, wenn der Gedanke sie um ihren Schönheitsschlaf bringt, aber ich bin sicher, sie wird irgendwann schon darüber hinwegkommen.«

»Octavia. Nein, bitte, hör mir zu. Das klingt jetzt vielleicht kitschig, aber es gibt nur eins, was deine Mutter für dich will: dass du glücklich bist. Menschen sind manchmal verdammt kompliziert gestrickt. Was wir uns wünschen, was wir brauchen oder was wir meinen, sein zu wollen ... das ändert sich manchmal.«

Ich dachte daran, wie oft ich nicht sicher gewesen war, was ich wollte oder was ich tun sollte, und wie meine Mutter meine Bedenken schon niedergewalzt hatte, noch bevor ich sie überhaupt hatte bewusst formulieren können. »Mach dich nicht lächerlich. Unsinn. Du Dummerchen.« Wie sie jeden meiner Schritte begleitet hatte und dabei an mir herumgenörgelt und mich geschubst und sich eingemischt hatte, bis ich ihren und Alex' hehren Ansprüchen gerecht wurde. Wenn sie nicht gewesen wäre, wäre ich vielleicht noch nicht mal zu Indias bescheuerter Party gegangen.

»Wenn sie sich mehr wie meine Mutter und weniger wie meine Agentin verhalten hätte, hätte sie bestimmt schon eher gewusst, was ich wollte.«

Ich bereute meine Worte, kaum dass ich sie ausgesprochen hatte. Dad blieb stehen und wandte sich mir zu. »Octavia. Das ist unfair, und du weißt das. Und grausam ist es auch.«

»Tut mir Leid. Wirklich. Es ist nur ...« Zu meiner Schande kamen mir jetzt auch noch die Tränen. Ich musste einmal tief Luft holen, bevor ich weiterreden konnte. »Ich weiß, dass das alles im Grunde meine Schuld ist. Ich hab die Probleme verdrängt – weil ich Alex wollte. Ich wollte Glamour und Schickimicki-Partys und das ganze Zeugs, jedenfalls am Anfang. Ich wollte ... na ja, *blenden* wahrscheinlich. Und dann dachte ich, Alex ist anders als die anderen und wir könnten ... wir könnten uns vielleicht von dem ganzen Mist absetzen. Für Mum ist alles so einfach – sie ist so anders als ich, sie weiß immer, was sie will und wie sie es bekommt. Sie gehört immer dazu, sie sieht immer perfekt aus …«

Dad hatte mir mittlerweile einen Arm um die Taille geschlungen und schniefte ein bisschen. Er strich mir mit der freien Hand übers Haar. »Deine Mutter ist sehr stolz auf dich. Und ich auch. Und nicht, weil du etwa blenden würdest – das hast du nämlich gar nicht nötig, du *bist* toll –, sondern weil du intelligent und selbstständig und mutig bist.« Er seufzte. »Deine Mutter hatte es bestimmt nicht immer leicht. Du kennst ja ihre Eltern … Sagen wir mal, sie haben die Missbilligung ihrer Tochter zu ihrer alleinigen Freizeitbeschäftigung gemacht. Es war sehr mutig von ihr, als junges Mädchen nach London zu kommen, wo sie niemanden kannte und nicht wusste, wohin sie gehen sollte. Und dann die Sache mit mir … Na ja, wie das geendet hat, wissen wir alle. Sie hat verdammt hart arbeiten müssen, um dahin zu gelangen, wo sie jetzt ist.«

»Na klar. Die Eliza Doolittle aus Newcastle.«

Dad lachte bitter. »Ich fürchte nur, ich hab keinen besonders guten Professor Higgins abgegeben.« Dann wurde er wieder ernst. »Sie hat alles ganz alleine geschafft, weißt du. Dafür bewundere ich sie.«

Danach schwiegen wir eine Weile, lehnten uns an die Kaimauer und sahen zu, wie die Themse die Lichter der Stadt golden widerspiegelte.

»Ich glaube, hier geht es wirklich um mehr als nur um Alex«, sagte Dad schließlich. »Meinst du, du könntest dich in Ruhe mit deiner Mutter zusammensetzen und ihr alles erklären? Wohin du willst, was du dir vom Leben erhoffst? Ihr zu sagen, was du *nicht* willst, ist ja nur der Anfang. Ich glaube, sie ist jetzt so weit, dass sie dir zuhört.«

Ich drückte seine Hand, um ihm zu zeigen, dass ich verstanden hatte. Michael und die anderen waren mittlerweile so weit vorgelaufen, dass wir sie nicht mehr sehen konnten. »Na komm«, sagte Dad, »wer Erster ist.« Und so rannten wir den Bürgersteig entlang und grölten und lachten dabei wie kleine Kinder. Die Nacht war kühl und unser Atem bildete Wölkchen wie Qualm aus Drachennüstern. Ich wurde Erste, wäre aber am Ende fast wie eine Eins-achtzig-Kanonenkugel gegen Michaels Rücken gekracht.

Voller edler Vorsätze kam ich wieder nach Hause. Mir schwebte eine rosarot getönte Versöhnungsszene vor, in der meine Mutter und ich uns gegenseitig um Verzeihung bitten und dann vielleicht in einer innigen Umarmung Tränen vergießen würden.

Aber leider war meine Mutter, als ich die Küche betrat, gerade dabei, sich für die Baby-Party für das bald erwartete Kind der *Stellar!*-Herausgeberin aufzustylen. Offenbar hegte sie die schreckliche Befürchtung, dass die Moderatorin von *Rags To Riches* das gleiche Geschenk besorgt hatte wie sie, nämlich ein kristallenes Babybrei-Gläschen, auf dessen Porzellandeckel der Name des Kindes eingraviert war. Der Schatten dieser Befürchtung verdunkelte meiner Mutter den ganzen Vormittag, und als ich nach Waffeln und Ahornsirup griff, hielt sie mir sofort einen Vortrag über die Gefahren des Essens als Seelentröster. Das würde nur zu voluminöseren Hosengrößen und damit zu noch mehr Elend führen: »Ein Teufelskreis«, warnte sie mich finster. Dann teilte sie mir mit, dass wir für den Nachmittag mit Lord C-C zum Tee verabredet waren und ich in der Zwischenzeit lieber mal meine Mathehausaufgaben in Angriff nehmen sollte. Und mir die Haare schneiden lassen.

Als sie schließlich das Haus verließ, schäumte ich längst wieder vor Wut. Jetzt, wo die unnatürliche, gespannte Höflichkeit zwischen uns offenbar der Vergangenheit angehörte, war es so, als hätte es meinen Ausbruch nie gegeben. Hätte es sie denn umgebracht, mich ein einziges Mal nach Dad zu fragen? Sich zu erkundigen, wie der Abend gewesen war? Vielleicht sogar, ob Michael seinen Geburtstag schön gefunden hatte? Ich hatte absolut nicht den Eindruck gehabt, dass sie jetzt so weit gewesen wäre, mir zuzuhören, egal, was Dad darüber gesagt hatte. Tja, da stand ich also – mit der grandiosen Aussicht auf eine weitere heuchlerische Arschkriech-Sitzung bei Lord Hochnase. Der Mann war garantiert eine größere Gefahr für meine Gesundheit als die paar Waffeln mit Ahornsirup. Eine Hosengröße mehr? Zottelige Haare? Na und? Vielleicht würde ich ja bald einen neuen Freund finden, der mich nur wegen meiner inneren Werte liebte, und dann würden wir lange, romantische Spaziergänge in Partnerlook-Trainingshosen unternehmen, bei denen wir uns gegenseitig mit Bananenchips in Jogurtmantel fütterten ... Da würde meine Mutter aber Augen machen!

Der Teufelskreis-Warnung zum Trotz ging ich mir Schokoladen-Nachschub kaufen, widerstand dabei allerdings der Versuchung, mir die Zeitungsartikel über die Verleihung der *Quicksilver Global Music Awards* anzuschauen. Als ich zurückkam, war auf dem Anrufbeantworter eine Nachricht von Dad. Er wisse ja nicht, ob ich das schon wüsste, aber das kleine Programmkino in Brook Green würde gerade eine Filmreihe zum Thema »Der Garten auf Zelluloid« zeigen, und wenn ich fürs Wochenende noch nichts vorhätte, könnte ich mir ja vielleicht mal den Hector-Cleeve-Beitrag dazu angucken. Ich warf einen Blick in die Zeitung – tatsächlich, da war er angekündigt, Dads Debüt-Film *The Keeper* und dazu etliche französische und japanische Filme, von denen ich noch nie was gehört hatte. Besonders gut konnte ich mich an Dads Film nicht mehr erinnern, aber irgendwann musste ich ihn ja gesehen haben, denn er war nicht nur Dads erster Streifen gewesen, sondern gleichzeitig auch der erste Leinwand-Auftritt meiner Mutter. Wahrscheinlich war ich damals noch zu jung gewesen, als dass er einen bleibenden Eindruck hätte hinterlassen können, oder vielleicht hatte meine Mutter ihn auch zensiert, in der Überzeugung, ihre Erstlingsrolle würde sonst ihren Status als Amerikas Lieblings-Adelige aus England beeinträchtigen. Da der Film am Sonntagvormittag laufen würde und relativ kurz war – keine anderthalb Stunden –, beschloss ich, mich aufzuraffen und hinzugehen.

Lady Jane kam erst spät von der Baby-Party zurück und sah müde und abgekämpft aus. Ich nahm an, dass ihre schlimme Befürchtung sich bewahrheitet hatte und ihr kristallenes Babybrei-Glas mit eingraviertem Namen auf dem erwartungsvollen Babygeschenketisch nicht das Einzige seiner Art gewesen war. Aber zumindest verlor sie kein Wort über meine ungeschnittenen Haare. Als wir uns schließlich auf den Weg zur Teegesellschaft Seiner Lordschaft machten, hatten wir beide nicht gerade die beste aller Launen, und vermutlich beteten wir insgeheim beide, dass dies einer der besseren Tage meines Großvaters sein möge.

War es aber nicht. Schon nach den ersten zwei Minuten wusste ich, dass uns heute eine besonders schwere Prüfung bevorstand. Im Salon waren alle Ablageflächen mit Zeitungsausschnitten und dicken Monogramm-Briefbögen bedeckt, die mit langen, absatzweise unterstrichenen Ausführungen voll gekritzelt waren. Offenbar hatten die »vermaledeiten« rosaroten Liberalen oder »die Mafia, die Europa beherrscht« etwas geplant, mit dem Seine Lordschaft nicht einverstanden war, und nun würde er seinem Zorn mit einer Serie giftiger Leserbriefe Luft machen. Das war eine seiner Lieblingsbeschäftigungen, und sie beschwingte ihn jedes Mal so sehr, dass seine kalten schwarzen Augen vor Bosheit nur so blitzten.

Marie stolzierte mit einem Tablett herein – darauf lag ein Teller mit kalten, gummiartigen Hefeküchlein, die zentimeterdick mit Butter bestrichen waren, und eine Kanne mit schwachem Tee für meinen Großvater und mich. Fünf Minuten später kam sie mit einer vollen Tasse für meine Mutter wieder; der Tee darin war fast schwarz, denn, wie Seine Lordschaft kommentierte: »Wir wissen doch, wie ihr Nordlichter euren Tee mögt: schwarz wie eine Kohlengrube, nicht wahr, Helen?« Meine Mutter machte sich nicht die Mühe, zu antworten, sondern saß ganz still und aufrecht in der Ecke, die von Lord C. am weitesten weg war, ließ ihren Tee unangetastet und sah abwesend ins Leere. Vielleicht hatte sie ja ihre Taktik der heiligen Unterwürfigkeit aufgegeben und versuchte sich jetzt an einer neuen: strategischer Rückzug. Ich hätte mich dem nur zu gern angeschlossen, aber da meine Mutter sein Spielchen offenbar nicht mitspielen wollte, wandte mein Großvater seine Aufmerksamkeit nun mir zu.

»Nun, Octavia, hältst du dich weiterhin in Gesellschaft jenes schneidigen jungen Mannes auf, mit dem zusammen du die Seiten dieses Käseblattes damals geadelt hast?«

Ich brabbelte etwas davon, dass wir entschieden hätten, wir seien wohl nicht die Richtigen füreinander.

»Ach du meine Güte. Was für ein Jammer! Aber ich kann mich des Eindrucks nicht erwehren, dass die Aussichten heutiger junger Damen in Liebesdingen von gewissen unglücklichen und irregeleiteten Frauen entscheidend geschwächt worden sind – Feministinnen nennen sie sich wohl –, die sich nicht davon abbringen lassen wollen, unhaltbare Ansichten zu verbreiten. Ansichten, die nur Unzufriedenheit, Unbesonnenheit und Undankbarkeit säen. Ich hoffe doch sehr, dass du nicht auch Opfer einer solchen *Einfältigkeit* geworden bist?«

»Einfältigkeit?«, wiederholte ich matt.

»Ja, Einfältigkeit. Nun weiß ich natürlich nichts über den betreffenden Herrn, aber ich hoffe, dass du deine Aussichten nicht gedankenlos zerstört hast, nur weil er vielleicht irgendwelchen überzogenen sentimentalen oder …«, er schüttelte sich, »… *ideologischen* Ansprüchen nicht genügt hat. Du verwandelst dich zwar langsam in ein ansehnliches Mädchen, aber ich glaube dennoch, dass es nicht ratsam wäre, in solchen Angelegenheiten … sagen wir mal … besonders *wählerisch* zu sein.«

Dass meine Mutter sich in ihrer Ecke rührte, spürte ich mehr, als dass ich es hörte. Ich wünschte, ich hätte Viv dabeigehabt, damit sie mir eine treffende Erwiderung lieferte, sagte aber nichts und verachtete mich selbst für meine Feigheit.

»Octavia, meine Liebe, ich war vielleicht etwas unverblümt. Bitte hab Nachsicht mit deinem besorgten Großvater. Ich bin sicher, dass du *irgendwann* einen jungen Mann kennen lernen wirst, der deinen Gefallen findet.« Er sinnierte eine Weile. »Wenn ich's mir recht überlege, war es vielleicht sogar ganz klug von dir, die Verbindung mit dem jungen Alexander nicht aufrechtzuerhalten. Wenn ich mich richtig erinnere, verfügt er über eine direkte Verbindung zum Musikgeschäft.« Wieder Pause. »Eine Branche, die, genau wie etliche andere Kunstbranchen, leider zu einem Auffangbehältnis für viele dumme und unmoralische Leute degeneriert ist.« Er schürzte angeekelt die Lippen. »Kommunisten und Homosexuelle und ihresgleichen.«

Es knallte und klirrte – die Teetasse meiner Mutter lag in tausend Scherben am Boden. Meine Mutter stand auf, ihre

Augen funkelten und ihre Stimme klang entschieden und stolz.

»Jetzt reicht's. Keine Sekunde länger werden wir uns diesen Unfug anhören. Du bist ein bösartiger, widerwärtiger, lächerlicher alter Mann.«

Mein Großvater und ich starrten sie verdattert an. Ich glaube, der Mund stand ihm regelrecht offen vor Verblüffung.

»Dein ganzes Leben lang haben dir Leute, die es hätten besser wissen müssen, geschmeichelt, Honig um den Bart geschmiert und nach dem Mund geredet – meine Person eingeschlossen«, fuhr meine Mutter fort. »Ich weiß nicht, warum man sich solchen erbärmlichen Tyrannen wie dir beugt. Ich habe keine Ahnung, warum ich es bisher getan habe, aber ich schäme mich dafür.« Sie machte einige leichtfüßige, schnelle, entschlossene Schritte auf ihn zu und baute sich vor ihm auf. Er verkroch sich unwillkürlich in seinen Sessel. »Und weißt du was, hochherrschaftlicher Lord? Du bist nichts weiter als ein ganz gewöhnlicher Mann. Du bist absolut nichts Besonderes, sondern genauso ein Dreck unter dem Fingernagel wie alle anderen Nichtsnutze, die in ihrem Leben nichts anderes tun als auf andere herabzusehen. Das Einzige, was du im Überfluss zu bieten hast, sind widerliche kleingeistige Vorurteile, und die gibt's zuhauf an jeder Straßenecke.« Sie rauschte zur Tür. »Octavia, wir gehen.«

Damit stürmten wir aus dem Haus, knallten hinter uns der schockierten Marie die Tür vor der Nase zu, setzten uns ins Auto und fuhren in düsterem Schweigen etwas schneller als erlaubt nach Hause. Dort stapfte meine Mutter die Treppe vor mir hoch, ging in ihr Schlafzimmer, machte die Tür hinter sich zu und kam den ganzen Abend nicht mehr heraus.

Am nächsten Morgen musste sie wohl sehr früh aus dem Haus gegangen sein, denn als ich gegen halb acht aufwachte, war ich allein. Auf dem Zettel, den sie mir hinterlassen hatte, stand nur: »Komme heute spät«. Sie hatte ihr Handy nicht mitgenommen, und das Auto stand vor dem Haus, und zwar immer noch so schräg, wie sie es gestern abgestellt hatte. Ich war besorgt, fühlte mich schuldig und wusste nicht, was ich tun sollte. Es gab so vieles, was ich ihr hätte sagen wollen, aber gestern Abend, als ich so vor ihrer geschlossenen Tür gestanden hatte, hatte ich einfach nicht gewusst, wie ich anfangen sollte. Stundenlang hatte ich da gekauert und darauf gewartet, dass mir die richtigen Worte einfielen, und hatte mich so geschämt, dass ich mich nicht durchringen konnte, etwas zu sagen. Ich dachte daran, Dad anzurufen, aber er erwähnt seinen Vater, der ihm fremd geworden ist, nie auch nur mit einem Wort, und ich war schon immer davon ausgegangen, dass das Thema für ihn erledigt war. Außerdem hatte ich das Gefühl, dass meine Mutter und ich das hier alleine klären mussten.

Es hatte keinen Sinn, den ganzen Tag zu Hause zu sitzen, auf meine Mutter zu warten und mich dabei immer verrückter zu machen. Da war es doch besser, mir Dads Film anschauen zu gehen. Mir gefiel die Vorstellung, mich in eine dunkle, warme Kinoecke verkriechen und alles andere vergessen zu können. Das Programmkino war ein kleiner, muffiger Laden mit einem kaputten Cola-Automaten im Vorraum und zerschlissenen, lachsfarbenen, plüschbezogenen Sesseln. Außer mir saßen nur noch drei weitere Leute im Zuschauerraum, und einer fing leise zu schnarchen an, kaum dass das Licht aus war.

Schon am Vorspann sah man, dass *The Keeper* ein Low-Budget-, fast amateurhafter Streifen war. Die verwackelte Kameraführung und der kratzige Ton verliehen ihm fast schon einen Heimvideo-Charme, und in Sachen Besetzung, Crew und Drehorte war alles bis auf ein Minimum reduziert worden. Aber man konnte auch sehr bald erkennen, warum Dad durch diesen Film Beachtung gefunden hatte, warum der Film sozusagen der Startschuss seiner Karriere gewesen war. Er beschreibt einen Tag im Leben eines Parkwächters in einem Londoner Park, und zwar einen Tag, an dem er eine junge Frau entdeckt, die auf einer der Bänke übernachten will. Handlung gibt es eigentlich nicht viel, der Film ist eher eine Charakterstudie – jede Figur wird, fast gegen ihren Willen, immer mehr in die Welt der jeweils anderen hineingesogen. Der Parkwächter ist ein humorloser, einsamer Mann mittleren Alters (und wird von einem mittlerweile sehr bekannten Charakterdarsteller gespielt), dem die trostlose Uniformität seines Arbeitsbereichs heftig zu schaffen macht. Die junge Ausreißerin ist natürlich meine Mutter, damals achtzehn Jahre alt.

Ich weiß nicht, was ich von dem Film erwartet hatte. In Sachen Schauspielkunst war es nicht gerade eine Offenbarung – die naive Unbeholfenheit, mit der meine Mutter spielte, wirkte nicht deswegen glaubwürdig, weil es eine gekonnte schauspielerische Leistung gewesen wäre, sondern weil man das Spielen gar nicht als *gespielt* empfand; selbst die Tatsache, dass sie manchmal ein bisschen gestelzt, ein bisschen schwerfällig rüberkam, passte perfekt zu ihrer Rolle. Aber was mich regelrecht atemlos machte, war, wie vertraut und dennoch fremd mir dieses Mädchen war, diese Helen Slater mit ihrem weichen, stammelnden Provinz-Akzent, ihren heruntergekauten Fingernägeln und dem straff zurückgekämmten Haar, mit ihrem schmalen, herzförmigen, völlig make-up-losen Gesicht, das nur aus zarten Wangenknochen und faltenloser, blasser Haut zu bestehen schien. Ich stellte mir vor, was mein Vater empfunden haben musste, als er den Text mit ihr durchgegangen war, sie Schritt für Schritt durch ihre Darbietung begleitet, sie locker zu machen, vielleicht sogar zum Lachen zu bringen versucht hatte, und sie dabei keine Sekunde voller Bangen aus den Augen gelassen hatte, während sie der von ihm erschaffenen Figur, in die er so viele Hoffnungen setzte, Leben einhauchte. Ich stellte mir auch vor, wie Dad ihr vorgekommen sein musste: ein vor Tatendrang strotzender, selbstbewusster Oxford-Absolvent mit Privatschul-Charme und gebildeten, glamourösen Freunden.

Ich blieb noch lange, nachdem der Abspann durch und das Licht wieder an war, im Kinosaal sitzen. Irgendwann kam die Frau, die zuvor am Kartenschalter gesessen hatte, mit einem Uralt-Staubsauger herein und scheuchte mich hinaus. Ich fühlte mich leicht benommen, wie betrunken, und hätte gar nicht sagen können, ob ich glücklich oder traurig war. Als ich nach Hause kam, zappte ich mich durch sämtliche Kanäle, bis ich auf die Wiederholung einer alten *Lady-Jane*-Folge stieß. Ich konnte mich gar nicht mehr erinnern, wann ich mich das letzte Mal wirklich vor den Fernseher gesetzt und mir eine Folge von vorn bis hinten angeschaut hatte, so richtig aufmerksam, und ich hatte völlig vergessen, wie witzig die Serie war. Klar, die beschäftigten viele spritzige, gut bezahlte Gag-Schreiber, aber es lag nicht nur daran. Meine Mutter war echt *gut*. Ihr Pointen-Timing, die Art, wie sie höflich verwirrt eine Augenbraue hochzog (eins ihrer Markenzeichen), das Funkeln in ihren Augen, als würden sie und das Publikum über einen gemeinsamen Insider-Witz lachen ... Das Ganze war echt lustig! Ich lachte gerade über die letzte Pointe, da kam meine Mutter zur Tür herein.

Ein paar Augenblicke sahen wir einander nur stumm an. Sie musste irgendwo im Park spazieren gewesen sein; kleine Blätter und Schlammspritzer zierten ihre Hosenbeine. Lose Haarsträhnen hingen ihr ins Gesicht, und obwohl die Bewegung ihre Wangen gerötet hatte, sah sie bleich aus und hatte rot geränderte Augen. »Octavia«, sagte sie schließlich. »Es tut mir so Leid …«

Ich starrte sie verwirrt an. »*Dir* tut es Leid? Nein, *ich* muss mich entschuldigen, Mum. Ich …«

Aber sie ließ sich nicht beirren. Ihre Stimme klang gepresst und irgendwie förmlich. »Lord Clairbrook-Cleeve ist abgesehen von deinem Vater und mir dein einziger noch lebender Verwandter, daher habe ich immer versucht, die Beziehung zwischen euch beiden zu pflegen. Ich weiß, dass du ihn schwierig findest, das weiß ich nur allzu gut. Aber ich wollte trotzdem … Ich habe versucht … das Beste für euch beide zu tun. Aber gestern …«

Diesmal war ich es, die sie unterbrach. »Mum, nicht. Was du gestern getan hast, das war großartig! Ich möchte mich bei dir dafür bedanken. Ich wusste nicht, was ich tun sollte, und du … du warst eine Heldin. Du hast uns gerettet.«

Meine Mutter wurde ganz rot. »Wirklich? Ganz ehrlich? Du bist mir nicht böse?« Ich nickte eifrig und schüttelte den Kopf, alles irgendwie gleichzeitig, aber sie wirkte schon wieder bedrückt und knetete ihr Halstuch in den Händen. »Ich wollte mich aber nicht nur für meinen gestrigen Ausbruch entschuldigen. Weißt du, ich habe mir in deinem Alter manches so sehnsüchtig gewünscht und konnte es doch nicht erreichen – ich wollte, dass du das alles bekommst, ohne groß darum kämpfen zu müssen. Ich wollte, dass du dich unter Leuten wie deinem Großvater oder India oder Alexis jederzeit behaupten kannst, wenn du es willst. Ich wollte, dass dir alle Türen offen stehen und du so weit oben bist, dass du dich von keinem einschüchtern lassen musst. Also dachte ich immer, wenn du gezögert oder … gezweifelt hast, dass du nur jemanden brauchst, der dich aufbaut. Dir Mut macht weiterzumachen. Ich war so fest entschlossen, dafür zu sorgen, dass dir nichts und niemand im Weg steht, dass ich gar nicht mehr richtig geschaut habe, welchen Weg du eigentlich eingeschlagen hattest.«

»Das verstehe ich. Wirklich. Ich hätte mich letzte Woche nicht so aufführen dürfen. Ich bin dir echt dankbar, Mum. Ich hab das genossen, mich aufzustylen und auf Partys Leute kennen zu lernen und mich attraktiv und selbstsicher zu fühlen. Es ist nur ... wenn ich so bin, dann fühle ich mich hinterher irgendwie schlechter statt besser ...« Ich hielt inne und suchte nach den richtigen Worten. »Ich glaube nicht, dass das daran lag, dass ich zu wenig Übung hatte. Es lag daran, dass ich etwas anderes brauche, etwas ... Echtes. Und deswegen konnte das mit Alex nicht gut gehen, deswegen mag Jess mich und India hasst mich, deswegen habe ich Michael so gern, deswegen ist Viv meine beste Freundin, deswegen will ich auf eine normale Schule gehen und irgendwann einen ganz normalen Beruf haben. All das.« Ich lächelte sie an. »Du hast mal gesagt, es sei einfach, ein normales Leben zu führen. Also, ich bin da nicht so sicher. Ich weiß auch gar nicht so genau, was *normal* bedeutet und ob es so was überhaupt gibt. Ich glaube nicht, dass ich es auf meinem Weg besonders leicht haben werde, aber ich muss einfach meine eigenen Erfahrungen machen, auf meine Art, verstehst du?«

»Ja«, sagte meine Mutter gedehnt. »Ja. Du hast Recht. Du hast das ja letzte Woche schon angedeutet ... nach dem mit dir und Alex ... und ich hab das damals schon verstanden, aber ... Ich wusste nicht, was ich tun sollte, wie ich alles wieder in Ordnung bringen sollte. Ich konnte einfach nicht begreifen, wie mir das alles so aus dem Ruder laufen und übel ausgehen konnte.« Sie holte tief Luft. »Aber gestern, als ich so dasaß und dein Großvater, dieser jämmerliche alte Mann, wieder mal seine idiotischen, giftigen Ansichten über die Welt von sich gab, da bekam ich plötzlich Angst, dass du denken könntest, ich wäre genauso. Dass ich dich unter Druck gesetzt hatte. Dass mir langsam ähnliche Dinge wichtig geworden waren wie Lord Cleeve. Dafür schäme ich mich, und es tut mir sehr, sehr Leid.«

Ich stand auf und schlang die Arme um sie. Ich spürte ihre Wange an meinem Hals, und sie war feucht. »Mum, nein, bitte nicht. Du und mein Großvater habt nichts gemeinsam, ganz bestimmt nicht. Ich war in letzter Zeit richtig unausstehlich, weil ich nicht wusste, was ich wollte, und mich aus der Verantwortung geschlichen habe, indem ich dir die ganze Schuld zugeschoben habe. Ich war gestern so stolz auf dich. Bitte wein nicht, Mum.«

Es war ein bisschen wie die rosarot getönte Versöhnungsszene, die mir Samstagvormittag vorgeschwebt hatte, nur dass ich damals nicht an die haufenweise voll getränten Taschentücher und den Schluckauf gedacht hatte, den man vom Weinen bekommt. Aber der Samstagvormittag kam mir so weit weg vor, als wäre er in einem anderen Zeitalter gewesen, und nachdem wir die Taschentücher weggeschmissen hatten und den Schluckauf losgeworden waren, setzten wir uns zusammen hin und machten uns über die Waffeln mit Ahornsirup her. Selbst nach meiner gestrigen Fressattacke war noch eine ganze Packung da.

Und so lebten wir glücklich bis ans Ende unserer Tage … Mum ließ nie wieder eine Bemerkung darüber fallen, wie man Freundschaften schließt und Menschen durch das makellose Auftragen von Nagellack und die Aufnahme von fett reduzierten Nahrungsmitteln nach Wunsch beeinflussen kann.

Und ich verspürte nie wieder den Drang, einen Schmollmund zu ziehen oder die Augen zu verdrehen oder beleidigt meine Zimmertür hinter mir zuzuknallen.

Na ja, nicht ganz.

Meine Mutter und ich stellen einander nach wie vor ab und zu vor ein Rätsel und treiben uns gegenseitig zur Verzweiflung. Aber irgendwie nehmen wir das Ganze nicht mehr so wichtig wie früher. Zwischen ihr und Dad läuft es auch viel besser; bestimmt wird es zwischen Mum, Dad und Michael nie ein Dreierkuscheln am Küchentisch geben, aber immerhin gibt sie sich manchmal einen Ruck und fragt nach ihnen, und wenn sie mich abholen kommt, begrüßt sie Michael sogar. Im Moment ist sie besonders gut drauf, weil sie gerade einen Vertrag mit Channel Five unterschrieben hat – sie wird demnächst eine aufwändige Doku-Serie über die Geschichte des britischen Adels moderieren. Lord Clairbrook-Cleeve stecken vor Zorn immer noch seine Hefeküchlein im Hals. Hoffe ich jedenfalls.

Dads Film hat nächsten Monat Premiere in Amerika, und ich fliege mit Jess und Viv nach New York, um dabei zu sein. Dass der Film zuerst in den USA statt in London anläuft, liegt daran, dass derzeit eine neue Drake-Montague-Manie-Welle über Amerika schwappt, nachdem kürzlich sein in den höchsten Tönen gelobter erster Gedichtband erschienen ist. Die Widmung auf der erste Seite lautet: »Für Jezabel.« Aber ob ein Mensch, und sei er noch so bodenständig und ausgeglichen, trotz der ganzen Beweihräucherung vernünftig bleiben kann, bleibt abzuwarten. Jess zuckt dazu nur lächelnd und ein bisschen melancholisch mit den Schultern.

Alex habe ich seit unserer Trennung nicht mehr gesehen – außer, man lässt seine regelmäßigen Auftritte in diversen Hochglanz- und Gesellschaftstratsch-Blättern gelten. Er hat auf jedem Foto einen leicht glasigen Blick und ein strahlendes Mädchen am Arm – PeePee allerdings fühlt sich wohl neuerdings zu Höherem berufen und ist, wenn man den Gerüchten Glauben schenken darf, mit Prinz Richard zusammen.

India ist seit dem Freitag damals (Michaels Geburtstag) nicht wieder in der Schule aufgetaucht, und so werde ich wohl nie erfahren, was für einen Rachefeldzug sie, wenn überhaupt, für mich geplant hatte. Laut Calypso hat Cosmo, dessen Vater die Vince-Valiant-Filme produziert, seine Beziehungen spielen lassen, sodass India im nächsten Blockbuster-Film eine Rolle bekommen hat. Ihre daraus resultierenden »cineastischen Verpflichtungen« verhindern bedauerlicherweise, dass sie ihre schulische Ausbildung in Darlinham House abschließen kann (allerdings auch, dass sie ihre mutmaßliche Abmachung mit Cosmo einhalten kann, welche angeblich einen unzüchtigen Akt auf der Schultoilette beinhaltet haben soll). Calypso ist völlig gefrustet, weil *ihre* schauspielernde Mutter schließlich eine Institution in Sachen Vince Valiant sei und sie daher der Meinung ist, die Filmrolle hätte *ihr* zugestanden. Der Film soll erst an Weihnachten rauskommen, aber ich freue mich schon darauf. Wie man hört, besteht Indias Rolle darin, die meiste Zeit gefesselt und geknebelt in irgendeiner Ecke zu kauern oder kreischend durch Abwasserkanäle zu waten.

Ich selbst verlasse Darlinham House Ende des Jahres und wechsle auf Vivs Gesamtschule. Jess geht auch auf eine andere Schule, hat aber versprochen, Kontakt zu halten, vor allem jetzt, wo sie einen Freund hat, den sie zum Verfechter der Chancengleichheit-Theorie ausbilden muss. Ich freue mich wirklich für sie, aber manchmal wünsche ich mir, ich hätte, als ich die richtige Entscheidung getroffen und Mr-Sexy-aber-Seicht abserviert habe, in die Arme meiner gerechten Belohnung – Mr-Sexy-und-trotzdem-Aufrichtig – sinken können, so wie Tammy. Trotzdem bereue ich nichts, weder meine Beziehung mit Alex noch meine Trennung von ihm, und wenn ich an die tollen Momente denke, von denen es durchaus einige gab, dann war das alles ganz schön … aufregend.

So sieht's also aus. Bald bin ich auf einer neuen Schule, unter neuen Leuten, denen das Wort D-Liste nichts bedeutet und die meine Spitznamen Dave und Obelisk nicht kennen. Sie haben keine Ahnung von meinem früheren Leben als Amateur-Glamour-Girl oder funktionsgestörter Darling oder Möchtegern-A-Liga-Mitglied, und es ist ihnen egal, ob irgendeine dieser Etiketten jemals auf mich gepasst hat. Sie werden selber herausfinden, wer ich bin, und sich neue Namen für mich ausdenken, die ich dann, je nachdem, erstrebens- oder verachtenswert finde. So oder so, ich mache mir da keine Sorgen – Octavia Clairbrook-Cleeve kann all das sein oder auch nichts davon. Die Entscheidung liegt bei mir.

Melina Marchetta

Ich bin's, Francesca!

Seit Schuljahresbeginn besucht Francesca das St. Sebastian, ein Jungengymnasium, das seine Tore erst vor kurzem für Mädchen geöffnet hat. Die Schüler dort sind eine einzige Katastrophe. Alles Machos, findet Francesca. Auch zu Hause herrscht der Ausnahmezustand. Mama Mia, die sonst voller Energie das Familienleben geschmissen hat, durchlebt eine Depression und ist für ihre Tochter unerreichbar. »I will survive« lautet Francescas Motto – und das tut sie auch: inmitten von Chaos, Frust und Liebeskummer!

ISBN 3-473-35249-7

Grace Dent

Wir drei, ein Plan und die ganz große Liebe

Sie nennen sich LBD – Los Bambinos Dangereuses und lieben alles, was verboten ist. So zum Beispiel das Musikfestival in Astlebury. Ein Sündenpfuhl par excellence, meinen die Eltern und rufen unisono NEIN !
Doch Ronnie, Fleur und Claude entwickeln blitzschnell einen Alternativplan und nehmen die Organisation des ultimativen Sommer-Musikgigs an ihrer Schule in Angriff. Turbulente Wochen mit viel Musik, mindestens fünf Luftsprüngen und einer Bauchlandung stehen bevor.
Happy End garantiert!

ISBN 3-473-35252-7